1781

Arno Surminski

Am dunklen Ende des Regenbogens

Roman

Hoffmann und Campe

Der Ort jener Handlung,
die in Schleswig-Holstein spielt,
sowie die vorkommenden Personen
sind frei erfunden.

CIP-Kurztitelaufnahme der Deutschen Bibliothek

Surminski, Arno:
Am dunklen Ende des Regenbogens : Roman / Arno Surminski
– Hamburg : Hoffmann u. Campe, 1988
ISBN 3-455-07509-6

Gesetzt aus der Garamond-Antiqua
Satz: Utesch Satztechnik GmbH, Hamburg
Druck- und Bindearbeiten: Franz Spiegel Buch GmbH, Ulm
Printed in Germany

Arno Surminski

Am dunklen Ende des Regenbogens

Wie jeden Morgen lief er entgegen dem Uhrzeigersinn die lange Gerade zum Wasserturm hinauf, wo eine breite Schneise den Blick freigab über die Spielwiese. Den See sah er nicht, der lag in der Senke; außerdem war da Nebel. Hans Tabel lief gern im Nebel, wenn es aus dem Laub tropfte, sich das Wasser im Haar sammelte und über das Gesicht rann. Nein, Marathonläufer weinen nicht. Morgens zwischen sechs und sieben, bevor die Büroarbeit begann, liefen viele; sie liefen mit und entgegen dem Uhrzeigersinn, im Nebel hörte er ihren keuchenden Atem. Bäume tauchten aus dem weißen Brei auf, huschten vorüber und versanken.

Du siehst die frühen Spaziergänger nicht. Plötzlich stehen sie vor dir, zerren den Hund an der Leine. Eins-zwei, eins-zwei, eins-zwei! rufen sie dir nach.

Vom Wasserturm ging es abwärts, an verblühten Rhododendronbüschen vorbei zum Südring. Links der See, die Badeanstalt ohne Gäste, dafür bevölkert mit Enten und Möwen. Wenn du im Nebel läufst, wirst du nicht abgelenkt. Du bist allein mit den Gedanken und den Pulsschlägen, die feuchte Luft tut der Lunge gut und den Bronchien. Eigentlich sollte man nur am Meer laufen, von Timmendorf nach Neustadt und zurück, von Cuxhaven nach Bremerhaven oder von San Francisco nach Los Angeles.

Gewöhnlich tauchten am Ende der Saarlandstraße die Hochhäuser der Bürostadt auf, an diesem Morgen verhüllte sie die milchige Brühe. Dreimal um den Stadtpark machte fünfzehn Kilometer. Unter einer Stunde mußte er sie laufen, was im Nebel nicht schwerfiel. Woche für Woche mindestens sechzig Kilometer laufen, vor größeren Rennen verdoppelte Rundenzahl; wer einmal zu laufen begonnen hat kann nicht mehr aufhören.
Als er zum zweiten Mal die lange Gerade hinauflief, kam ihm die Kolonne auf gelben Fahrrädern entgegen. Sein Vater war auch Briefträger gewesen, aber Hans Tabel hatte ihn nie als Briefträger gesehen. Er wußte gar nicht, ob sie damals mit gelben Rädern fuhren oder zu Fuß gingen oder zu Pferde die Post zustellten.
Er sah den Wasserturm nicht, ahnte nur, daß die roten Ziegel am Ende der Schneise standen. Während er Ausschau hielt nach dem Turm, fiel ihm seine Mutter ein. Das geschah um halb sieben, als auf dem zweiten Ring schon die Autos lärmten und in Fuhlsbüttel die ersten Maschinen warmliefen. An Mutter dachte er sonst nie, jedenfalls nicht während des Laufens. Meistens löste er schwierige Fälle, überlegte Texte, die er ab neun Uhr diktieren wollte, entwarf Aktennotizen für Heinemann, aber Mutter war ihm noch nie begegnet. Er sah sie ziemlich deutlich bei ihren alltäglichen Verrichtungen in der kleinen Wohnung auf dem Dorf. Sie lüftete die Stube, putzte das Fenster, wischte Staub auf dem Radio aus den fünfziger Jahren und dem Fernsehgerät aus den Sechzigern. In der Kochnische hantierte sie mit Geschirr, setzte Kaffee auf und stellte die Eieruhr, eine Sanduhr übrigens. Er sah den feinen Sand durchs Glas

rieseln; schon als Kind mochte er das endlose Spiel mit dem Sand. War sie abgelaufen, drehte er die Uhr um, und der Sand lief und lief und lief.
Ein Polizeiwagen heulte. Oder war es ein Unfallwagen auf dem Weg ins Barmbeker Krankenhaus? Um zwanzig vor sieben wurde jemand mit Blaulicht in die Klinik gebracht, weil er nicht aufwachen wollte...
Bei der dritten Runde lichtete sich der Nebel, deutlich sah er das dunkle Rot des Wasserturms. Plötzlich blieb er stehen. Er konnte nicht mehr laufen. Wie ein Schleier hing es ihm vor den Augen, er sah die Mutter in ihrer kleinen Küche, Vater auf dem gelben Dienstrad, die Sanduhr, die zu laufen aufgehört hatte.
In dem Bassin unterhalb des Turmes wusch er Gesicht und Hände, glaubte, nun dringend zu seinem Auto zurückkehren zu müssen, lief nicht den großen Bogen des Südrings, sondern diagonal durch den Park. Als er im Auto saß, wurde er ruhiger. Er hörte Musik, die Sieben-Uhr-Nachrichten und den Wetterbericht. In Norddeutschland Regen. Ach, es wurde Zeit, in die Wärme des Südens zu reisen.
In der Wohnung empfing ihn Kaffeeduft. Jeden Morgen, bevor er zum Laufen in den Stadtpark fuhr, stellte er die Kaffeemaschine an. Kehrte er heim, empfing ihn dieser wohltuende Geruch. Er ging unter die Dusche, ließ warmes Wasser in sein Gesicht sprühen, schäumte das Haar ein, stand mit geschlossenen Augen unter dem Wasser und dachte an gar nichts mehr. In diesem Augenblick schrillte das Telefon. Er warf ein Handtuch über die Schulter, tapste mit nassen Füßen über den Teppich, nahm den Hörer ab, mußte stehen bleiben,

weil er sich so nicht in den Sessel setzen konnte. Er hörte eine fremde Stimme, die von weither kam.
»Hier spricht Frau Peters aus Travenwalde. Ich weiß gar nicht, wie ich es Ihnen sagen soll, Herr Tabel: Heute nacht ist Ihre Mutter entschlafen.«
Er ließ das Handtuch fallen, stand nackt vor dem Telefon. Am anderen Ende stand die Peters, und draußen hing der Nebel, kam langsam an den Fassaden der alten Häuser emporgekrochen. Entschlafen, welch ein feierliches Wort. Einschlafen... ausschlafen... verschlafen, nein, die Peters mit ihrem Hang zum Erhabenen mußte entschlafen wählen.
»Hören Sie mich!?« rief sie in die Leitung.
Jaja, er hörte sie. Leise legte er den Hörer auf, nahm das Handtuch und rubbelte sich trocken. So einfach ging das: Ein Anruf am Morgen, während er duschte. Allein gestorben in der Einzimmerwohnung auf dem Dorf, in der sie bald zwanzig Jahre gelebt hatte, auch allein. Über Nacht gestorben, ohne Arzt und Krankenhaus, ohne Blaulicht, vielleicht um halb zwölf, als er aus dem Kino kam. Oder am frühen Morgen, als er durch den Nebel lief und den Wasserturm nicht finden konnte. Später würde die Peters erklären, ihr sei nur aufgefallen, daß Mutter morgens keine Milch holte.
Er stellte die Dusche ab. Die Kaffeemaschine tropfte und blubberte. Den Trainingsanzug hängte er zum Trocknen auf, die Laufschuhe brachte er auf den Balkon, gab Hemd und Hose in die Waschmaschine. Was war zu tun? Nun fällt Amerika ins Wasser, dachte er, als er am gedeckten Tisch saß, vor sich Haferflocken, Milch, Honig und dampfenden Kaffee.

Solange er denken konnte, kränkelte Mutter, ohne richtig krank zu sein. Er erinnerte sich nicht, sie jemals in einem Krankenhaus besucht zu haben. Selbst ihre beiden Kinder brachte sie nicht im Krankenhaus, sondern in der Schlafstube zur Welt.
Gegen acht Uhr rief er die Finke im Sekretariat an, sie möge ihn bei Heinemann entschuldigen, seine Mutter sei gestorben. Mitten in den Reisevorbereitungen gestorben. Seine Reise! Mutter war von Anfang an dagegen, nun hatte sie die Reise auf ihre Art verhindert. Die haben doch deinen Vater umgebracht, sagte sie, als er von Amerika anfing. Das war Ostern, in Mutters Dorf, Marianne war dabei mit ihrem Mann und den beiden Kindern. Seit Ostern plante er, stellte Routen zusammen, studierte Landkarten und Stadtpläne, maß Entfernungen aus, verfolgte das Auf und Ab des Dollarkurses, und nun dieses.
Marianne wird es erledigen, dachte er. Marianne hat die praktische Art, mit unangenehmen Dingen fertig zu werden. Außerdem war sie die Ältere. Noch am Vormittag fuhr er mit ihr zu der toten Mutter aufs Land.
»Wir hätten uns mehr um sie kümmern sollen«, sagte er auf der Autobahn. »Einmal wöchentlich ein Telefongespräch und Besuche zu den großen Feiertagen genügten nicht.«
»Du mußt deine Reise verschieben«, erklärte Marianne.
Er schüttelte heftig den Kopf, sprach von dem längst bezahlten Flugticket und den zweitausend Mark, die er verliere, wenn er nicht fliege.
»Soll ich Mutter allein begraben?« fragte sie vorwurfsvoll.

Natürlich nicht. In zehn Tagen begann seine Reise, bis dahin wäre Mutter längst beerdigt.
Marianne blickte ärgerlich an ihm vorbei. Das war die alte Geschichte von der großen, vernünftigen Schwester und dem kleinen, verwöhnten Hänschen, das immer machte, was es wollte, das seinen Neigungen lebte, jeden Morgen zum Spaß drei Runden um den Stadtpark lief und natürlich keine Reise absagte, nur weil Mutter gestorben war.
»Jeder hat nur eine Mutter, aber viele Reisen.«
Nach diesem Satz schwieg Marianne beharrlich, während das Auto durch Ostholsteins Buchenwälder rollte, an den sich gelb verfärbenden Getreidefeldern vorbei und den Seen. Er schaltete das Radio ein, Marianne schaltete es wieder aus. Sie fand es unpassend, auf der Fahrt zu der toten Mutter den Spaßmachern von NDR II zuzuhören.
Gerda Tabel geborene Rassat lebte – das heißt, nun lebte sie nicht mehr – in einem Wohnblock, den sie Altenhaus nannten. Acht kleine Parterrewohnungen für die alleingebliebenen Alten des Dorfes. Gelegentlich sprachen sie auch vom Travenwalder Frauenhaus, denn die Männer des Dorfes zogen es vor, zeitig zu sterben, oder sie fanden eine Frau, mit der sie in einer richtigen Wohnung zusammenlebten. So blieb das Altenhaus den Frauen.
Die Peters empfing sie vor der Tür. Sie teilte erst einmal mit, daß sie Mutter nicht im Bett gefunden habe, sondern auf dem Fußboden neben der Couch. Bei flimmerndem Fernseher habe sie dagelegen, als erstes habe sie, die Peters, den Kasten ausgeschaltet.
So also sah Mutter nach dem Sterben aus. Sehr weiß, die

Hände welk auf einer Wolldecke, die Augen geschlossen, der Mund halb geöffnet. Vielleicht hätte sie überlebt, wäre sie nicht so allein gewesen. Niemand da, um den Notarzt zu rufen, die Medizin aus dem Schrank zu holen und den Fernseher abzuschalten. Alleinsein beschleunigt das Sterben ungemein.
Marianne berührte Mutters Hand. Er dachte, das gehöre sich so, und tat es ihr nach, erschrak aber über die Kälte. Sie war sonderbar klein, die Mutter. Wie ein Kind lag sie auf der alten Couch, die sie schon 1967 besessen hatte, als er fortgezogen war. Seitdem lebte Mutter allein.
Wir hätten sie zu uns in die Stadt holen sollen, wollte er sagen, aber im Beisein der Toten redete nur die Peters. Sie schrieb Adresse und Telefonnummer des Beerdigungsunternehmers auf einen Zettel, erwähnte Pastor Klinkhammer, der zu besuchen sei, am besten gleich. Pastor und Beerdigungsunternehmer würden sich auf Tag und Stunde einigen. In drei Tagen könne Beerdigung sein. Ja, auf den Dörfern gehe das schnell. In der Stadt, so hatte sie gehört, müsse man einen halben Monat warten, um unter die Erde zu kommen.
»In Travenwalde gibt es nur Erdbestattung, das ist gut so, denn eure Mutter wollte nicht ins Feuer.«
Mutter wäre niemals zu ihnen in die Stadt gezogen. Umzug in die Stadt wäre ihr wie der Anfang vom Ende vorgekommen, wie entwurzeln und nicht mehr anwachsen. Marianne, die mit vier Personen in der Dreieinhalbzimmerwohnung in Eilbek lebte, hatte keinen Platz für sie. Und was sollte Mutter, die niemals höher gestiegen war als zu den Glocken des Travenwalder

Kirchturms, im 5. Stock seiner Eppendorfer Junggesellenwohnung?
Sie wisse jemand, der an der Wohnung interessiert sei, redete die Peters. Ein Mann sogar, endlich komme ins Frauenhaus ein Mann. Den brauchten sie dringend, wenn mal eine Glühbirne auszuwechseln sei, die Tür klemme oder der Ausguß nicht ablaufe. Der interessierte Herr wolle auch Mutters Mobiliar übernehmen und eine gewisse Abstandssumme zahlen. Das Fernsehgerät sei ja noch gut, Kühlschrank, Elektroherd und Waschmaschine fast neuwertig.
»Bis zur Beerdigung bleibt alles, wie es ist!« entschied Marianne.
»Aber die Wertsachen sollten Sie mitnehmen«, schlug die Peters vor. »Sparbücher, Schmuck und Urkunden darf man nicht allein in der Wohnung lassen.«
Die Peters glaubte zu wissen, wo Mutters Wertgegenstände versteckt lagen, im Wäscheschrank, im dritten Fach oben links. »Bis zur Beerdigung bleibt alles an seinem Platz«, sagte Marianne wieder.
Lieber Himmel, sie konnten doch nicht Mutters Schränke öffnen, ihre Schubladen durchwühlen, nur um den Kontostand des Sparbuches zu erfahren.
Marianne telefonierte mit dem Beerdigungsunternehmen. »Das Telefon muß auch abgestellt werden«, mischte sich die Peters ein.
»Dem Zeitungsjungen hab' ich schon Bescheid gegeben, er bringt das Blatt noch diesen Monat, dann ist Schluß; für Juli war ja schon bezahlt.«
Plötzlich kam die Peters mit einer Zigarettenschachtel an. Die hatte Mutter in einer Obstschale auf der An-

richte aufbewahrt für ihren Sohn, wenn der zu Besuch kommt. Seitdem Hans Tabel lief, rauchte er nicht mehr. Mutter hielt das viele Laufen für gesundheitsschädlicher als das bißchen Rauchen. Sie konnte nie verstehen, warum einer es auf sich nimmt, drei Stunden durch Berlin, Hamburg oder New York zu laufen, nicht einmal um zu gewinnen, sondern nur um anzukommen.
Er öffnete die Schachtel, die Mutter für ihn aufbewahrt hatte, steckte eine Zigarette in den Mund, suchte Feuer und traf Mariannes strafenden Blick. Mutter mochte nicht, wenn in ihrer Wohnung geraucht wurde. Also drückte er die Zigarette am Rand des Blumentopfes aus, ließ die Kippe, weil er keinen Aschenbecher sah und nicht in Mutters Schränken wühlen wollte, auf der Blumentopferde liegen.
Der Beerdigungsunternehmer kam nach einer halben Stunde. Seine Leute brachten einen Sarg mit, den sie im Flur abstellten. Während er mit ihnen ins Kirchenbüro fuhr, um die Formalitäten eines ordentlichen Begräbnisses zu besprechen, sargten die Arbeiter Mutter ein. Als sie wiederkehrten, war sie schon fort. Hans Tabel wagte nicht zu fragen, wohin sie Mutter gebracht hatten. Daraufhin sagte die Peters unaufgefordert: »Sie schläft schon in der Kapelle.«
Da lag sie also und wartete auf ihre Erde. Er durfte rauchen in der nun fremden Wohnung, tat es aber nicht, denn er war ein Läufer und kein Raucher. Er legte die Zigarettenschachtel auf die Anrichte, wo Mutter sie für ihn zurückgelassen hatte. Unter der Obstschale fand er den ausgefüllten Lottoschein: Gerda Tabel, Travenwalde, Hauptweg 27. Und wieder nichts gewonnen.

Sie besaßen keine Verwandten. Einer von Vaters Brüdern hatte den Krieg überlebt und wohnte in der DDR. Marianne schickte ihm ein Telegramm, aber er wird wohl nicht kommen. Die Travenwalder werden antreten, vor allem das Altenhaus. Wenn einer vierzig Jahre im Dorf gelebt hat, müssen sie kommen. Beisetzung nannte es die Peters, sich wieder ins Feierliche versteigend. Beerdigung klang so grob, so polternd, klang wie bedeckt werden mit schwarzer, nasser Erde. Aber Beisetzung duftete nach Blumen, besaß die Melodie feierlicher Reden und Gesänge. Marianne arrangierte die Feier, das anschließende Kaffeetrinken im Gasthof Eggers, sie lief zu den Ämtern, sie erzählte Pastor Klinkhammer aus dem Leben der Verstorbenen, damit er seine Abschiedsrede halten konnte.
Hans Tabel aber wollte reisen. Als sei er unbeteiligt an dem, was in Travenwalde vorbereitet wurde, packte er seine Koffer. Laufschuhe mit hochgezogenem Halbschalenrand, ein weiteres Paar mit weniger weicher Sohle für unebenes Gelände, Netzhemden und Trainingsanzüge, Socken im Dutzend – wenn sie Löcher haben, fliegen sie in den Mülleimer –, Leukoplast, Energiepräparate, Vaseline, Salztabletten. Es war keine gewöhnliche Urlaubsreise, denn er wollte laufen, möglichst jeden Tag laufen, am Ozean, in der Wüste, in den Bergen ... immerzu laufen. Vor einem Jahr lief er New York und brach kläglich ein. Zwanzig Minuten über der gewohnten Zeit, der Hitze wegen und der Feuchtigkeit, die unter den fünf Brücken hervorgekrochen kam, sich lähmend auf Füße und Schädel legte. Gänzlich unvorbereitet war er nach New York geflogen, hatte Ende Ok-

tober nicht mehr mit dieser schwülen Wärme gerechnet, fand sich in Manhattan auf der Bordsteinkante sitzend, eine dickleibige schwarze Frau tröstete ihn. Mit Mühe erreichte er den Central Park, lag eine Viertelstunde in Folie gewickelt wie tot auf dem Rasen, um die bronzene Teilnehmermedaille am blau-weiß-roten Band entgegenzunehmen, die in seiner Wohnung hing und ihn täglich an seine Niederlage erinnerte. Er hatte sich in die Startgruppe einordnen lassen, die die 42 195 Meter in drei Stunden laufen wollte. Angekommen war er in drei Stunden und zweiundzwanzig Minuten mit den Frauen und den Alten. Sich vorn einordnen, aber hinten ankommen, das ist wie auf den 10-Meter-Turm steigen, um zu springen, aber dann doch die Treppe hinabzugehen. Physiologisch ließ sich der Einbruch durchaus erklären. Bei Hitzeläufen kommen dir pro Stunde zwei Liter Wasser abhanden, du brauchst mehr Wasser und Salz als sonst. Darauf läßt sich der Körper einstellen, Hitzeläufe kann man trainieren. Also wird Hans Tabel im Hochsommer in den Süden reisen, um gegen die Hitze zu laufen.

Am letzten Arbeitstag ließ er sich bei Heinemann anmelden. »Na, wollen Sie wieder laufen?« fragte die Finke im Vorzimmer.

»Durchs Tal des Todes«, antwortete Hans Tabel. Er liebte es, die Finke zu erschrecken, und erfand einen Marathonlauf im Death Valley mit schaurig gebleichten Knochen an der Rennstrecke.

Seit achtzehn Jahren arbeitete er in der Reiseabteilung der Arkona-Versicherung. Marianne durfte studieren, Hans Tabel ging in die Lehre, denn eine Kriegerwitwe mit zwei studierenden Kindern, das ging wohl nicht. Täglich fuhr er von Travenwalde mit dem Bus nach Lübeck in die Filialdirektion der Arkona. 1967 ließ er sich in die Hamburger Hauptverwaltung versetzen. Seitdem lebte Mutter allein. Weil er die englische Sprache beherrschte, nahmen sie ihn in die Abteilung Reiseversicherung, die gerade aufgebaut wurde. Dort lernte er die Welt kennen, die Welt der Arzt- und Krankenhausrechnungen. Er wußte, was ein Zahnarzt in Buenos Aires für die Extraktion eines Weisheitszahnes liquidierte, was Blutdruckmessen in Manila kostete und wieviel für eine Blinddarmoperation in Adelaide zu zahlen war. Zu Tausenden waren ihm exotische Rechnungen durch die Finger geglitten, aber bereist hatte er nur die Länder Europas. Als er zum ersten Mal die europäische Halbinselwelt für kurze Zeit verließ, um New York zu laufen, wurde es gleich eine Katastrophe.

Seit fünf Jahren war er Handlungsbevollmächtigter, Heinemanns rechte Hand. Die linke Hand gehörte der Finke im Vorzimmer. Seit fünf Jahren lief er auch. Sein Arzt hatte ihm Laufen verordnet, pro Tag fünfzehn Minuten, um ins Schwitzen zu kommen. Jeder Mensch muß wenigstens einmal am Tag schwitzen! Da das in der Reiseabteilung der Arkona nicht zu schaffen war, mußte er laufen: Berlin war er zweimal gelaufen, Stockholm mit seiner besten Zeit von drei Stunden und vier Minuten, dann der Einbruch in New York. Rom wollte er noch laufen. Aber es sollte nicht dazu kommen, daß er auf den Trümmern des Römischen Reiches ausruhen mußte wie auf der Bordsteinkante in Manhattan. Deshalb wollte er lernen, in der Hitze zu laufen.

»Schade, daß Sie nicht in den Fernen Osten fliegen«, meinte Heinemann. »Wir hätten da eine kleine Aufgabe für Sie.« Heinemann meinte die Betrugsfälle in Bangkok, Singapur und Manila, die die Arkona hunderttausend Mark gekostet hatten. Aber in Amerika kam dergleichen nicht vor, da wurden ordentliche Rechnungen mit ordentlichen Diagnosen geschrieben. Vor einer Weltkarte stehend – die Arkona-Reiseabteilung besaß natürlich eine Weltkarte – studierte er die Reiseroute. Heinemann fragte, ob es einen Marathonlauf auf Hawaii gebe. Da würde selbst er mit seinen zweihundert Pfund zum Läufer werden und mitkommen.
»Und laufen Sie nicht zu schnell, lieber Tabel. Wir kommen alle früh genug an.«

Nun doch noch die Wohnung plündern, die Schränke aufreißen, die Wäsche durchwühlen, fremdes Eigentum nach nützlich und unnütz sortieren. Das verbrennen wir! Das geben wir zur Altkleidersammlung! Das ist noch zu gebrauchen! Ein geschäftsmäßiges Auflisten praktischer Gegenstände, die für Mutter mit Gefühlen beladen waren. Aber du kannst nicht über einen Besen weinen, nur weil Mutter ihn zehn Jahre lang jeden Morgen in der Hand gehabt hat. Also weg damit in den Sperrmüll. Marianne erledigte diese Arbeit in ihrer praktischen Art, während Hans Tabel und Manfred in der Küche saßen und das letzte Bier tranken, das Mutter ihnen hinterlassen hatte. Für Sohn und Schwiegersohn standen immer ein paar Flaschen im Kühlschrank bereit, wie die Zigaretten, über die Manfred sich her

machte. Sie waren so trocken, daß sie beim Ziehen in Flammen aufgingen.
Es gibt Ehepartner, die schaffen Bettzeug und Bettgestell des Verstorbenen sofort beiseite; die Erinnerung so nahe dem eigenen Lager wäre nicht zu ertragen. Andere hören nicht auf, das leere Bett neben dem eigenen herzurichten. Sie geben regelmäßig Laken und Bezüge in die Wäsche, strecken nachts die Hand aus wie in vielen Jahren, reden zur Seite hin, wo der andere schläft, wekken ihn, wenn er schnarcht, fragen nach der Zeit und dem dämmernden Morgen. Warum nicht Verstorbene behandeln wie Reisende, die lange unterwegs sind? Denen räumt auch keiner die Schränke aus und verteilt die Wäsche ans Rote Kreuz.
»Aber wer zahlt die Miete?« fragte Marianne.
Sie hängte Mutters Kleider und Mäntel auf den Flur, helle Kleider, die vor fünfundzwanzig Jahren modern gewesen sein mochten. Hans Tabel konnte sich nicht erinnern, Mutter jemals in diesen bunten Kleidern gesehen zu haben.
»In den fünfziger Jahren ist Mutter damit ins Kino gegangen, einmal auch zum Pfingstball in Eggers Gasthof«, behauptete Marianne.
Mutter und Pfingstball! Der Saal mit Birkengrün ausgesteckt, sogar die Kapelle saß im Birkenwald, Schwaden von Rauch und Bierdunst, mittendrin Mutter in einem dieser bunten Kleider.
Einige Stücke ließen sich für die Kinder verändern. Das wäre gewiß in Mutters Sinn. Auch könnten sie die Peters fragen, ob sie Mutters Kleider haben will.
Marianne brachte den Schmuck in die Küche. Ohrringe,

die Mutter schon lange nicht mehr getragen hatte. Eine Bernsteinkette, die sie auf die Flucht mitgenommen und auch in der schlechten Zeit nicht verkauft hatte, denn sie kam ihr vor wie das letzte Bindeglied an Zuhause. Wenn die Kette reißt, hört die Erinnerung auf.
Und da lag Mutters Ehering.
»Den hätten wir ihr ins Grab geben sollen«, sagte Hans Tabel. Er konnte sich nicht vorstellen, Mutters Ehering zu versetzen, ihn in Zahngold zu verwandeln, in neu zu prägende Münzen oder Goldbarren fürs spekulative Geschäft an den Edelmetallmärkten. Johannes 10. 5. 1939. Diesen Johannes mußte er, als er noch Hänschenklein war, in Feldgrau gesehen haben.
»Nimm du den Ring«, entschied Marianne und legte ihn neben die Bierflasche.
Vor 46 Jahren angefertigt, als gerade noch Frieden und Gold zwar teuer, aber immerhin erhältlich war. Den dazugehörenden zweiten Ring mit der Inschrift: Gerda 10. 5.1939, riß eine Fliegerbombe in Stücke. In einem Straßengraben der Ardennen müßte heute noch Goldstaub zu finden sein.
Da wäre auch Mutters Fotoalbum. Die Bilder ihrer Jugend fehlten, hatten die Flucht nicht überstanden. Kein Einsegnungsbild vor der Kirche, weder ein Hochzeitsbild noch Vater in der Uniform eines Briefträgers, nicht einmal in Feldgrau. Dieser Teil ihres abfotografierten Lebens war '45 untergegangen. Zwischen '45 und '48 gab es keine Bilder, weil Deutschland damals eine einzige Dunkelkammer war. Das neue Album begann 1948 mit einem Bild von Marianne und Hans, beide schmuck angezogen, gekämmt und gescheitelt.

»Die hübsche Kleidung hatte sie geliehen«, erinnert sich Marianne. »Damals hielten sich die Fotografen noch einen Fundus, um arme Leute für schöne Bilder auszustaffieren.«

»Hatte Mutter einen Grund, uns 1948 so herauszuputzen?« fragte er.

»Vielleicht wollte sie nur ein schönes Bild von uns haben, bevor wir groß sind.«

Nur wenige Bilder von Mutter. Immer nur die Kinder. Mariannes Konfirmation, Hänschens Konfirmation, die große Konfirmandenschar vor der Ziegelmauer der Travenwalder Kirche. Mariannes Hochzeit, Hänschen in Bundeswehruniform. Zum Ende hin beherrschten Mariannes kleine Kinder Mutters Fotoalbum.

»Mutter sah eigentlich ganz hübsch aus«, sagte er. Marianne blickte ihn an, als sei es ungehörig, Mutter, die unter der Erde lag, mit solchen Maßstäben zu messen. Hübsch, verführerisch, anziehend sind immer nur Frauen, niemals Mütter.

Im Wäschefach fand sie Briefe, zwei Bündel, jedes mit Paketbindfaden dreimal über Kreuz geschnürt. Eine Gummistrippe hielt die beiden Päckchen zusammen.

»Du sammelst doch Briefmarken«, meinte Marianne.

Das waren Vaters Feldpostbriefe, zeitlich geordnet nach den Jahren 1940... 1941... 1942... 1943... 1944... Frankreich... Rußland... Rußland... Rußland... Frankreich. Der letzte datierte vom 6. Dezember 1944, Nikolaustag. Im Stiefel steckte eine Rute, auf der Fensterbank lag ein Brikett für die unartigen Kinder, für die artigen aber gab es Äpfel und Nüsse.

Das zweite Bündel enthielt bunte Luftpostumschläge.

»Das sind die Leute, die uns in der schlechten Zeit CARE-Pakete geschickt haben«, erklärte Marianne. »Mutter hat sich mit denen geschrieben.«
»Sie konnte doch gar kein Englisch.«
»Lehrer Thomsen hat ihr die Briefe aus Amerika übersetzt und die Antwortbriefe, die sie ihm vorschrieb, auch.« Marianne erinnerte sich der braunen Pappe mit der Aufschrift: C.A.R.E./U.S.A. Viel Kakao war drin, ein Beutel mit so komischen Nüssen. Powdered Milk. Eine Dose Maxwell Coffee (mit der leeren Dose spielte Hänschen später auf dem Travenwalder Schulhof Fußball), California Apricots, Zucker und Mehl. Prunes... Kein Mensch wußte, was Prunes sind. Einmal kam ein CARE-Paket am 23. Dezember an. Lieber Gott, war das eine Bescherung!
Hans Tabel hatte nur schwache Erinnerungen an jene Zeit, als Deutschland eine Dunkelkammer war und die Seligkeit von so etwas wie Prunes abhing. 1942 geboren, entging das Kriegsende seinem Bewußtsein. Auch Vaters Tod meldeten sie dem kleinen Hänschen nicht. Daß die Nachkriegszeit elend war, erfuhr er später aus den Gesprächen mit Mutter und Marianne. Doch in einer langen Menschenschlange sah er sich stehen. Ging es um Brot oder um Fisch? Mutter stellte ihren Sohn, kaum daß er sechs Jahre alt war, in die Schlange, um Zeit zu sparen für Wäschewaschen, Strümpfestopfen und Holzsammeln. Er durchlebte die größte Angst seiner Kindheit. Mutter könnte ihn in der Schlange vergessen. Er stünde vor dem Ladentisch und wüßte weiter nichts zu sagen, als nach seiner Mutter zu rufen. Mutter kam immer in letzter Minute, um ihn von der Schlange zu erlösen.

Marianne knüpfte den Bindfaden auf, der die Luftpostbriefe zusammenhielt.
»Arizona«, sagte sie, »alle kommen aus Arizona.« Sie versuchte, die Adresse zu entziffern, fand eine Main Street 39, Name und Ort blieben unleserlich. »Du kommst doch in die Gegend«, sagte sie lachend. »Kannst die Leute mal besuchen.«
Sie schob ihm die Luftpostumschläge über den Tisch, auch Vaters Feldpostbriefe. Zögernd nahm er sie an sich. Durfte er solche Briefe überhaupt lesen? Glichen sie nicht Tagebüchern, die nach dem Tod des Urhebers zu vernichten sind? Vater und Mutter waren jung verheiratet, als diese Feldpostbriefe ankamen. Wenn das nun Liebesbriefe wären!
Das also war sein Erbe: Briefe mit schönen Briefmarken aus Arizona und Vaters Feldpost, fast ein halbes Jahrhundert alt. Dazu Mutters Ehering. Das Sparguthaben wird geteilt, vorher werden die Unkosten abgezogen. Marianne wird einen Grabstein bestellen. Die Kleidung geht ans Rote Kreuz.

Als die Maschine nördlich Schottland über den Wolken verschwand, es nichts mehr zu sehen gab von dem kleinen Europa außer den Tiefausläufern, die von Island her ostwärts trieben, nahm er die Briefe und löste den Bindfaden. Zum ersten Mal, daß er Vaters Handschrift sah. Die Buchstaben lagen rechtslastig schräg auf dem Papier, einige in Sütterlin, so das scharfe s, manchmal auch das weiche e. Adressat war immer Gerda Tabel. Kein Brief war an Hänschen oder Marianne gerichtet, immer

nur an die Frau. Den Umschlägen fehlte der Absender, Vaters Feldpostnummer lautete 58 282 C. Ihr sind diese Briefe wichtig gewesen, sonst hätte sie sie nicht mitgenommen aus dem brennenden Domnau, aus dem sie fast nichts mitnahm, nur ihr Leben und das ihrer beiden Kinder. Über Anschrift und Feldpostnummer kam er nicht hinaus. Er wagte sich nicht an den Inhalt. Wie ein Voyeur käme er sich vor, der seine Eltern im Schlafzimmer beobachtet. Wenn da nun der Satz stünde: Ich freue mich auf den nächsten Urlaub, um endlich wieder mit Dir zu schlafen.
Solche Sätze müssen vorgekommen, gedacht und geschrieben worden sein, millionenfach in jener Zeit, in der die Gewalt die Menschen trennte und eine unvorstellbare Enthaltsamkeit erzwang. Sie werden die Zensur anstandslos passiert haben.
Statt Vaters Feldpostbriefe las er in »Spiridon«, dem Magazin der Langstreckenläufer, einen Bericht über den Hawaii-Marathon. Nach Hawaii wäre sogar Heinemann mitgekommen, aber bestimmt nicht, um zu laufen. Marianne hatte ihm am Flughafen ein kleines Taschenbuch zugesteckt. Ein bißchen Reiselektüre, falls dich die Melancholie befällt, hatte sie gesagt. Zwischen Island und Grönland wickelte er das Buch aus. Sieh mal an, Marianne, die Lehrerin im Mutterstand mit ihrem höheren Sinn fürs Pädagogische hatte ihm Jürnjakob Swehn, den Amerikafahrer, mitgegeben.
Lieber Herr Lehrer, ich muß dir etwas mitteilen, da ist etwas, was ich nicht verstanden habe. Auf der Fahrt von England nach Amerika ist die Sonne sieben Wochen und zwei Tage lang morgens richtig aufgegangen und abends

richtig unter. Das hat alles seinen Schick wie bei uns zu Hause. Aber als wir hier ankamen; da wurden die Uhren ungefähr sechs Stunden nachgestellt. Lieber Freund, du mußt mir das mal ganz richtig erklären, warum das sein mußte. Ich weiß nicht, wo die sechs Stunden geblieben sind. Vielleicht liegen sie auch da, wo unsere Matratzen liegen.

In zehn Kilometer Tiefe lag Grönland. Auch davor hatte Mutter Angst gehabt. Stell dir vor, ihr müßt im ewigen Eis landen, da findet euch kein Mensch. Daß er zehn Stunden fliegen würde, hatte sie beunruhigt. Seit diese Geschichte mit der Fliegerbombe in den Ardennen geschehen war, hatte sie etwas gegen das Fliegen.

Arizona konnte er auf allen Luftpostbriefen deutlich lesen, aber nicht den Absender. In einem Brief fand er einen Zettel: Sam O'Keefe Jerome, 39 Main Street. Woher kam der Zettel? Die CARE-Organisation versandte ihre Pakete doch anonym. Durch den Zettel hatte Mutter Gelegenheit erhalten, einen Dankesbrief nach Amerika zu schreiben. Die deutsche Vorlage für Lehrer Thomsen fand sich in einem der Umschläge:

Sehr geehrter Herr! (Also ein Mann, mit dem Mutter korrespondierte) *Gestern kam Ihr wundervolles Paket bei uns an, und heute muß ich schon schreiben, um mich zu bedanken. Die Kinder – ich habe ein Mädchen von acht und einen Jungen von sechs Jahren – aßen zum ersten Mal in ihrem Leben Schokolade. Es ist wundervoll zu wissen, daß es auf der anderen Seite der Welt Menschen gibt, die wir nicht kennen, die uns nicht kennen, die uns aber trotzdem helfen. In Dankbarkeit Ihre Gerda Tabel.*

Er sah sie am Tisch sitzen, vor sich einen grauen Bogen, daneben Tintenfaß und Federhalter. Während sie sich mit der Tinte abmühte, ging das elektrische Licht aus, was oft vorkam in der düsteren Zeit. Mutter holte eine Kerze und schrieb weiter.

Warum schreibst du soviel, Mama? fragte Marianne vom Bett aus. Ich schreibe nach Amerika, damit wir Pakete bekommen.

Wenn man bedenkt, Mutter war damals jünger als Marianne heute ist. Mit einunddreißig Jahren wurde sie Witwe, um dann allein zu bleiben mit ihren Kindern.

Der Bordlautsprecher meldete die Küste Labradors. Die Maschine neigte sich nach links, dann nach rechts, damit die Passagiere einen Blick auf den unwirtlichen Anfang Amerikas werfen konnten. Dazu gab es Kaffee, Gebäck und einen stahlblauen Himmel. Die Kamera kam mit zweihundertfünfzig Hundertstel Belichtung und Blende 16 nicht mehr aus, so hell war es über Labrador.

Am letzten Sonntag im September lief er Berlin. Verbreitet Nieselregen. Hans Tabel vor dem Reichstagsgebäude, aber auf dem Startfoto, das nachher in allen Zeitungen stand, war er nicht zu erkennen. Vorn starten die Bleistifte, hinten die Radiergummis, Hans Tabel in der Mitte. Er hatte sich für dreidreißig gemeldet, wollte nur ankommen, irgendwann ankommen. An der Siegessäule war er noch siegesgewiß. Ein Stück ging es neben der Mauer her, zehntausend Marathonläufer stampften neben dem Steinwall. Wenn die nun links einschwenkten, liefen sie die Mauer um.

Home lies miles across the ocean
But Berlin is in my blood
Which is smeared on this wall.

Hier grunzte das Dichterschwein! stand neben der Poesie.
Bunte Kleckse huschten vorüber, eine gemalte Tür, ein gemaltes Fenster.
Ireland for the Irish!
Ein besonderer Gruß an die Berliner Marathonläufer:
Die Intelligenz rannte hinter mir her – doch ich war schneller.

British Government deprived many war widows of
their pensions. Many commit suicide or freeze
to death in severe winters.

Mutter bekam Kriegerwitwenrente vom deutschen Staat, Marianne und Hans Kriegswaisenrente. Beides zusammen reichte natürlich nicht, darum hat Mutter viel genäht für sich und die Kinder und für andere.
Am Erfrischungsstand in Kreuzberg blieb er zum ersten Mal stehen, aß Bananenstücke und Apfelsinenscheiben. Der Nieselregen tat gut, er kühlte die Haut, seit Berlin lief er gern im Nieselregen. Dieser Rausch, als er dem Schöneberger Rathaus zulief. Unter bunten Regenschirmen winkten Menschen, er spürte die Füße nicht mehr, lief wie auf Wolken. Schülerinnen der Berliner Massageschulen boten ihre Dienste an, aber nicht für Hänschen Tabel, der lief und lief und lief seinen ersten großen Lauf.
Am Kurfürstendamm in die Zielgerade. Dich über-

kommt ein Gefühl haushoher Überlegenheit. Du läufst wie im Rampenlicht. Das Publikum jubelt. Du ballst die Faust wie Boris. Keiner von denen an der Straße bringt es fertig, zweiundvierzig Kilometer in einem Stück zu laufen. Als am Ende des Ku'damms die Kaiser-Wilhelm-Gedächtniskirche auftaucht, hebst du die Hand zum V-Zeichen. Bei drei Stunden und zwölf Minuten bleibt deine Uhr stehen, weitaus besser als erwartet.
Warum läufst du überhaupt? fragten so viele. Warum vergeudest du kostbare Stunden deines Lebens mit diesem stumpfsinnigen Laufen? Das ist kein Argument. Andere verbringen endlose Stunden mit Biertrinken, Spazierengehen oder vor dem Fernsehgerät. Warum also nicht laufen? Und stumpfsinnig ist es gewiß nicht. Er dachte sich, während er lief, durch die Welt, er dachte Gedanken, die ihm sonst nie einfielen, jedenfalls bis Kilometer dreißig. Danach kam der Mann mit dem Hammer, und jedes Denken hörte auf. Die letzten zehn Kilometer lief er in Trance, während sein Geist aus ihm heraustrat und über dem Wasser schwebte.
Dieses großartige Gefühl des Ankommens, des Durchhaltens und Dich-selbst-Besiegens, dieser Rausch, wenn du abhebst, wenn du die Glieder nicht mehr spürst und es dir vorkommt, als läutete am Schöneberger Rathaus die Freiheitsglocke.
Die Stewardeß brachte Tomatensaft. Über Kanada riß der Himmel auf. Unten Wälder, nein, ein riesiger Wald von der Hudsonbay bis zum Pazifik. Dazwischen die Mäander der Ströme, gleißend wie die Lichterketten der Autostraßen nachts in den Städten. Linker Hand eine Rauchsäule.

»Ein Buschfeuer im nördlichen Ontario«, erklärte der Bordlautsprecher. Jahr für Jahr bringen Blitzschläge in Kanada mehr Bäume um als der saure Regen in ganz Europa. Aus der Asche wächst es weiter, aus den Erdspalten und Felsritzen der Waldfriedhöfe sprießt immer neues Leben, die Wälder geben nicht auf.

Auch von Travenwalde sind einige nach Kanada gegangen, für immer. Das waren die Flüchtlinge, die in der alten Schule wohnten, eine Familie aus Bessarabien mit vielen Kindern. Wo liegt eigentlich Bessarabien? Da kommen die nie wieder hin, sagte Mutter und hielt es für das beste, wenn diese Leute nach Kanada auswanderten. Lehrer Thomsen ließ, als er mit einem Schlag fünf Schüler an Kanada verlor, als Mahnung und Abschreckung das Gedicht von den Auswanderern lernen und aufsagen. Irokesen kamen darin vor, die sich auf gewesen reimten. Und im Schwarzwald rauschten dunkle Tannen.

Marianne, die Lehrerin im Wartestand, hatte ein paar Zeilen in dem Buch dieses Amerikafahrers unterstrichen. So diese Botschaft aus der Neuen Welt an Mecklenburg:

Jetzt haben wir meist junge Lehrerinnen. Davon sind die welchen ja auch noch unbedarwt wie die Gössel und verdammeln die Schulzeit. Aber die welchen sind auch gut und bringen die Schule vorwärts.

Ein paar Seiten weiter sprach Jürnjakob Swehn mit seiner Mutter:

Da sagte sie ganz leise, so, als wenn sie sich schämte: Jürnjakob, sagte sie, du kannst mir mal einen Kuß geben. Mich hat so lange keiner mehr geküßt. Ich habe eigentlich bloß dreimal im Leben einen Kuß gekriegt.

Einmal, als ich mit Jürnjochen Hochzeit machte. Das andere Mal, als du geboren wurdest. Das dritte Mal, als Jürnjochen starb. Nun will ich mich fertigmachen und ihm nachgehen. So kannst du mir noch einen mit auf den Weg geben.
Ich aber sprach: Mudding, das geht mir gerade so wie dir, und ich sehe, daß ich dein Sohn bin. Da haben wir beide was nachzuholen.
So starben Mütter damals. Heute sterben sie mit sich allein, während der Fernseher flimmert. Und morgens findet die Peters sie auf dem Fußboden.
Er schloß die Augen: Arizona, CARE-Pakete, ein Lauf entlang der Mauer, seine Mutter als hübsche, junge Frau, Jürnjakob Swehn der Amerikafahrer und die Leute aus Bessarabien, die irgendwo in den Wäldern unter ihm lebten. Es geriet ihm durcheinander und verschwamm, bis der Lautsprecher Uranium City ankündigte, jene strahlende Stadt in der Wildnis. Eine verstreute Ansiedlung, ein Fluß mit zahllosen Windungen und Wald, Wald, Wald, Wald. Dazu die Sonne, die nicht untergehen wollte. Seine Armbanduhr zeigte Schlafenszeit, aber draußen strahlte der sonnige Mittag. Wo mögen die sieben Stunden geblieben sein? Vielleicht liegen sie unter Jürnjakob Swehns Matratze.
Lag es an den CARE-Paketen, daß seine Kindheit einen Geruch und Nachgeschmack von Kakao und Schokolade hatte und daß Amerika ihm begehrenswert vorkam? Marianne lachte ihn aus, er zog wütend an ihren Zöpfen, bis sie weinte. Es ging um die einfache Frage, ob in Amerika Schokolade an Bäumen wächst, woran Hänschen im Jahr '49 noch glauben mochte. Die ange-

hende Lehrerin, zwei Jahre älter und in der Botanik schon bewandert, kannte nur Eukalyptusbäume – immerhin schüttelte man von ihnen die scharfen Bonbons für den Hals – und einen Affenbrotbaum, von dem Eulen und Meerkatzen sich nährten. Schokoladenbäume kamen nur im Schlaraffenland vor.
Du kannst ja nach Arizona fahren und dir ein paar Tafeln pflücken und in Silberpapier einwickeln, sagte Marianne bissig. Er riß an ihren langen schwarzen Zöpfen, bis die Tränen kamen. Und Mutter? Sie ergriff Partei für die Schokoladenbäume. Sechsunddreißig Jahre später fuhr er nach Arizona, wo jener Mensch herkam, der die Pakete geschickt hatte.
Amerika war ihm schon immer ein Gegenstand besonderer Sehnsucht gewesen. Es waren nicht nur Thomsens Irokesen, sondern auch die Schokoladenbäume in Arizona, über die nach dem Unglück mit Mariannes Zöpfen nicht mehr gesprochen wurde, die aber natürlich lebten, kräftig wuchsen und Früchte trugen. Seine Sehnsucht hing auch an Bildern wie dem breiten Mississippistrom, auf dem alte Raddampfer Wasser pflügten, an den Felsschluchten des Colorado, denn immer war es Natur, die ihn anzog. Die Stars von Paramount und Metro-Goldwyn-Mayer bedeuteten ihm wenig gegen die Stars aller Lebewesen, die Mammutbäume in Kalifornien. Straßenkreuzer und grelle Reklame an den Highways waren nicht sein Amerika, aber die Felstürme im Monument Valley, die Canyons, die fallenden Wasser, die steile Küste an den Ozeanen. Manhattan machte ihm angst, die Bilder des Grand Canyon machten ihn groß. Herrgott, die steile Rampe der Queensboro-Brücke,

dieser Heartbreakhill New Yorks. Sie hatten einen Teppich über die Stahlplatten gelegt, damit den Läufern nicht schwindelig wird, wenn sie unter sich in den East River starrten. Und vor dir die Wolkenkratzerwand Manhattans. Da mußt du hin. Ihm begannen die Knie zu zittern, als er diese Mauer von New York sah. Man müßte den Grand Canyon laufen, Marathon um den Kilimandscharo und zum Kap der Guten Hoffnung, zwischen den Kolossen der Osterinsel laufen, die Sehenswürdigkeiten der Welt erlaufen, in der Stunde sechzehn Kilometer, in zweitausendfünfhundert Stunden einmal um die Erde!
Marianne hielt die Lauferei für eine aufwendige Marotte. Die Reise nach Amerika erschien ihr deshalb unvernünftig, weil der Dollar hoch im Kurs stand. Mensch, Marianne, wir können unsere Träume nicht immer den rationalen Überlegungen von billig und teuer opfern. Dafür ist das Leben zu kurz und Hänschen schon dreiundvierzig Jahre alt.
Als es entschieden war, das Visum schon im Reisepaß stand, starb Mutter. Ihr zuliebe hätte er nicht fahren dürfen. Sie mochte Amerika nicht wegen jenes Zwischenfalls in den Ardennen, der sie zur Kriegerwitwe machte. Auch die CARE-Pakete milderten ihre Abneigung nicht.
Die Amerikaner haben einiges gutzumachen, sagte Mutter und zählte fünf deutsche Städte auf: Köln, Hamburg, Dresden, Stuttgart, Berlin. Erst zertrümmern sie alles, dann schicken sie den Überlebenden Schokolade. Sonderbare Leute, diese Amerikaner.
Unten die kanadische Grenze, vor lauter Wald unsicht-

bar. Montana müßte das sein. Amerika hat so wohlklingende Namen: Montana, Arizona, Virginia, Colorado. Wir dagegen mit unseren Zungenbrechern Baden-Württemberg, Nordrhein-Westfalen, Schleswig-Holstein.

»Unter uns der Yellowstone River«, sagte der Bordlautsprecher. Auch so ein Name.

»Möchten Sie nichts essen?« fragte die Stewardeß.

Nein, er hatte noch Briefe zu lesen, zum Beispiel die Antwort auf Mutters Dankeshymne:

Hallo, ihr da in Alt-Deutschland, übersetzte Lehrer Thomsen. *Fein, daß die Schokolade schmeckt. Ich werde mehr schicken, denn wir haben genug von dem Zeug, es wächst hier an den Bäumen...* (Also doch, Marianne!) *Sende mir ein Foto von Deinen Kindern. Ich mag Kinder. Grüße aus dem heißen Arizona.*

Unterschrift unleserlich, hatte Thomsen kritisch vermerkt.

Deshalb mußte er mit Marianne zum Fotografen. Weil die Flüchtlingsausstattung für ein ordentliches Bild, gar noch für Arizona, nichts hergab, lieh Mutter eine weiße Bluse (Marianne) und einen blauen Pullover (Hänschen). Weiß und Blau paßten gut. Eine Riesenschleife, mehr ein Propeller oder ein großer, weißer Schmetterling, hielt Mariannes Zöpfe zusammen. Hänschen bekam einen geraden Scheitel auf der rechten Seite, denn sein Haar wollte nur rechts fallen, sosehr Mutter sich auch abmühte.

Der Hitler trug den Scheitel auch rechts, sagte sie besorgt, wenn sie mit seinen Haaren kämpfte.

Also zum Fotografen und Haarschneider Döring. Im

Schaufenster ein überdimensionaler Kamm mit Zinken wie Forkenstiele. Hans Albers, der fotogenste Kerl im damaligen Deutschland, blickte mit wasserklaren Augen durch Dörings Schaufensterglas. Ihn umrahmten Soldatenbilder, Soldatenbräutebilder, Kleinkinder im Matrosenanzug und Opa Kruse, der, bevor er das Zeitliche segnete, von Döring im Ohrensessel vor dem Kachelofen abgebildet worden war. Er sah aus wie Ohm Krüger in der Wagenburg, das Denkmal eines holsteinischen Altenteilers. Die Tür schellte wie in jedem Laden in Travenwalde. Ein großer Raum empfing sie, aufgeteilt in zwei Berufe. Linker Hand die Friseurecke mit Drehsitz und Spiegel, rechts ein Stativ, auf dem wie ein Vogelhäuschen ein hölzerner Kasten montiert war. Als Hintergrund eine Tapete, die den schönen deutschen Frühlingswald zeigte, bevor ihn der saure Regen heimsuchte. Buchen, Buchen, Buchen, weiter nichts als Buchen. Vor dem Frisierspiegel legte man letzte Hand an, scheitelte das Haar, drückte noch schnell eine Locke, bevor man feierlich vor den schwarzen Kasten trat.
Wollen Sie nicht mit aufs Bild? fragte Döring die Mutter.
Nein, nur die Kinder.
Da standen sie vor dem deutschen Maienwald und starrten, wie immer recht freundlich, Amerika an. Ein Blitz durchzuckte Dörings Laden. Der Haarschneider kam nicht rußgeschwärzt, wie Hänschen erwartet hatte, sondern manierlich aussehend unter dem schwarzen Tuch hervor. Mutter zahlte, vermutlich schon mit gutem deutschem Geld, möglicherweise auch mit einer Schachtel Zigaretten aus den Arizonapaketen. Eine Wo-

che später holte Marianne die Bilder ab. Eines wanderte in Mutters Fotoalbum, das andere machte sich auf den Weg nach Arizona. Dort betrachtete ein Mann – hieß er nun Sam oder Jerome oder O'Keefe? – die leidenden Kindergesichter und beschloß, weitere Pakete nach Travenwalde zu schicken.
Er las den Originalbrief. Thomsen hatte das englische »your« dreist in »dein« übersetzt. Das gab dem Brief einen vertrauten Klang. Schick mir ein Bild von Deinen Kindern! hört sich anders an als: Schicken Sie mir bitte ein Bild von Ihren Kindern! Warum wollte Mutter nicht mitfotografiert werden? Weil es sich nicht gehörte, sich ungebeten in den Vordergrund zu drängen. Verlangt wurde ein Bild von den Kindern, mehr nicht. Außerdem besaß Mutter kein ordentliches Kleid, um sich für fremde Leute, gar noch für Arizona, abfotografieren zu lassen.

Landeanflug über dem Meer. Unten Santa Monica. Palmen, eine mehrspurige Autobahn, zum Bersten voll. Die Passagiere klatschten, wie immer nach langen Flügen. Musik über den Bordlautsprecher, Frank Sinatra begrüßte die Amerikafahrer. Sicherheitsgurte klickten. Draußen glitt Los Angeles vorüber, vorne nur Beton und abgestellte Flugzeuge, in der Ferne Hochhäuser, am Horizont eine Bergkette, die in der Sonnenglut flimmerte. Kaum öffneten sich die Luken, drang Wärme in den Bauch der Maschine.
Hinter der Absperrung ein Winken und Rufen. Jemand wurde mit einem Strauß bunter Luftballons erwartet.

Aber niemand empfing Hans Tabel. Kolumbus war längst tot, ebenso Buffalo Bill, auch Winnetou und Tom Sawyer fehlten. Die Helden seiner Kindheit waren zu Denkmälern erstarrt, nicht sie kamen zu seiner Begrüßung, er mußte zu ihnen.
Eine uniformierte Frau prüfte kritisch die Papiere, fragte, was er in Amerika zu tun gedenke.
»Holiday«, antwortete er.
»Auch ein bißchen arbeiten, um den Urlaub zu finanzieren?«
»Nein, keine Arbeit, nur Holiday.«
Sie ließ sich sein Rückflugticket zeigen und fragte, ob er Bekannte oder Verwandte habe. Nein, seine Bekannten waren alle tot und zu Denkmälern erstarrt.
Am Ausgang hing eine Menschentraube über dem Geländer, Luftballons tanzten über der Menge. Ein junger Mann kam auf ihn zu, braungebrannt, weiße Hose, buntes Hemd.
»Sie kommen doch aus Deutschland!« rief er und hielt ihm einen Zettel hin.
»Wir bauen einen neuartigen Service in Amerika auf. Wenn Sie krank werden oder dringend Geld brauchen, können Sie sich an uns wenden.«
Er ging weiter und verteilte Zettel. Auf dem Papier stand nur eine Telefonnummer und das deutsche Wort: Reisedienst.
Hans Tabel trug sein Gepäck zur Bushaltestelle, wo die kleinen Shuttles der Hotels kamen und gingen. Während er auf den Koffern saß, den Hilton-Bus abwartete, stellte sich ihm das lärmende, hektische Amerika vor. Hinter der Halle donnerten die startenden und landen-

den Maschinen. Vor ihm Busse und Taxen, die die Motoren laufen ließen, um die Klimaanlage in Betrieb zu halten. Rosa und weiß blühte der Oleander, wild wachsend wie in Travenwalde die Fliederbeeren. In den Oleanderduft mischte sich schweres Dieselöl. Schweiß lief seinen Nacken hinunter. Neben ihm riefen und lachten Menschen. Im Triumphzug führten Jugendliche einen ihm unbekannten Star zu seinem Straßenkreuzer, Mädchen kreischten, Luftballons platzten. Eine gewaltige Vermischung des Blutes hatte hier stattgefunden. Indianisches, mexikanisches, europäisches, asiatisches und schwarzes Blut war in einen Kessel gegossen und kräftig verrührt worden. Kalifornien ist heute so, wie die Welt in zweihundert Jahren sein wird, wenn es reines Blut nur noch im Labor gibt. So wird es kommen. Die Grenzen und Dämme, die gegen die Vermischung errichtet sind, werden nicht mehr lange halten. Mit der Kraft des Wassers, das sich seinen Weg sucht, fließen die Ströme des Blutes zusammen.

Elf Stunden geflogen und kein bißchen müde. Die Welt durchdacht von Travenwalde bis Arizona, mit Jürnjakob Swehn auf Amerikatour gegangen, zum ersten Mal Vaters Handschrift entziffert, Mutter beim Auspacken von CARE-Paketen zugeschaut... und kein bißchen müde.

Da war er wieder, der Zettelverteiler.

»Kann ich Sie mitnehmen?« Er half ihm, das Gepäck zu einem blauen Lieferwagen zu tragen, der in der grellen Sonne parkte. Angeblich lag das Hilton auf seinem Weg.

»Ich bin aus Bremen, aber schon vier Jahre in Los

Angeles«, erklärte er. »Nennen Sie mich einfach Heinz. In Amerika nimmt man die Namen nicht so genau, vor allem nicht die Nachnamen.« Ein sympathischer Kerl, der junge Mann aus Bremen. Auf dem Weg zum Hotel wollte er ihm ein Auto vermieten, denn Urlaub in Amerika ohne Mietwagen gehe überhaupt nicht.
»Ich habe daran gedacht, Amerika zu durchlaufen«, antwortete Hans Tabel und lachte.
»Haben Sie eigentlich eine Reiseversicherung?«
»Aber natürlich. Wenn es ein Reiseland gibt, für das man eine Versicherung braucht, ist es Amerika. Schon wegen der hohen Krankenhauskosten.«
»Genau das ist der Punkt«, sagte Heinz.
Er schlug vor, sich morgen früh zu treffen. Es gebe einen Schnellimbiß in der Nähe des Hilton. Dort könnten sie frühstücken, und er würde ihm den neuartigen Reisedienst erklären.
Hans Tabels Zimmer lag im 10. Stock. Es war angenehm kühl. Kein Laut drang durch Wände und Fensterscheiben, die Nähe des Flughafens war nur sichtbar, nicht hörbar. Fünf ... sechs ... sieben Maschinen flogen hintereinander wie Perlen auf einer Schnur die Stadt an. Blinkende Sterne im Landeanflug zur Erde, dazwischen Venus am Abendhimmel.
Das war keine schlechte Idee, in den Touristenzentren der Welt Servicestationen einzurichten, vor Ort beratend und helfend dabeizusein, wenn den Urlaubern Autos oder Kameras gestohlen werden, wenn sie erkranken, Geld brauchen oder vorzeitig nach Hause müssen. Das wäre ein Denk-mit-Vorschlag für die Reiseabteilung der Arkona-Versicherung. Natürlich zahlt Heine-

mann dafür keine Prämie. Es ist nämlich ständige Aufgabe aller Mitarbeiter der Reiseabteilung, mitzudenken und Verbesserungsvorschläge einzubringen. Dafür werden die Herrschaften gut bezahlt.
Er probierte die zwanzig Stationen des TV-Gerätes durch und erfuhr, daß es in Südafrika Tote gegeben hatte. Auf dem Grund des Atlantiks hatten sie den Flugschreiber der abgestürzten Air-India-Maschine gefunden. Als das Flugzeug westlich Irlands im Ozean versank, rief Mutter spätabends an und fragte, ob er wirklich nach Amerika fliegen müsse. So viele Tote auf einen Schlag, das sei ja schlimmer als Krieg. Es war übrigens das letzte Telefongespräch mit Mutter. Zum letzten Mal sah er sie am 17. Juni, als er mit ihr an der Trave entlangspazierte. Das tat sie gern, mit ihrem großen Sohn spazierengehen.
Inmitten einer Wüste von Beton und Fensterglas eine palmenumstandene Oase im Innenhof: der Swimmingpool. Sein erstes Bad in Amerika. Er lag im lauwarmen Wasser auf dem Rücken, eingerahmt von den Fenstern des Innenhofes. Über ihm ein Quadrat des offenen Himmels, die Seiten wie mit dem Lineal gezogen. Hans Tabel war in den Brunnen gefallen, unten bei Frau Holle wuchsen Palmen und Oleander, über den Brunnenrand blickten drei fade Sterne in die gläserne Gruft.
Einer kam, rot gekocht wie ein Krebs, aus dem Whirlpool, schwamm drei Bahnen neben ihm, bevor er fragte, was für ein Landsmann er sei. Als er Deutschland hörte, lachte er. Sein Großvater komme auch aus Deutschland, aus Halberstadt, wo immer das liegen möge. Er sprach es englisch aus, was sich ulkig anhörte. Gelegentlich

werde er rüberfahren, um dieses Hälberstädt zu besichtigen. Seine Großmutter sei in Rußland geboren, dort nach den Ahnen zu forschen, hielt er nicht für ratsam, aus mancherlei Gründen.
Dunkelheit fiel in die Schlucht. In den unteren Etagen flammte das Licht auf, im 10. Stock spiegelte sich noch Abendröte im Fensterglas. Aus dem Blattwerk der Palmen strahlten Scheinwerfer und ließen das Wasser des Pools grün schimmern.
Neben der Nachttischlampe fand er unter Glas einen jener Sprüche, die Amerika so heiter machen:

> Don't smoke in bed.
> The ash on the floor might be you.

Er rauchte schon lange nicht mehr, mit Nikotin läufst du die Marathonstrecke zwanzig Minuten länger.
Eigentlich müßte er schlafen, aber seine innere Uhr zeigte morgens halb acht. Er dachte an den Mann, der vielleicht noch leben könnte in Arizona oder in dieser Riesenstadt Los Angeles, die fast so viele Einwohner zählte wie das ganze Land Nordrhein-Westfalen. Vielleicht war er arm geworden und wartete darauf, daß diese wunderbare Organisation CARE ihm ein Paket schickte. Gab es CARE überhaupt noch? Wohin gingen jetzt die Schokoladentafeln von Arizonas Bäumen?

»Carl's Jr« hieß das Restaurant neben dem Hilton. Ein fünfzackiger Stern leuchtete über dem Eingang. Heinz saß an einem der Fensterplätze, hob die Hand und winkte durch die Scheibe, als Hans Tabel ankam. Nein,

wie ein Geschäftsmann sah Heinz nicht aus, eher glich er einem Urlauber, der gerade von der Beach kommt. Der Mann, der den neuartigen Reiseservice kreiert hatte, trank puren schwarzen Kaffee. Hans Tabel holte sich ein Kaltgetränk und beobachtete ihn über den Rand des Pappbechers. Heinz kam ihm bekannt vor. Vielleicht war er ihm bei seinen Läufen im Stadtpark begegnet; dort traf er viele Gesichter, die einfach vorüberglitten, ohne sich tiefer einzuprägen.
»Mit dem Wilden Westen hast du dir gleich das schönste Stück Amerikas ausgesucht«, sagte Heinz. »Aber verdammt teuer. Vor sieben Jahren gab es den Dollar für eine Mark achtzig, damals hättest du reisen sollen.«
Er fragte nach der Route, nickte zustimmend, als er San Diego hörte, bei Phoenix atmete er tief durch. Die Gegend kam ihm für einen Nordeuropäer ungeeignet vor, jedenfalls im Juli.
Plötzlich bat er, die Reiseversicherung sehen zu dürfen. Hans Tabel schob ihm das Papier über den Tisch.
»Donnerwetter, ein richtiger Versicherungsschein! Das gibt es selten. Die meisten Kunden überweisen die Prämie per Post, der Zahlkartenabschnitt ist ihr Versicherungsschein.«
Die Arkona-Versicherung kannte er. Das sei doch der große, reiche Konzern, der das Reisegeschäft nur nebenbei betreibe. Am meisten verdiene die Arkona an Lebens- und Krankenversicherungen.
»Bist du bei der Firma beschäftigt?« wollte er wissen. Warum Hans Tabel diese Frage mit einer Lüge beantwortete, wußte er selber nicht. Jedenfalls behauptete er, bei einer Bank angestellt zu sein.

»Ja, die Banken!« rief Heinz. »Das sind die gleichen kriminellen Vereinigungen wie die Versicherungen. Ich sprach mal mit einem Versicherungsdirektor, der sich am liebsten mit Bankgeschäften abgab. Auf die Frage, warum er das mache, antwortete er: Bei den Banken müssen Sie noch mehr aufpassen, junger Mann! Die Versicherer lügen nur, aber die Banker betrügen auch noch.«
Heinz lachte laut.
»Was Brecht zu den Banken gesagt hat, wissen Sie doch:

> Was ist ein Dietrich gegen eine Aktie?
> Was ist ein Einbruch in eine Bank gegen die Gründung einer Bank?«

Hans Tabel fragte, für welche Gesellschaft er den Reisedienst betreibe.
»Für alle deutschen Gesellschaften, die Reiseversicherungen anbieten«, anwortete Heinz. »Ich betreue ihre Versicherten in den USA, helfe ihnen, wenn sie Probleme haben, vor allem finanzielle Probleme.«
Er trank den Rest seines schwarzen Kaffes aus und kam auf den Mietwagen zu sprechen. Es gebe einen Weg, ihn umsonst zu bekommen. Nicht nur den Wagen, die ganze Amerikareise umsonst. Heinz zog einen Packen Papier aus der Tasche. Computergeschriebene Zahlenkolonnen, endlos lange Reihen, Überträge von Seite zu Seite: eine jener amerikanischen Krankenhausrechnungen, die Hans Tabel oft in Händen gehalten hatte.

Description of Hospital Services and Total Charges:

Room	360 $
Pharmacy	24 $
EKG	51 $
Differential	8 $
Hemogram	12 $
Room	360 $
Pharmacy	76 $

Und so weiter über viele Seiten.

»Das ist eine amerikanische Krankenhausrechnung über 2300 Dollar«, erklärte Heinz und fuhr mit dem Finger die Zahlenreihe ab. »Neben dem Tagessatz für die Unterbringung sind alle Sachleistungen des Krankenhauses aufgeführt, jede Mullbinde, jeder Wattebausch, jede Schlaftablette.«

Er legte weitere Papiere auf den Packen.

»Zu einem Krankenhausaufenthalt in Amerika gehören natürlich Arztrechnungen. Jeder im Krankenhaus tätige Radiologe, Neurologe oder Chirurg schreibt seine eigene Rechnung. Da wären hier noch einmal vier Rechnungen, zusammen mit der Krankenhausrechnung macht das 3050 Dollar.« Er schwieg und beobachtete die Wirkung seiner Worte. »Wie du siehst, haben die Papiere nur einen Mangel: ihnen fehlt der Rechnungskopf. Wenn ich an dieser Stelle den Namen des Patienten, die Behandlungsdauer, den Namen des Krankenhauses und als Diagnose beispielsweise Fischvergiftung eintrage, hast du eine perfekte Rechnung, die jede Versicherung anerkennt, auch deine Arkona.«

Er schlug die Mappe auf, in der Briefköpfe amerikanischer Krankenhäuser und Ärzte lagen, entschied sich nach einigem Zögern für das Mercy Hospital in San Diego, hielt das Mercy deshalb für passend, weil Hans Tabel ja nach Süden reisen wolle. Außerdem liege San Diego nahe der mexikanischen Grenze, das sei wichtig wegen der Diagnose.

»Wenn du wieder in Deutschland bist, legst du der Arkona die Rechnung vor und erhältst in zwei Wochen 3050 Dollar, also fast 9000 Mark.«

»Und so etwas funktioniert?«

»Die Sache ist sicher wie die Bank von England, sie ist schon fünfzigmal ohne Risiko gelaufen. Ich nenne sie die Aktion ›Amerika umsonst‹. Wer mit Heinz nach USA reist, braucht nur eine ordentliche Reisepolice, den Rest besorgt Heinz mit dem Geld der Versicherung.«

»Alle Achtung«, staunte Hans Tabel und wollte wissen, warum es unbedingt ein Krankenhaus sein müsse.

»Weil ein Tag im Krankenhaus vierhundert Dollar kostet. Nur Krankenhausrechnungen bringen einigermaßen Geld.«

Er wollte die Papiere durchblättern, aber Heinz gab sie nicht aus der Hand. Erst müßten sie handelseinig werden, denn sein Service sei nicht uneigennützig. Fünfundzwanzig Prozent des Rechnungsbetrages müsse er als Provision verlangen, und das sofort.

»Das Risiko liegt allein bei mir«, stellte Hans Tabel fest. »Ich zahle jetzt fünfundzwanzig Prozent und muß hoffen, von der Versicherung hundert Prozent zu bekommen. Was geschieht, wenn die in San Diego anfragen, ob Hans Tabel behandelt worden ist? Dann fliegt unsere schöne Geschichte doch auf.« Heinz lachte.

»Das ist theoretisch richtig, aber praktisch falsch. Ich kenne die deutschen Versicherungen. Bei Rechnungen bis zu dreitausend Dollar fangen die gar nicht an zu denken, die haken sie nur ab. Erst wenn es in die Fünfstelligen geht, prüfen sie gründlicher. Das Geheimnis der Aktion ›Amerika umsonst‹ liegt in der Begrenzung. Jede Rechnung muß im Bagatellbereich bleiben, damit sie ohne Nachprüfung beglichen wird. Schon viele haben versucht, eine Versicherung über den Tisch zu ziehen. Sie machten immer den Fehler, mit einem Schlag reich werden zu wollen.« Heinz holte sich einen Kaffee. Als er zurückkehrte, kam er auf die Diagnosen zu sprechen. Blinddarmoperation gehe nicht, da müßte ja eine Narbe sein. Vergiftung wäre empfehlenswert, Commotio cerebri käme auch in Frage, weil kein Arzt auf der Welt die Echtheit der Diagnose Gehirnerschütterung überprüfen könne. Sehr gut sei Sonnenallergie. »Kommst du nicht durch die Wüste Nevada? Da wäre Sonnenallergie eine sehr wahrscheinliche Erkrankung. Für den Fall hätten wir hier die Rechnung eines Krankenhauses in Reno.« Er präsentierte eine drei Seiten lange Computerrechnung, die mit 2570 Dollar abschloß. Wichtig seien akute Erkrankungen, nur nichts Chronisches. Reiseversicherungen zahlen nicht, wenn alte Krankheiten im Urlaub auftreten. Deshalb müsse man eine Diagnose wählen, die keinen Verdacht aufkommen lasse, es könnte eine chronische Erkrankung sein. Sonst fangen die Sachbearbeiter an, dumme Fragen zu stellen. Am besten sei Fischvergiftung. Von San Diego einmal nach Tijuana, um mexikanisch zu essen, schon sei die Diagnose in Ordnung.

Heinz redete sich in Eifer, erzählte von Kunden, die ihre Amerikareise mit Krediten finanziert hätten. Nach Rückkehr und Eingang der Versicherungsgelder sei der Kredit beglichen worden. Die Einnahmen ließen sich steigern, wenn man der gesetzlichen Krankenkasse ein Duplikat der Rechnung vorlege. Die prüfe überhaupt nicht, zahle nur die in Deutschland üblichen Vertragssätze. Das sei zwar wenig, aber immerhin ein kleines Taschengeld zusätzlich und falle nicht unter die Provisionspflicht.
»Was meinst du, was die Versicherungsgesellschaften an den Reisepolicen verdienen? Wenn die hundert Mark Prämie kassieren, geben sie davon fünfzig Mark für Versicherungsleistungen aus, der Rest sind Unkosten und Gewinn.«
Von diesem Gewinn wollte er ihnen ein wenig abhelfen. Wenn die von hundert Mark Einnahmen neunundvierzig Mark behielten, sei das auch genug.
Hans Tabel wollte sich das Geschäft überlegen und bat Heinz um Name und Adresse.
Nein, er müsse sich jetzt entscheiden, auf der Stelle. Über Geschäfte dieser Art könne nicht lange verhandelt werden, Telefongespräche oder Korrespondenzen seien ausgeschlossen. »Wenn du mitmachst, gehe ich in mein Auto und vervollständige die Rechnungen. Du erhältst die Papiere und zahlst mir fünfundzwanzig Prozent. Danach sehen wir uns nie wieder. Wenn du nicht mitmachst, vergessen wir die Geschichte und gehen unserer Wege.«
Auf dem Lincoln Boulevard brauste der Verkehr. Hans Tabel dachte an Heinemann, der so brav die kleinen

Rechnungen abhakte und erst bei fünfstelligen Zahlen zu denken anfing.
Er wollte wissen, ob viele von denen, die Heinz am Flughafen ansprach, auf den Handel eingingen. Für Heinz teilte sich die Menschheit in zwei Gruppen. Die eine ist niemals bereit, 750 Dollar auf den Tisch zu legen mit der Aussicht, dafür in vier Wochen 3000 Dollar zu kassieren. Die andere Sorte wirft dagegen bedenkenlos mit der Wurst nach dem Schinken. Schon auf dem Flughafen traf er eine gewisse Vorauswahl. Frauen sprach er nie an, weil die von Natur aus wenig risikobereit sind. Auch von Familienvätern hielt er sich fern. Alleinreisende Männer waren seine besten Kunden.
Hans Tabel verzichtete auf die 3000 Dollar. Er sagte, er habe Angst, seinen Job bei der Bank zu verlieren, wenn die Geschichte rauskommt. »Ach, die Banken und die Versicherungen, unsere kriminellen Vereinigungen!« rief Heinz ärgerlich. »Wenn du noch den öffentlich-rechtlichen Räuber namens Finanzamt dazunimmst, hast du die drei apokalyptischen Reiter der Neuzeit. Gegenüber diesen Banditen darfst du kein schlechtes Gewissen haben.« Er erhob sich und verwahrte die Computerrechungen in seiner Aktenmappe.
»Also gut, vergessen wir die Geschichte.«
Ohne Handschlag verschwand er im Waschraum, während Hans Tabel hinausging in die Hitze. Er fotografierte den blauen Lieferwagen und notierte die Autonummer. Mit dem Teleobjektiv schoß er Heinz ab, als der »Carl's Jr« verließ. Kurz vor dem Hotel bremste der blaue Lieferwagen neben ihm. »Hallo, warte mal!« schrie Heinz.

Rasch verschwand er im Hotel, sah durch die Scheibe der Drehtür, wie Heinz aus dem Wagen sprang und ihm nachrannte. Hans Tabel lief die Treppe hinunter ins Untergeschoß, eilte durch die Tiefgarage und fand sich im Fitneßraum wieder zwischen Hanteln, Gewichten und Fahrrädern.

Er hätte ihn nicht fotografieren sollen, diesen Heinz.

Eine halbe Stunde später verließ er das Hotel durch die Tiefgarage, nachdem er sich davon überzeugt hatte, daß der blaue Lieferwagen nicht mehr in der Nähe parkte. Er fuhr hinauf in den 10. Stock, legte sich vor das Fernsehgerät und nahm nicht ab, als das Telefon schrillte. Eigentlich müßte er Heinemann anrufen, aber bei der Arkona schliefen alle. In Deutschland war Mitternacht.

Ein gelbes Auto mit europäischen Maßen, kein Straßenkreuzer. Von der Hotel-Rezeption hatten sie den Autoverleih angerufen. Der schickte einen jungen Burschen mit dem gelben Wagen. Er wartete in der Hotelgarage und brauchte eine Unterschrift. Der Wagen sei vollgetankt, sagte er. Hier sind die Schlüssel. Have a good time. Keine Frage nach einem Führerschein, kein Einweisen in die Technik. Abgeben könne er das Auto zu jeder beliebigen Zeit an jedem beliebigen Ort Amerikas, auch in Alaska. Nur nicht auf Hawaii.

Er lachte und ließ Hans Tabel allein mit dem gelblakkierten Blech. Nachdem er das Gepäck im Kofferraum verstaut hatte, fuhr er aus der Finsternis der Tiefgarage ins helle, sonnenüberflutete Los Angeles.

»Sentimental journey« spielte das Autoradio. Die Flugzeuge, die gestern abend als blinkende Sterne Los Ange-

les angeflogen waren, kamen heute aus der grellen Sonne des Mittags. Ihre mächtigen Schatten huschten über den Lincoln Boulevard.
Wohin fährst du in dieser Riesenstadt? Nicht gleich zu den Filmkulissen oder zum Chinese Theatre, um die in Stein gedrückten Hände von Humphrey Bogart oder Donald Ducks Plattfüße zu bestaunen. Nicht nach Beverly Hills zu den Villen der Filmgrößen, nicht nach Santa Monica oder Malibu oder Santa Barbara, wo man den Präsidenten gelegentlich zu Pferde sah.
Lieber Freund, ich kann dir mitteilen, daß ich ein ganz gleichgültiger Mensch bin, wenn der Präsident von Amerika was meint, wo er gar nichts zu meinen hat.
Er ließ sich treiben. Irgendwo mußte die Straße ja enden, vermutlich am Ozean. Ab und zu blickte er in den Rückspiegel, meinte, einen blauen Lieferwagen zu sehen. Liebe Arkona-Versicherung, wird er an Heinemann schreiben. Prüfe endlich auch die kleinen Rechnungen. Und achte auf die Diagnosen, Fischvergiftung zum Beispiel.
Eine Stadt, halb so groß wie Schleswig-Holstein. Zwei Stunden mit dem Auto unterwegs, und sie hörte immer noch nicht auf. Die Straßen reichten bis an den Horizont, stießen gegen die San-Gabriel-Berge. Darf man soviel gute Erde mit Häusern und Straßen zubetonieren? würde Marianne sagen. Hätten sie Los Angeles in die Höhe gebaut, wäre der klugen Lehrerin ein anderer Spruch eingefallen: Wie kann man Menschen nur in Hochhäuser einsperren! Dem kritischen Geist fällt zu jeder Sache eine kritische Begründung ein. Los Angeles darf niemals in die Höhe wachsen, weil unter der Stadt die Erde bebt.

In Long Beach erreichte er das Meer. Eine müde Brandung fiel in den Sand, durchnäßte seine Turnschuhe und schäumte. »Queen Mary« lag, über alle Toppen geflaggt, vor Anker. Hinter dem alten Schiff, sehr sehr weit jenseits der Krümmung der Erde, mußte Hawaii liegen. Irgendwann wird Hans Tabel Hawaii laufen, und Heinemann wird mitkommen, aber schon nach zehn Kilometern aufgeben und sich von der Finke pflegen lassen.

Von einer einsamen Telefonzelle im Sand sprach er mit Marianne. »Ich stehe am Pazifischen Ozean. Kannst du das Meer hören?« – »Bei uns gießt es in Strömen«, kam es vom anderen Ende der Erde zurück. »Heute ist die Rechnung für Mutters Beerdigung gekommen.«

Die Stimme des Operators forderte Nachzahlung. Die Quarter gingen zur Neige. In diesem Amerika sind Quarter das wichtigste. Ohne die daumengroßen Münzen geht überhaupt nichts. Alle Waschmaschinen, Trockner, Spielautomaten, Türen, Parkuhren und Telefone fressen Quarter. Also Wanderer, kommst du nach Amerika, fülle dir die Taschen mit Quarter ...

»Ein gelbes Auto, knallgelb wie Sonnenblumen ... Sehr heiß in Los Angeles ... Gleich wird Hänschen im Ozean baden ... Drüben liegt ›Queen Mary‹ außer Diensten ...«

Weiter kam er nicht, der Apparat hatte den letzten Quarter geschluckt.

Er saß im Sand vor den Wellen, dachte an die Rechnung, die gekommen war. Umsünst is nich eenmoal de Dod, pflegte Opa Kruse zu sagen, wenn er Hänschen zum Tabakholen schickte und ihm die Groschen in die Kinderhand zählte. Oder er ließ ihn ausrechnen, wie viele Körner auf einen Zentner Hafer gehen. Hänschen mußte Mutters Fingerhut holen. Den füllte Opa Kruse randvoll mit Hafer. Dann warf er die Körner auf den blanken Tisch und ließ Hänschen zählen. Achtundsiebzig Körner. So, nu wullt wie de Körners moal weegen. Achtundsiebzig Haferkörner auf der Küchenwaage. Das macht zwölf Gramm. Wieviel Körners hädd een Gramm? Dat kannst du nich in'n Kopp reken, Jung, hol moal gau Päper on Bliestift. So, mien Jung, nu wullt wie rutkriegen, wieveel Gramms op eenen Zentner goahn. Du müßt de Körners von een Gramm moalnehmen mit den Gramms von een Zentner. On wat kümmt dabie rut?

Wie viele Sandkörner liegen am Strand von Long Beach?

Wie viele Tropfen hat der Stille Ozean?

Wieviel Schweiß vergießt ein Marathonläufer auf 42 195 Metern?

Über die Höhe der Rechnung hatte sie nichts gesagt. Das war auch bedeutungslos, Mutter bezahlte ihren Tod selbst, sie hatte genug dafür gespart.

Die ersten Eindrücke sind die verläßlichsten: Dieses Amerika war beneidenswert jung. Auf den Straßen, in den Supermärkten, am Strand von Venice nur junge Menschen und Kinder. Wo haben sich die Alten verkrochen? Schämen sie sich, ihre Häuser zu verlassen? Sind sie in die Berge geflohen wie die einsamen alten Wölfe? Jugend, das ist Lachen und Rufen, das sind schnelle, huschende Bewegungen, heitere bunte Kleider, verführerische Blicke. Mein Gott, wie alt bist du, du altes Europa!

An einer Bushaltestelle in Venice stand eine Bank, auf der Rückenlehne folgender Aufdruck:

Schwanger? Verzweifelt? Rufe Nummer soundso an!

Wären solche Sprüche auf deutschen Parkbänken möglich? Die haben doch grün, braun oder weiß zu sein und sind von verzweifelten schwangeren Mädchen frei zu halten.
Er fuhr zum Einkaufen in einen unterkühlten Supermarkt. Zwei Tüten Milch. Auf jeder Tüte das Bild eines Kindes, ein schwarzes Mädchen (10 Jahre), ein weißer Junge (11 Jahre). Zwei aus der großen Kinderschar, die Amerika Jahr für Jahr verschwinden läßt. XY ungelöst auf Milchtüten. Der Gedanke, daß viele dieser Kinder nicht mehr leben, verdirbt keinem den Appetit. So ist Amerika.
Als er an die Kasse trat, blickte die Frau auf und lächelte, als wäre er ein alter Bekannter.
»Hallo, wie geht's?« sagte sie.
Später merkte er, daß sie jeden so ansprach. Es stand wohl in ihrem Arbeitsvertrag, sie hatte aufzublicken, den Kunden anzulächeln und ein freundliches Wort zu sagen. Wer nicht lächelt, wird gefeuert. Ein oberflächliches Lächeln, aber es berührt dich doch, es schafft eine freundliche Atmosphäre. O ihr griesgrämigen Gesichter an deutschen Registrierkassen! Am Ende des Laufbandes packte ein schwarzer Junge die Waren in Tüten und fragte, ob er sie zum Auto bringen dürfe. Hans Tabel war es gewohnt, seine Einkaufstüten selbst zu tragen, und lehnte ab. Später tat es ihm leid, er hätte dem Jungen erlauben sollen, seine Tüten zu tragen.

Im Schatten einer Palme trank er Milch aus der Tüte. Das schwarze Mädchen auf der Tüte hieß Kathleen Moses, kam aus Tulsa in Texas und war am Ostersonntag 1984 zum letzten Mal gesehen worden. Angaben über ihren Verbleib nimmt jede Polizeidienststelle entgegen. Über dem Bild des Mädchens stand der Spruch, daß Milch die Kraft gibt für die großen Dinge des Lebens. Also trinke Milch, Kathleen!
Der Bandwurm, der die Stadt von Nord nach Süd durchschneidet, heißt San Diego Freeway. Auf der mittleren von sieben Spuren fuhr er südwärts, jenseits der Leitplanke kam ihm auf ebenfalls sieben Spuren der Verkehr entgegen.
Diese Amerikaner aasen schrecklich mit Land, hätte Mutter zu der vierzehnspurigen Autobahn gesagt. Den Ausdruck »Aasen« hatte sie aus dem Osten mitgebracht, sie gebrauchte ihn bis zu ihrem Tod, wenn es um Überfluß und Verschwendung ging.
Keine Angst vor dem vierzehnspurigen Bandwurm, der, von blühendem Oleander umgeben, durch die Stadt kriecht. Behäbig fließt der Verkehr nach Süden, Lastwagen, Busse und Pkws fahren gleich schnell; die deutsche Ungeduld, die jeden Autofahrer zwingt, noch schnell jenen Lastzug vor der nächsten Kurve zu überholen, verliert sich hier in einer halben Stunde. Etwas Sonderbares geschieht: Du sitzt hinter dem Steuer eines Autos und hast Zeit.
Nach zwei Stunden hörte die Stadt auf. Ein gelbes Grasland, sehr trocken und feuergefährdet, nahm ihn auf. Das war kein Platz für grasende Rinderherden und Spaziergänge in schattigen Wäldern. In der Ferne braune,

kahle Hügel, dazwischen das Flimmern der Nachmittagshitze. Staubwolken, von landwirtschaftlichen Maschinen aufgewirbelt, hingen über dem Grasland. Rechter Hand mußte der Ozean liegen. Dort wallte eine Nebelwand, in die die Sonne hineinzufallen drohte. Sonnenuntergang am Pazifischen Ozean. Damit fing seine Amerikareise an. Er verließ die Straße, fuhr ein Stück auf die Nebelwand zu und hielt, als der Lärm des Highways verstummt war. In trockenen Gräsern summte der Wind, der vom Meer kam wie die Nebelschwaden und die Möwen, die das gelbe Auto anflogen. Er lehnte am warmen Blech. Ohne Mühe vermochte er in die Sonne zu blicken. Sie hing als roter Ball im Nebel, die Konturen deutlich, aber ohne blendendes Licht. Und sie wurde immer größer. Mit jedem Pulsschlag wuchs die kalifornische Sonne, bis sie endlich in den Sanddünen aufschlug.

Ein Mädchen in Uniform, eine Art Pfadfinderin, trat aus der Holzbude. San Clemente State Beach sei überfüllt, sagte sie. Für Motorhomes gebe es keinen Platz mehr und für große Zelte auch nicht, aber für kleine sei noch etwas frei. Kleinsein habe eben Vorteile.
Auf dem Plan, der an der Holzbude hing, zeigte das Mädchen ihm den Weg zu den Zeltplätzen am Meer.
»Sie liegen nahe am Steilufer«, meinte sie. »Man darf nachts nicht rumtoben, sonst rollt man runter.«
Er sah ihrem braunen Finger nach, der über das Papier glitt, an den Motorhomeplätzen vorbei, ums Waschhaus herum, auf die Steilküste zu, vor dem blauen Meer hielt er an. Da sei die Stelle für die kleinen Zelte.

Im Schrittempo fuhr er durch den Park. Die Sonne war längst hinter Hawaii versunken, einen roten Streifen über dem Ozean zurücklassend. Wie Scherenschnitte standen die Palmen im roten Licht, das Waschhaus in Rot getaucht, Autos und Zelte rot übergossen, selbst die silbergrauen Wohnwagen hatten das warme Rot angenommen, das vom Meer kam. Rot auch das Feuer, das auf dem Lagerplatz brannte, die Gesichter der um das Feuer Sitzenden rot, weiß leuchtete nur die Frisbeescheibe, mit der drei junge Männer in der hereinbrechenden Dämmerung spielten. Er holte das Zelt aus dem Kofferraum. Als Mutter noch lebte, hatte er Zeltaufbauen geübt im Garten des Altenhauses. Dort der weiche, regengetränkte Rasen, hier die harte kalifornische Erde. Um ihn ein Zirpen wie auf der Sommerwiese. Die Frisbeescheibe fiel neben ihm ins Gras. Einer kam sie holen, grüßte flüchtig, nahm das weiße Ding und ließ es durch die Abenddämmerung flattern. Es glich einem dieser mächtigen Vögel, die gelegentlich vom Meer her über die Klippen steigen und sich rasch wieder in den Abgrund fallen lassen.
Plötzlich hörte er die unregelmäßigen Schläge des Ozeans, es dröhnte, rauschte und hämmerte. Einen der Frisbeespieler fragte er nach dem Weg. Der zeigte in die Abendröte. Da ungefähr gehe es hinab zum Wasser, einen Hohlweg durch Sandgestein. Ein Liebespaar kam ihm entgegen. Als sie ihn sahen, ließen sie sich los. Zwei Fuhrleute trafen sich in einem Hohlweg. Weiche du aus! schrie der eine. Nein, ich war zuerst da, weiche du aus! So stritten sie, bis... Er wußte nicht mehr, wie die Lesebuchgeschichte ausgegangen war. Das Liebespaar

jedenfalls wich aus. Als sie vorbei waren, faßten sie sich wieder um.
Der Sand noch warm, ein Sand für Liebespaare. Zwischen Steilküste und Wasser donnerte ein Güterzug vorbei. Amtrak stand auf den unbeleuchteten Wagen. Drei Lokomotiven gaben Laut, verbreiteten jenen Wohlklang, der das schönste ist an den amerikanischen Eisenbahnen. Der tiefe, melodische Sound brach sich am Sandgestein und flüchtete über das Meer. Der Ozean empfing ihn so still wie sein Name. Gelegentlich erhob sich eine Welle aus der Dunkelheit und brach vor ihm zusammen. Niemand da, auch keine Liebespaare. Nur graue Möwen und unbekannte Riesenvögel, die sich schwerfällig aus dem Wasser hoben und davonflogen, als Hans Tabel kam.
Er tauchte durch die Brandung, legte sich auf den Rükken und zählte die ersten Sterne, Flugzeuge, die vom Meer kamen, von Hawaii, Panama oder Bogotá. Der helle Himmel im Norden mußte Los Angeles sein.
In Deutschland begann jetzt der Morgen, Marianne brachte ihren Ältesten in den Kindergarten, vermutlich regnete es. Und die Rechnung war gekommen und wurde von Mutter bezahlt. Eine Welle brach über ihm zusammen, warf ihn auf den sandigen Grund. Wie ein Surfbrett schoß er dem Strand zu, lag als zappelnde Flunder im seichten Wasser, hatte salzigen Geschmack auf der Zunge und Sand in den Ohren.
Als er sich abgetrocknet hatte, begann er zu laufen. Er tat es wie von selbst, ohne sich etwas dabei zu denken. Er folgte der Schaumspur der auslaufenden Brandung, sprang über angespülten Tang, umlief Muschelbänke.

Vor ihm die Signallampen der Eisenbahn. Die Steilküste trat zurück, nur das Meer kam näher mit seinem feuchten Atem, und der Himmel fiel schwarz auf den immer noch warmen Sand. Er lief nach Süden, eine Strecke, die er nicht kannte, zu einem Ziel, das ihm fremd war. Wenn er weit genug liefe, käme er nach San Diego, dann Mexiko und endlich Feuerland.

Was hat Ihr Sohn denn mit dem Zelt vor, Frau Tabel? Der will nach Amerika reisen, nun übt er Zeltaufbauen.

Im Altenhaus wunderten sie sich, daß der Sohn der Frau Tabel, immerhin ein längst erwachsener Mann, mit dem Zelt durch Amerika zigeunern wollte. Der sollte lieber heiraten und eine Familie gründen, statt in Amerika den Vagabunden zu spielen.

Will der Hans ganz allein nach Amerika?

Mein Sohn sagt, ein Abenteuer wie Amerika muß der Mensch allein erleben.

Er sollte lieber eine Braut mitnehmen. So ein stattliches Mannsbild und dazu die gute Stellung bei der Versicherung, warum findet er keine Braut?

Mutter mußte ihn immer rechtfertigen vor den alten Weibern. Ach, zum Heiraten hat mein Sohn noch Zeit genug, sagte sie. Kam er mal in Begleitung einer Frau nach Travenwalde, saßen die Alten hinter den Gardinen und tuschelten: Na, nun gibt es bald Hochzeit mit Tabels Hänschen.

Kam er wieder allein: Ach, es ist doch nichts geworden. Später wußten sie genau, warum es nichts werden konnte: Das Hänschen läuft zuviel, das läuft vor den Frauen weg.

Als er den Hohlweg hinaufging, wehte ihm der Geruch

von Bratenfleisch entgegen. Im Waschraum duschte er sich das Salz aus den Haaren und den Sand aus den Ohren. In der Kabine nebenan sang einer den amerikanischen Sommerhit des Jahres '85.

Um zehn Uhr kalifornischer Zeit lag er im Zelt, blickte durch den hellen Spalt am Eingang zu den aus Süden und Westen anfliegenden Sternen. Ein verspätetes Motorhome glitt, mit roten Positionslichtern bestückt, am Zeltplatz vorbei auf der Suche nach seinem reservierten Platz.

Am Lagerfeuer plötzlich Gelächter, die jungen Leute sprangen auf und liefen auseinander. Ein Stinktier rannte durch die Versammlung, stieß ein paar Getränkedosen um und kroch unter ein parkendes Auto.

Auch dazu wußte Jürnjakob Swehn etwas zu sagen:

In Chikago soll es feine Damen geben, die tragen das Fell von der Stinkkatze im Winter ordentlich als Muff und Kragen. Sie sagen, das Tier hat sich dann ausgestunken.

Ich habe Berti gefragt. Sie sagt: Ja, Skunk ist fein. So habe ich ihr gesagt: Ich will kein Stinken nicht im Hause haben.

Vater, der liebe Gott hat das Stinktier auch geschaffen.

So sage ich: Das stimmt, aber sein bestes Stück ist das nicht geworden. Und wenn du von der Erschaffung der Welt anfängst, so kann ich dir mitteilen, daß Eva damals mit einem Feigenblatt auskam.

Da ist sie rausgelaufen.

So viel vom Amerikafahrer.

Herzlich danke ich für den Kaffee und das Kakaopulver, auch die Rosinen kamen gerade recht zum Osterfest. Ich habe Zitronenkuchen mit Rosinen gebacken, die Kinder hielten sie für getrocknete Stachelbeeren. Sie sind während des Krieges geboren, da gab es keine Rosinen. Diesem Brief liegt das von Ihnen gewünschte Foto meiner Kinder bei. Das Mädchen heißt Marianne, es ist acht Jahre alt und in der Schule sehr fleißig (diesen Halbsatz hatte Lehrer Thomsen vor der Übersetzung unterstrichen). *Der Junge heißt Hans, er kommt in der nächsten Woche zur Schule und hat schon große Angst davor. Ist das in Amerika auch so, daß die Kinder Angst vor der Schule haben?* (Vermutlich wird es über diesen Satz ein längeres Gespräch mit Thomsen gegeben haben. Ein bißchen Angst gehört zum Leben, liebe Frau Tabel! Ohne Angst sind nur die Tiere! Thomsen wird das Wort Angst etwas milder übersetzt haben. Excited wäre doch wohl richtiger, ja, Hänschen Tabel war aufgeregt.)
Kaum geschlafen in der Nacht vor der Einschulung. Also doch Angst gehabt, wie es zum Leben gehört und was uns von den Tieren unterscheidet. Es ist nichts dabei, sagte Marianne, die die Schule schon zwei Jahre kannte und sehr fleißig war. Am ersten Schultag ist es noch weniger als nichts.
Morgens legte ihm Mutter – zur Feier des Tages, wie sie sagte – das letzte Stück Zitronenpuffer auf den Teller, eben jenen Kuchen mit den sonderbaren Rosinen, die ja wohl auch an Arizonas Bäumen wuchsen. Marianne wollte ihn auf dem Schulweg an die Hand nehmen, aber das wäre unmännlich gewesen. Trotzig marschierte das sechsjährige Hänschen, den Schultornister auf den Rük-

ken geschnallt, Mutter und Marianne voraus. Ein kalter Tag war es. In der Erinnerung kam es ihm vor, als hätte es Rauhreif gegeben in der Aprilnacht vor seiner Einschulung. Jedenfalls glühte im Klassenraum der Ofen.
»Hoffentlich bist du so tüchtig wie deine Schwester«, sagte Thomsen. Damals zeigte es sich schon, daß Marianne unbedingt studieren mußte. Zehn Jahre unterrichtete sie fremde Kinder, bevor sie es als Mangel empfand, keine eigenen Kinder zu haben. Sie ließ sich beurlauben, um Mutter zu werden. Noch immer ist sie Lehrerin für Deutsch und Geschichte und will eines Tages wieder unterrichten. Nur ist in Deutschland die sonderbare Mode ausgebrochen, daß Lehrer sich ihre Schüler selber machen müssen, und Marianne hat erst zwei.
Das größte Erlebnis seiner Einschulung betraf den Bauch: Es gab Schokoladensuppe. Auch die Travenwalder Schule bekam jene wunderbaren Pakete aus Amerika und kochte den Kindern nicht nur das kleine Einmaleins nebst Heimatkunde, sondern jeden Vormittag eine ordentliche Suppe. Das geschah in der Waschküche der Lehrerwohnung, die einen leidlich großen Kessel für die einhundertzwanzig Travenwalder Schulkinder besaß. Niemals zuvor gingen Kinder so gern in deutsche Schulen.
»Das muß man den Amerikanern lassen, sie haben wenigstens Mitleid.« Der Satz entfuhr Mutter, als Hänschen mit seiner Schulspeisungsbegeisterung vom ersten Schultag heimkehrte. Schnell milderte sie das Lob wieder ab mit dem Zusatz: »Na ja, die Schweizer und Schweden schicken ja auch.«

Ozean und Steilküste verschwammen mit Lehrer Thomsens Waschküche. Auf dem Nebel lagen die Köpfe der Palmen. Keine Sonne. Weit draußen tuteten die Nebelhörner der Boote. Als er den Hohlweg hinablief, schliefen die anderen noch. Das Meer blieb unsichtbar, hörbar nur seine müden Wellenschläge. Rechter Hand das Wasser, links der Schienenstrang; die gleiche Strecke, die er gestern im Dunkeln gelaufen war, lief er heute im Nebel. Mit einer wundervollen Leichtigkeit. Die Schritte kamen ihm größer vor, sein Körper schwerelos. Alle sechs Sekunden brach eine Welle. Wenn das Wasser auf den Sand klatschte, wich er aus, danach folgte er dem ablaufenden Wasser, lief also Schlangenlinie am Ozean. Dabei dachte er an Leichtes, Beschwingtes, vor allem an Musik. Sie kam ihm aus dem Blättermeer des Stadtparks entgegen, brandete mit dem Ozean heran, wisperte in Nebelschwaden oder fiel als Echo von roten Hauswänden. »Carmen« hörte er oder »Rossini«. Der Körper erzeugt während des Laufens Morphine, die den Läufer in euphorische Stimmung versetzen. Langstreckenläufer geraten so in einen natürlichen Rauschzustand, sie laufen so gern, weil sie süchtig sind nach dem Rausch. Erst nach zwei Stunden hört das Hochgefühl auf und mit ihm jedes Denken, dann läufst du nur noch in Trance. Marathonläufer trainieren niemals die volle Distanz von zweiundvierzig Kilometern. Dieses schaurige Erlebnis, wenn der Mann mit dem Hammer kommt und dein Gehirn aussetzt, wenn du wie hypnotisiert über heiße Kohlen läufst, ohne Schmerzen zu spüren, bleibt dir für den Endlauf.

Hinter den Schienen kläffte ein Hund. Langstreckenläufer und Hunde verbindet eine besondere Zuneigung. Die so abwesend daherlaufenden Jogger sind für jeden Zwergpinscher eine Provokation. Herrchen steht fassungslos daneben. Er tut nichts. Er tut nichts! Schon hängt das Ungeheuer am Hosenbein oder schnappt nach der Hand des Läufers. Die Tiere sind ja so friedlich, nur die Läufer mit ihren nackten Beinen und Schweißausdünstungen reizen sie ständig. Wie Diebe laufen sie davon und haben selbst schuld, wenn die Hunde ihnen nachjagen.

Seit jenem Morgen im Stadtpark geschah es immer wieder, daß er während des Laufens an Mutter denken mußte. Nach einer Dreiviertelstunde, wenn der Schweiß den Körper zu kühlen begann und die Musik ins Schwermütige abglitt, lange vor der Mauer, dachte er an Mutter. Während der Trauerfeier im Gasthof Eggers sagte Marianne plötzlich: Wißt ihr eigentlich, daß Mutter überhaupt nicht mehr geweint hat? In vierzig Jahren weder Freudentränen noch Trauer, auch als die Pakete aus Amerika kamen, keine Tränen. Das letzte Mal weinte Mutter im Januar '45, als der Briefträger kam. Marianne baute mit anderen Kindern in der Laube des Fliederbusches eine Schneehöhle. Hänschen, noch zu klein für Schneehöhlen, saß in der Stube auf der Fensterbank und sah zu, wie die größeren Kinder aus hartgefrorenen Schneeziegeln Wände schichteten. Da kam der Briefträger, ein alter Mann, längst pensioniert, aber dienstverpflichtet, weil es an jungen Briefträgern mangelte. Er kam mit dem Fahrrad ohne zu trampeln bis vor Tabels Haus. Neben dem Fliederbusch hielt er und rief Marianne. Nicht, daß er ihr einen Brief geben

wollte, nein, er öffnete umständlich seine Geldbörse und sagte: Hier hast 'nen Dittchen. Lauf mal schnell zum Krug und hol dir Brausepulver.
Der Briefträger blieb am Zaun stehen, bis sie im Krug verschwunden war. Erst dann ging er auf die Haustür zu. Hänschen kletterte von der Fensterbank, aber die Mutter kam ihm zuvor, stand schon in der Tür, noch ehe der alte Mann klopfte. Als Marianne wiederkehrte mit grünem Schaum vor dem Mund, war der Briefträger längst fort, Hänschen hockte auf der Fensterbank, und Mutter saß neben dem Tannenbaum und weinte. Ja, es stand noch der geschmückte Tannenbaum in Tabels guter Stube, vor dem Dreikönigstag wurde er nie geplündert. Der Brief, der Mutter zum letzten Mal zum Weinen brachte, muß also vor Heilige Drei Könige in Domnau eingetroffen sein, der letzte aller Feldpostbriefe.
Ein Zug kam ihm entgegen. Er hörte das Rasseln in der Ferne und das vorauseilende Knacken in den Schienen. Vor ihm wuchsen drei Lichter aus dem Nebel. Eine leere Tonne, vom Meer angespült, lag im Weg. »Explosives« stand auf dem Deckel. Jede brechende Welle schob die Tonne ein Stück den Strand hinauf, das ablaufende Wasser nahm sie wieder mit.
Die letzten hundert Meter ging er ganz ruhig. Er spürte, wie es in seinem Rücken warm wurde. Das kam von der Sonne, die verschwommen noch, aber schon wärmend über der Steilküste stand. Das Meer öffnete sich, die auflaufenden Wellenberge wurden sichtbar, bevor sie brachen. Ein paar Steinwürfe entfernt dümpelten Fischkutter vor der Küste. Als er auf dem Steilufer stand,

hatte die Sonne den Nebel gefressen, und er sah die weißen Häuser von San Clemente.
Einen Tag blieb er in San Clemente, um sich auszuruhen und die innere Uhr umzustellen.
Er fuhr in die Stadt, eine Stadt voller Blumen und blühender Büsche. Sie lebte vom Nebel, der Nacht für Nacht aus dem Meer stieg und einen Schleier von Feuchtigkeit über sie ausbreitete. Hans Tabel brachte den Film in einen jener Läden, die in sechs Stunden fertige Bilder liefern. Dann kaufte er Postkarten. Von früheren Reisen hatte Mutter immer die erste Ansichtskarte erhalten. Nun blieb ihm nur, an Marianne zu schreiben und an die Kollegen der Arkona. Die Post wird immer ärmer, weil so viele sterben. Was wohl geschehen würde, wenn er eine Karte an Gerda Tabel, Travenwalde, Hauptweg 27, schriebe? Wo käme die hin? In den Reißwolf oder zu Marianne, die die Post gebeten hatte, alle noch eintreffenden Sendungen nach Hamburg umzuleiten. Wie kannst du deiner toten Mutter Ansichtspostkarten schreiben, Hänschen!
Die vielen Karten, die er Mutter von seinen Urlaubsreisen nach Finnland, Norwegen und Griechenland geschickt hatte, befanden sich nicht in ihrem Wäscheschrank. Nur die Feldpostbriefe und die Post aus Amerika waren ihr des Aufhebens wert gewesen. Sie hätte ihm nicht erlaubt, die Briefe mitzunehmen. Mutter hätte auch nicht gesagt: Du kannst ja mal die Leute besuchen, die uns die Pakete geschickt haben. Irgendwann hätte sie die Briefe vernichtet. Nur weil der Tod so überraschend kam, blieben sie im Schrank unter der Wäsche.

Den Nachmittag verbrachte er am Strand, las nicht Mutters Briefe, sondern Jürnjakob Swehn, den Amerikafahrer. Um ihn lärmten Kinder, Surfer in schwarzen Anzügen glitten dem Strand zu, eine Herde Tümmler zog in Sichtweite südwärts. »Shark! Shark!« schrie ein kleiner Junge. Da rannten alle aus dem Wasser.
Gegen Abend fuhr er in die Stadt, um die Bilder zu holen. Ein blauer Lieferwagen bog vom Highway Nr. 5 und folgte ihm langsam. Als Hans Tabel hielt, hielt auch das blaue Auto, als er weiterfuhr, kam der blaue Wagen hinterher. Auf dem Parkplatz des Supermarktes stellte sich das blaue Auto neben ihn. Aber es war nicht Heinz. Ein Automechaniker im Overall stieg aus und verschwand im Supermarkt.
Die ersten Bilder von Amerika, beginnend mit dem Abflug in Hamburg, dann durchs Fenster aus zehntausend Meter Höhe die Gletscher Grönlands. Labradors Eisberge. Santa Monica im Landeanflug. Und schließlich Heinz, wie er mit raschen Schritten dem blauen Lieferwagen zustrebte, in der rechten Hand die Mappe mit den bewußten Papieren, das Autokennzeichen deutlich erkennbar. Er sonderte das Bild aus, notierte Datum und Uhrzeit auf der Rückseite. Abends schrieb er an Heinemann:
Diesen Herrn auf dem Foto, der sich Heinz nennt, traf ich auf dem Flughafen Los Angeles. Er verkauft Arzt- und Krankenhausrechnungen an deutsche Touristen gegen eine Provision von 25 Prozent. Achten Sie bei Rechnungen aus Amerika auf die Diagnosen Vergiftung, Sonnenallergie und Magenverstimmung, es sind seine Lieblingskrankheiten.

Zusammen mit einer Karte an Marianne warf er den Brief in den Postkasten. Mehr konnte er für die Arkona nicht tun. Es lag nun an Heinemann, diesem Herrn das Handwerk zu legen. Der wird als erstes anordnen, alle Reiseversicherungsfälle aus dem Westen Amerikas ihm persönlich vorzulegen. Dann wird er ein warnendes Rundschreiben an die übrigen Versicherungsunternehmen richten, das allerdings mit einer gewissen zeitlichen Verzögerung; denn es kann nicht schaden, wenn die Konkurrenz ein bißchen länger auf diesen Heinz hereinfällt als die Arkona.
So endet die hoffnungsvolle Karriere eines jungen Mannes. Seine Kunden werden nicht mehr anstandslos ihre Rechnungen bezahlt bekommen, und Amerika wird wieder ein teures Reiseland werden.

Es gibt keine schöneren Strände in Amerika als die von San Diego, wo sich zwischen Meer und Highway Dünen auftürmen und das Weiß des Sandes übergeht ins Weiß der Brandung. Unterwegs ein deutscher Name: Carlsbad. Auf einer Palmenstraße hielt er Einzug in San Diego. Er wollte es wenigstens sehen, das Mercy Hospital, dessen Rechnung Heinz im Angebot hatte. Deshalb bog er in die 5th Street, fuhr zu den Hausnummern jenseits der 4000 und fand tatsächlich ein Krankenhaus. Dieser Heinz verkaufte keine Phantome, sondern real existierende Hospitäler. Er wird die Daten von Originalrechungen des Mercy Hospital in einem Computer gespeichert haben. Nach Bedarf ruft er Positionen ab und erstellt neue Rechnungen.

Mitten in der Stadt hatte der Ozean eine Bucht gegraben, die Mission Bay, ein Gewässer wie Canal Grande in Venedig oder die Alster in Hamburg. Unter Palmen ein riesiger Campingplatz an der Mission Bay. Zu spät entdeckte er, wie teuer es ist, sein Zelt unter Palmen aufzuschlagen: zwölf Dollar für eine Nacht an der Mission Bay.

Nach meinem Verstand ist Geld auch besser als kein Geld, sagte der Amerikafahrer.

Der hohe Turm am anderen Ufer ist Sea World. Da reiten hübsche Mädchen auf Delphinen, und ein Killerwal gibt kleinen Kindern Küßchen auf die Wange. Sea World ist eine Welt für Kinder; in Amerika ist vieles nur für Kinder, denn Amerika ist naiv, heiter und kindlich.

Über die Grenze nach Tijuana mußt du fahren, sagten alle, die er sprach. »It's a very strange world.« In Tijuana mexikanisch essen, dann hast du die gewünschte Diagnose fürs Mercy Hospital. Doch ihm war die Altstadt San Diegos Mexiko genug. Einen Nachmittag bummelte er durch die Fußgängerstraßen, verfolgt vom Duft der Blüten und den scharfen Gerüchen aus mexikanischen Restaurants. Old Town San Diego duftete penetrant nach Zimt.

Ein alter Kramladen mit Fotografien. Ein gewisser Rudolph Schiller eröffnete vor hundert Jahren, als in Deutschland der Kaiser regierte, an dieser Stelle einen Fotoladen. Dieser Rudolph Schiller, für San Diego sicher um vieles wichtiger als Friedrich Schiller, hatte seine schwarzweißen, inzwischen gelbstichigen Bildchen von Rinderherden, Eisenbahnarbeitern, Soldaten und Farmersleuten der Nachwelt überliefert. Er hatte

den Pazifischen Ozean am 1. September 1900 fotografiert: Die gleichen weißen Dünen, gleichen Wellenberge. Was sind schon 85 Jahre im Leben eines Ozeans? Krächzend setzte ein Grammophon ein, spielte den Marsch »Alte Kameraden«. Sah man ihm an, daß er zu den Leuten gehörte, die Alte Kameraden verstanden? Als die Musik verstummte, erschien hinter einem Vorhang eine alte Frau und legte die Platte erneut auf. Sie ließ sie so lange leiern, bis er ihr ein Bild abkaufte: Old Town San Diego um 1905, fotografiert von einem gewissen Rudolph Schiller.
In Old Town aß er mexikanisch. Ein Mädchen mit den angenehmsten Eigenschaften aller Rassen bediente ihn. Si, si, Sir, sagte sie nur. Er wollte essen: Si, si, Sir. Er wollte trinken: Si, si Sir. Er wollte zahlen: Si, si, Sir. Während er mexikanisch aß, läuteten die Glocken von Mission Basilica San Diego de Alcala.
Hör moal goad tau, sagte Opa Kruse. Wenn de Küster un Sündagmorgen de Glockenstrang treckt, häd dat sien eegen Melodei: De Pastor brukt Geld! De Pastor brukt Geld! singt de Glocken. On schon koamt all de dümme Lüd un schmiet em dat Geld in'n Klingelbüdel.
Als die Flüchtlinge heimisch geworden waren und das Holsteiner Platt zu begreifen begannen, rief Opa Kruse – man bloß aus Langeweile und weil ihm keine Enkel gegeben waren – de Kinner von disse oostprüßisch Fru zu sich auf die Gartenbank, um ihnen absonderliche Geschichten zu erzählen. Vom armen Pastor, de jümmers Geld nödig häd. On vom Küster Düwellang, de von Herrn Pastor sien Ko een Stert als Glockenstrang kreeg. Noch bevor Opa Kruse das Zeitliche segnete,

brachte er den oostprüßisch Kinnern das ganze Lied von Herrn Pastor sien Ko bei, an die zwanzig Strophen. Un allens bloß, damit de arm Lüd ut Oosten oak wat von de Holsteiner Kultur verstaan schult.
Als er abends zum Campingplatz zurückkehrte, brannten sie in Sea World ein Feuerwerk ab. Das geschah in seidenweicher Luft unter einem Viertelmond. An der Tür zum Waschhaus klebte ein Zettel, eine Einladung zum Gottesdienst in freier Natur, morgen um neun in der Frühe. Come as you are – but come! Morgen war Sonntag, un de Pastor brukt Geld.
Er lief noch ein bißchen durch den Park, begleitet vom Knattern der Böller über Sea World. An Liebespaaren lief er vorbei und Kindern, die dem Feuerwerk zuschauten. Unter den Palmen ein Flüstern und Kichern. Vor dem Eisladen eine Menschenschlange. Radfahrer überholten ihn. Von Sea World aus schossen sie mit roten, blauen und grünen Raketen Farbe auf den trostlos grauen Mond. Während er lief, dachte er an das Mädchen in Old Town San Diego, das immer nur Si, si, Sir zu sagen wußte. Das Schönste am Laufen ist das Denken. Du denkst dich über die Welt hinaus, durchquerst denkend ihre Wüsten und Urwälder und läufst hübschen Mädchen nach ... Si, si, Sir.
Nach der zweiten Runde fiel ihm die Veränderung auf. Die Schnüre waren gelöst, die Plane am Eingang flatterte im Wind. Jemand hatte sein Zelt besucht. Mit der Taschenlampe leuchtete er das Innere ab, fand seine Kamera, die im Schlafsack versteckt gewesen war, mitten im Zelt liegen. Die Klappe war geöffnet, der Film fehlte. Er leuchtete mit der Taschenlampe die Büsche

ab. Ein Windstoß, vom Meer kommend, erfaßte die Palmen, beugte sie dem Sand zu. Die Takelage der am Strand liegenden Katamarane schlug gegen die Masten. Irgendwo stand er, entweder im dunklen Eingang des Waschhauses oder hinter den Zelten. Dieser Heinz verfolgte ihn, um sein Bild zu holen. Entweder wir machen das Geschäft, oder wir vergessen die Geschichte. Aber so geht es nicht, daß du mich fotografierst und das Bild an die Arkona verkaufst oder an die Polizei.
Aus dem Schatten eines Wohnwagens löste sich eine Gestalt. Ein Mann kam auf ihn zu, an seiner Seite ein Kind, ein kleines Mädchen.
»Auch du brauchst Gott!«
Das Mädchen streckte seinen nackten Arm aus, reichte ihm den Zettel, den er schon kannte. Morgen um neun Uhr Gottesdienst am Strand. Come as you are – but come!
An Laufen war nicht mehr zu denken. Er hielt sich bei den Rollschuhläufern auf, sah den Frauen zu, die im Waschsalon arbeiteten, stellte sich in die Schlange vor dem Eismann, kroch endlich, als es still wurde, in sein Zelt und knotete die Schnüre von innen fest zu. Nein, Heinz kam nicht.
War es möglich, daß er von dem Mädchen geträumt hatte? Nicht von dem Kind mit den frommen Zetteln, sondern von der Bedienung des mexikanischen Restaurants, die auch im Traum nur Si, si, Sir zu sagen wußte? Er träumte sonst nie von Mädchen, entweder waren sie da oder nicht da. Aber in San Diego träumte er mexikanisch. Das kam von dem Alleinsein und dem vielen Denken.

Ihn weckte der Gesang der Gemeinde. Um neun Uhr, wie es auf dem Zettel geschrieben stand. Zwei Dutzend Menschen standen mit gefalteten Händen vor einem Holzkreuz, das sie aus Dachlatten zusammengenagelt und in den harten Boden gerammt hatten. Eine Frau im gelben Sommerkleid las Texte aus der Schrift. Neben ihr auf einem Hocker ein Tonbandgerät. Nach der Lesung drückte sie einen Knopf, daraufhin erhob sich Orgelmusik zu den Palmen.

Da war auch der Mann, der ihn nachts besucht hatte. Bärtig war er, und alt sah er aus. Wie angewurzelt stand er im Sand, den Kopf gesenkt, die Fäuste ineinander geschoben, neben ihm das Mädchen. Als das Orgelstück verklungen war, trat er vor, stellte sich unter das Dachlattenkreuz und predigte mit einer Stimme, die jenseits der Bay zu hören war.

Lieber Freund, ich kann dir mitteilen, er posaunt mit großer Kraft und herrlichen Worten. Seine Worte sind wie ein richtiges Donnerwetter und haben keine Handschuhe an. Damit fährt er uns über die Ohren und Herzen, daß sich eine Ehrfurcht auf unsere Seele setzt. Das ist, als wenn Gottes Gericht mit Blitz und Donner kommt. Damit predigt er uns so zusammen, daß wir vor lauter Angst seufzen und schwitzen, und er schwitzt auch. Denn er läßt sich das sauer werden mit uns.

Hans Tabel blieb im Zelt, bis das Donnerwetter vorüber war. Als sie das Holzkreuz einpackten, aus dem heiligen Kreuz wieder gewöhnliche Dachlatten machten und der Platz unter den Palmen den Kindern zum Spielen zurückgegeben wurde, verließ er das Zelt, um die Zähne zu putzen.

Östlich San Diego stieg die Straße an. Während Bergfahrten stets in die kühle, frische Luft zu Bächen und Schneefeldern führen, ging diese Straße direkt in die Hölle. Nur schwarzes Gestein unter kargem Buschwerk, bald mehr Felsen als Sträucher, schließlich Geröllhalden bis zum Horizont. Draußen eine Luft wie in Mutters Backofen. Schnell die Fenster schließen, um nicht zu ersticken. So fängt Wüste an. Unsichtbar lief die mexikanische Grenze neben dem Highway Nr. 8, über Mexiko stand eine einsame Rauchsäule. Mit ihm fuhren die Trucks, silberglänzende Ungeheuer. Sie donnerten vorüber, bliesen aus mächtigen Schornsteinen Dieselqualm in die heiße Luft. Nichts konnte sie aufhalten, sie überholten am Berg, brausten todesmutig die Serpentinen abwärts in die Schluchten, wirbelten Steinschauer auf und trompeteten sich den Weg frei.

»Mexican Girl«, sang eine Männerstimme im Autoradio, eine Musik gegen die heiße Einsamkeit.

Si, si, Sir, sagte sie nur. Seitdem er durch Amerika fuhr, dachte er an Mädchen, an die Braune vor dem Schlagbaum von San Clemente Beach Park, an die mexikanische Bedienung in Old Town San Diego und an seine Mutter. Er dachte mehr als sonst, als hätte er die Gedankenlosigkeit seines bisherigen Lebens nachzuholen. Er dachte rückwärts wie ein Marathonläufer, der die Strecke vom Ziel zum Start läuft, im Zeitraffer rückwärts. Immer wieder kam er auf Mutter und dieses Travenwalde, das inmitten von Wiesen und Buchenwäldern am Oberlauf des kleinen Flusses lag, immer noch lag. In vierzig gemeinsamen Jahren hatte er nicht soviel an sie gedacht wie in den vier Wochen nach ihrem Tod.

Auf der Paßhöhe wehte der Wind aus dem Feuerofen, die Seitenfenster klapperten, der Motor wurde schwach, weil die Klimaanlage alle Kraft verbrauchte. Nur nicht stehenbleiben.
Schließlich die Abfahrt nach Osten. Geröll bis zum Horizont. Im blauen Dunst flimmerten Berge, die so aussahen, als wäre auf ihnen seit Erschaffung der Welt kein Grashalm gewachsen. Erkaltetes Meteorgestein, abgestürzte Brocken einer fernen Welt. Rechts und links der Straße vereinzelt Kakteen, wie vergessene Pfähle einer ausgestorbenen Siedlung. Diese heiße Einöde duldete keine Marathonläufer. Wer hier läuft, dem verbrennt die Lunge, irgendwann bleibt er am Weg liegen und vertrocknet.
In El Centro tankte er. Die Sonne stand senkrecht über der Zapfsäule, ihre Strahlen bohrten sich durch seine Kopfhaut. 111 Grad Fahrenheit. Irgendwann wird die Sonne das Benzin zum Explodieren bringen.
»Noch eine Stunde bis Arizona«, sagte der Tankwart.
Imperial Valley hieß die Gegend, die so grün aussah wie das Wiesengelände um Travenwalde. Ein geliehenes Grün, das von den Kanälen lebte, die wie dunkle Blutbahnen das Land durchzogen. Wo die Kanäle aufhörten, fing die Wüste an. Neben der Nummer 8 Baumwollfelder und Bohnenplantagen. Rinderherden stampften die Erde noch härter. Fern im Norden erhoben sich die Chocolate Mountains. Also doch Schokoladenberge, und in den Tälern wuchsen Schokoladenbäume.
Vor Arizona eine Kontrollstelle. Ein Uniformierter fragte nach Obst und Gemüse. Hans Tabel zeigte ihm

eine halbe Wassermelone, die er in Old Town San Diego gekauft hatte. Er mußte sie zum Abfallcontainer am Straßenrand tragen, aus dessen Fäulnisbrei von Ananas, Tomaten und Apfelsinen ein Schwarm Fliegen stieg.
»Die Sache ist so«, erklärte der Uniformierte. »Drüben in Kalifornien haben sie große Obst- und Gemüseanbaugebiete und lassen keine fremden Produkte über die Grenze. Angeblich müssen sie ihre Plantagen vor Seuchen und Schädlingen schützen, aber die Wahrheit ist: Sie kaufen nur von den eigenen Farmern. Also bleibt Arizona nichts anderes übrig, als ihnen auch keine Früchte abzunehmen.«
Fünf Meilen weiter auf der Gegenfahrbahn die kalifornische Kontrollstelle. Uniformierte Kontrolleure durchsuchten die Autos, aber nicht nach Verbrechern, Waffen, Rauschgift, Flüchtlingen oder illegalen Einwanderern, sondern nach so gefährlichen Gewächsen wie Tomaten und Wassermelonen. Auch unter der kalifornischen Fahne stanken die Abfallcontainer zum Himmel, weil da alles hinein mußte, was in Arizona wächst und über die Grenze nach Kalifornien will, auch die Früchte des Schokoladenbaums. O Amerika, du bist ein wunderliches Land. Stellt euch vor, ein Urlauber aus Schleswig-Holstein müßte an der bayrischen Grenze seine Joghurtbecher in den Abfall werfen, weil Bayern selbst genug Joghurt hat. Und das geschieht in Gottes großem, freiem Country, wo Freisein ein paar Eimer Schweiß wert ist, wie Jürnjakob Swehn zu sagen pflegte.

Arizona ist eine Vereinigung aller wohlklingenden Vokale. Es begann so heiß, wie Kalifornien endete, aber

mit einer neuen Zeit: eine Stunde näher an Deutschland. Gleich zu Beginn ein großer Strom, der Colorado, drei O in einem Namen. Welch ein Gesang von polternden Wasserfällen und abwärts donnernden Fluten, aber zum Vorschein kam ein erbärmliches Rinnsal von Fluß. Ein so stolzer Name und so verödet. Bei Yuma hat der Colorado alles verloren, was ihn groß und mächtig werden ließ, die Sonne hat ihn leergetrunken, seine Wasser sind in die Wüste geflossen, um Apfelsinenplantagen zu wässern. In den Bergen haben sie ihn mit Dämmen gezähmt, Hoover Dam und Glen Canyon Dam halten sein Wasser zurück für das heiße, durstige Los Angeles. Darf man so das Wasser abgraben und von einem mächtigen Strom nur ein Bächlein über die Grenze lassen?
Hinter Yuma schon wieder eine Kontrolle. Ein junger Soldat verlangte den Paß, wollte in den Kofferraum sehen. Er blickte unter das zusammengelegte Zelt, hob Plastiktüten und Koffer an. Wie an der Grenze zur DDR. Es fehlte nur der Spiegel, der unter das Auto geschoben wird, und die Sonde für den Benzintank.
»Wir greifen Jahr für Jahr eine Million Mexikaner«, sagte der junge Soldat.
Wie an der Grenze zur DDR, dachte Hans Tabel. Nur fließt der Strom in die andere Richtung. Hier wollen sie rein, dort wollen sie raus. Für Millionen Menschen aus den armen Ländern ist Amerika immer noch eine Hoffnung auf Sattwerden, Wohnung, Haus, Auto und ein bißchen Leben. Sie träumen noch von Schokoladenbäumen. Läge Arizona am Rhein, nach '45 wären Millionen durch den Fluß geschwommen wie diese Mexikaner durch den Colorado.

»Amerika ist groß und reich«, sagte Hans Tabel. »Es hat so viel Überfluß, daß sie in Arizona die kalifornischen Apfelsinen und in Kalifornien die Melonen aus Arizona vernichten. Da könntet ihr doch die armen Leute aus dem Süden über die Grenze lassen.«

Der Soldat schüttelte den Kopf.

»Das ist nicht der Punkt. Wir können unmöglich alle aufnehmen, die irgendwo Hunger haben und besser leben möchten. Dann kommt ganz Südamerika zu uns. Sie stehlen unseren Leuten die Arbeit. Außerdem kommt viel Verbrechen und Gesindel über die Grenze, vor allem Rauschgift.«

»Was geschieht mit denen, die ihr fangt?«

»Back to school!« rief der Soldat und zeigte mit dem Daumen hinter sich, wo er die Grenze vermutete. »In Yuma haben wir ein Gefängnis für sie. Wenn sich genug angesammelt haben, fährt ein Bus sie zurück nach Mexiko. Aber sie versuchen es immer wieder, in vierzehn Tagen kommen sie wieder den Colorado aufwärts. Und wir müssen sie greifen, bevor sie untertauchen. Die meisten haben Freunde und Verwandte in den Staaten, die sie aufnehmen und verstecken. Später suchen sie sich einfache Arbeiten, sie waschen Autos, spülen Geschirr, putzen Schuhe und pflücken Orangen. Wenn wir sie nicht fangen, bevor sie bei ihren Leuten sind, haben wir keine Chance mehr. Bei Tage überwachen wir den Colorado mit Hubschraubern. Das wissen sie und kommen nachts durch die Sümpfe. Wenn die Sonne aufgeht, sind sie schon hinter Yuma. Aber irgendwann müssen sie zu einer Straße oder einer Ortschaft, denn sie brauchen Wasser. Sie nehmen Wasser mit, wenn sie über die

Grenze kommen, aber Wasser ist verdammt schwer. Wir haben ausgerechnet, wie weit das Wasser reicht, das ein Mensch tragen kann. Höchstens dreißig Meilen, dann müssen sie raus. Und da stehen wir. Wir bilden eine Kette wie die Treiber bei der Jagd.«

»Gibt es Tote an der Grenze?«

»May be«, antwortete der Soldat. »Wir schießen nicht, aber einige verdursten wohl oder gehen in den Coloradosümpfen unter.« Er gab ihm den Rat, keinen Anhalter mitzunehmen.

»Wer hier am Highway steht und winkt, ist von drüben. Beihilfe zum illegalen Grenzübertritt heißt das und bringt nur Ärger.«

Das also war das Land, aus dem die CARE-Pakete kamen. Hier lebte der Mann, wenn er noch lebte. In einer Main Street. Während Hans Tabel durch Arizona fuhr, ließ er die mexikanische Grenze mitten durch Deutschland laufen, von Lübeck nach Hof. Die DDR reißt Mauer und Grenzbefestigungen ein, jeder kann gehen. Auf westlicher Seite müssen sie Kontrollen errichten wie hier am Colorado. Wir können unmöglich alle aufnehmen, die besser leben möchten, sagte der junge Soldat. Der Bundesgrenzschutz schickt die Aufgegriffenen zurück ins Vaterland der Werktätigen, weil eine solche Menschenflut nicht mit Sozialhilfe, Arbeitslosenunterstützung und Rente zu versorgen ist. Welch eine Vision und sonderbare Wendung der Weltgeschichte! Der Osten läßt die Menschen gehen, der Westen muß sie zurückschicken, weil sein soziales Netz reißt. Wer will denn mehr Steuern und Abgaben zahlen, um euch zu unterhalten, ihr Brüder und Schwestern?

Mutter ist damals auch schwarz über die Grenze gegangen, mit zwei Kindern an der Hand. Das geschah zwischen Mecklenburg und Schleswig-Holstein, besser gesagt: zwischen sowjetischer und englischer Zone. Im Februar ging sie über den Schaalsee, denn Mutter wollte unbedingt in die englische Zone, weil sie die Engländer für die anständigsten Sieger hielt. Obwohl die englische Zone längst überfüllt war, wurde sie nicht zurückgeschickt. Man gab ihr sogar Lebensmittelkarten und wies sie in Bauer Kruses Knechtskammer ein. Über den Schaalsee wie diese über den Colorado. Hans Tabel erinnerte sich nicht mehr des Nachtmarsches über das Eis, auch hatte er die Grenze nicht gesehen. Aber Mutter erzählte, daß das Eis sang und der Schnee knirschte und Hasen über den See hoppelten und das trockene Schilf raschelte. Auch soll auf russischer Seite eine Leuchtkugel in den Himmel geschossen worden sein. Und der Mond schien über Mecklenburg und begleitete sie mit seinem Licht bis in die englische Zone.

Zehn Meilen nördlich der Straße ein Campingplatz: Painted Rock. An einem See sollte er liegen. Die Vorstellung, in dieser Gluthitze einen kühlen See zu finden, ließ ihn abbiegen. Kaum war er von der Straße der bunten Trucks, da fiel er schon in die Verlassenheit. Ein Schotterweg, von Kanälen begleitet, führte durch eine Baumwollplantage auf eine blaue Hügelkette zu. Am Ende der Plantage begann die Kakteenwüste. Wie Marterpfähle standen sie da, bewehrt mit scharfen Stacheln, die zehn Meter hohen Saguarokakteen, olivgrüne Säu-

len, die im Gegenlicht der Abendsonne verkohlten Baumstümpfen glichen, die nach einem Waldbrand zurückgeblieben sind. Daneben Kreosotbüsche und Steine... Steine... Steine. Kein Auto überholte ihn, kein Auto kam ihm entgegen. Den Staub, den er im Rückspiegel sah, hatte er selbst aufgewirbelt. Ein Balkentor neben dem Weg, der Eingang zu einer Ranch, deren Gebäude, wenn es sie noch gab, jenseits der glühenden Hügel lagen. Eine Rinderherde nahm ihm das Gefühl des Alleinseins. Die Tiere umstanden ein Wasserloch; als er vorbeifuhr, brüllten sie ihm nach. Die Gegend sah aus, als könnten hier Schlangen und Coyoten leben. Ein Hase kreuzte den Weg, ein Wegweiser erklärte, Painted Rock liege noch drei Meilen entfernt.
Bevor er den Campingplatz erreichte, traf er eine Militärstation. Ein Radarschirm kreiste über der Wüste. Flache Baracken lehnten sich an Felsen, im Schatten parkten Autos. Zu sehen war niemand, kein Posten bewachte den Radarturm. Vielleicht lagen unter Painted Rock Raketen, und der Feind kam aus dem Süden, kam die Coloradosümpfe herauf mit weiter nichts als einer Tagesration Wasser auf dem Rücken. Sie hatten ihn bestimmt schon gesichtet, den gelben Chevrolet, der durch die Wüste fuhr und Staub aufwirbelte. Im Radio sang Johnny Cash das Lied von der Mutter, die ihren Sohn anfleht, nicht in die Stadt zu gehen. Eine Mutter hat immer recht, wenn sie zu ihren Kindern spricht, meinte der Amerikafahrer.
Ein Bulldozer hatte eine Fläche, größer als drei Fußballplätze, planiert. In die Erde gerammte Holzpfähle markierten die Stellplätze, auf jedem Pfahl eine Nummer.

Fünfundsiebzig Plätze besaß Painted Rock, aber niemand war da. Keine Hütte, kein Office, kein Waschraum, keine Coca-Cola-Bude, keine Spielhalle und kein Swimmingpool. Vor allem aber fehlte es an Menschen. Dies war ein Campingplatz am Ende der Welt für Coyoten, Klapperschlangen und Eselshasen. Am Eingang ein Schild: First come – first served. Wer zuerst kommt, wird zuerst bedient, ein völlig unnötiger Hinweis. Self-pay-Service. Du suchst dir einen Platz, kehrst zum Eingang zurück, entnimmst einer Box einen Umschlag, füllst ihn aus, legst drei Dollar hinein und wirfst den Umschlag in einen verschlossenen Kasten. Irgendwann, vielleicht um Weihnachten, kommt einer in die gottverlassene Gegend, um das Geld zu holen.
Als er ausstieg, wußte er, was Stille war. Eine Stille, wie er sie noch nie erlebt hatte, nicht in den Knicks von Travenwalde, die er als Kind aufsuchte, wenn er traurig war, nicht aus dem Wattenmeer, das auch seine Stille hat, wenn die Lerchen nicht mehr trillern und die Möwen das Schreien vergessen. Er hörte den eigenen Atem. Da lag auch der See, wie gegossenes Blei, grau und öde die Ufer. Nichts an ihm bewegte sich, keine Welle schwappte ans Ufer, kein Fisch sprang, keine Wasservögel zogen ihre Bahnen. Es war gar kein See, nur das Bild eines Sees, eine Fata Morgana von See. Als ein Raubvogel, über dem Wasser kreisend, klagende Laute ausstieß, erschrak er.
Er wäre nicht geblieben, hätte er nicht doch Menschen entdeckt. Hinter staubbedecktem Buschwerk parkte ein silbergraues Motorhome mit einer Autonummer aus Wisconsin. Im Schatten des Wagens saß ein Ehepaar mit

zwei kleinen Kindern. Der Mann winkte, als er vorbeifuhr. Wären nicht die Leute aus Wisconsin gewesen, er hätte die Flucht ergriffen, wäre zurückgefahren zu den bunten, lärmenden Trucks auf dem Highway. Aber nun blieb er, suchte sich einen Platz in ihrer Nähe und warf drei Dollar in den Holzkasten am Eingang.
Auf jedem Stellplatz ragte ein Rohr mit Wasserhahn aus der Erde. Eine Mülltonne erinnerte an die Zivilisation. Von bemalten Felsen war nichts zu sehen, die Gegend war grau in grau gestrichen, die Felsen, der Sand, die Büsche, das Wasser im See, nichts sah anders aus als grau.
Eigentlich wollte er noch laufen, aber daran zu denken, nahm ihm schon den Atem. Abends würde er laufen. In jeder Wüste wird die Nacht kühl, so schrieben die Bücher. Also wird er laufen, wenn die Kühle kommt. Um den See wird er laufen.
Die Kinder hatten einen Schlauch am Wasserhahn befestigt und spritzten sich ab.
»Aus der Leitung kommt nur warmes Wasser«, sagte der Mann aus Wisconsin. »Die Kinder spielen schon eine halbe Stunde mit dem Schlauch, aber es wird nicht kühler. Es scheint überhaupt kein kaltes Wasser zu geben in dieser heißen Gegend. Ja, im Winter, da soll hier sogar Schnee liegen. Ich habe mal ein Foto gesehen: Phoenix, Arizona, im Schnee.«
Hans Tabel duschte in der Wüste. Er hielt das Ende des Wasserschlauchs über den Kopf und schloß die Augen. Heißes Wasser lief über seinen Körper, wie an jenem Morgen in Eppendorf, als das Telefon schrillte. Als er mit nasser Haut dastand und der Abendwind ihm die

Feuchtigkeit vom Körper nahm, empfand er endlich Kühlung, er bekam sogar eine Gänsehaut.
Nach Sonnenuntergang wird es in der Wüste kalt, so stand es in allen Büchern. Nur mit einer Badehose bekleidet, ging er zum See und wartete auf den Sonnenuntergang. Das Seewasser war warm, grau und ohne jeden Geruch. Ein See ohne Leben. Hatte es hier eine Katastrophe gegeben? War das gar kein Wasser, sondern heiße Lauge, die sie in die menschenferne Wüste geschüttet hatten? Er wagte nicht, seine Füße ins Wasser zu setzen.
Ein Specht hämmerte den Stamm einer Saguaro, der heiße Wind trug das schnelle Klopfen über den See. Das war Woody Woodpecker, der Spaßvogel seiner Jugendjahre, der in Travenwalde mit aufgeregtem Gegacker über die Kinoleinwand lief. In der Wüste Arizonas traf er ihn wieder. Damals pfiffen die Jungs, wenn sie abends durchs Dorf bummelten, den Mädchen den Woody-Woodpecker-Sound nach.
Die Sonne, die bei Painted Rock unterging, war um einiges kleiner als die, die zwischen Petri-Kirche und Michel in die Elbe tauchte, auch kleiner als die Sonne, die hinter den Knicks von Travenwalde verschwand. Kaum daß sie rot wurde, als sie auf den blauen Bergen aufschlug. Er rannte zum Auto, um den Fotoapparat zu holen, da war sie schon weg.
An Laufen war nicht zu denken. Nachts, wenn die Kühle kommt, wird er laufen. Er wird auch kein Zelt aufbauen, in einem Zelt müßte er ersticken. Alle Wagenfenster öffnen und halbnackt auf dem Rücksitz liegen, so wollte er die Nacht von Painted Rock verbrin-

gen. Oranges Licht erfüllte Himmel und Wüste, die vier aus Wisconsin sahen aus wie Indianer.
Der Mann schickte eines der Kinder mit einer Dose Bier rüber. »Verdammt einsam hier!« rief er.
Es werden doch noch mehr Gäste kommen. Oder ein Ranger wird kommen, um nach dem Rechten zu sehen und das elektrische Licht einzuschalten.
Nein, Painted Rock besaß kein Licht, nur einen Viertelmond, der über Arizona hing.
An Abendessen war nicht zu denken. Dabei brauchte er dringend Kohlehydrate, zwei Drittel seiner Nahrung mußte aus Kohlehydraten bestehen. Spaghetti mit Tomatensoße stand auf seinem Speiseplan. Im heißen Leitungswasser Nudeln abkochen. Um Toastbrot zuzubereiten, brauchte er nur die Scheiben auf einen der heißen Felsen zu legen.
Er saß mit nacktem Oberkörper auf dem Beifahrersitz, trank lauwarmes Bier aus Wisconsin und wartete auf Kühlung. Vor ihm im Handschuhfach Mutters Briefe, die mit der Feldpostnummer und die mit den bunten Briefmarken aus Arizona. Das Licht des Abends gab den Umschlägen Farbe, sie sahen aus wie Briefe aus dem vorigen Jahrhundert. In einem der Luftpostbriefe fühlte er einen harten Gegenstand, ein Stück Karton, Pappe, nein, ein Foto in Postkartenformat. Es zeigte einen Mann in Soldatenuniform, aber nicht seinen Vater. Einen Mann mit kurzgeschorenen dunklen Haaren, darunter eine glatte Stirn, spärliche Augenbrauen. Die Augen etwas zusammengekniffen, zu den Schläfen hin kleine Fältchen. Freundliche, gutmütige Augen übrigens. Eine kräftige Nase, die Oberlippe schmal, die

Unterlippe wulstig. Das Kinn fleischig mit einer Einkerbung, etwas abstehende Ohren und kräftige Backenknochen. Seine Körpergröße war schwer zu schätzen. Sicher war er nicht groß, bestimmt nicht größer als Vater, der einen Meter und dreiundsiebzig Zentimeter klein geblieben war, was ihm nicht viel geholfen hat.
Das also war der Mann, der CARE-Pakete geschickt und dem Mutter Briefe geschrieben hatte. Im November '48 war das Foto in Travenwalde angekommen. So sieht er aus, nein, so sah er aus vor siebenunddreißig Jahren. Wie er heute aussieht, weiß kein Mensch, vielleicht lebt er gar nicht mehr. Mutter war, als sie das Bild erhielt, fünfunddreißig Jahre alt, der Mann auf dem Foto sah jünger aus.
Von wegen, in der Wüste wird es nachts kalt. Das mag für alle Wüsten der Welt gelten, aber nicht für Arizona. Da sind die Felsen aufgeheizte Backöfen, die noch in der Dunkelheit Wärme abgeben. Und der heftiger werdender Wind ist ein Wind aus dem Feuerofen.
Der Umschlag mit dem Foto enthielt keinen Begleitbrief. Hatte Mutter ihn gleich vernichtet, bevor Lehrer Thomsen ihn übersetzen konnte? Das Soldatenbild wird ihr einen gewaltigen Schreck eingejagt haben. Soldaten in dieser Uniform hatten ihren Mann getötet. So also ging das: Erst töten sie die Männer, dann schicken sie den Witwen Pakete und schöne Bilder.
Weißt du übrigens, Marianne, daß Mutter uns ein Bild unterschlagen hat? Sie schickte nicht nur ein Foto ihrer Kinder nach Amerika, sondern auch ein Bild von sich. Und so lautete das in Thomsens Übersetzung:
Fein, Deine Kinder. Das Mädchen wird einmal ein Mo-

viestar, der Junge wird zu den Soldaten gehen und General werden.
Dann folgte ein Satz, in dem der Mann aus Arizona bat, ihm doch ein Bild von der Mutter dieser freundlichen Kinder zu schicken, damit er »the whole family« zusammen habe.
Erinnerst du dich, daß Mutter einmal nach Lübeck fuhr, ohne zu sagen, was sie da wollte? Es mußte in einer fremden Stadt geschehen, im Foto- und Friseurladen Döring ging es nicht. Was sollten die Travenwalder denken, wenn die Kriegerwitwe Tabel daherkommt, schön zurechtgemacht, sogar geschminkt, um ein Bild von sich machen zu lassen? Die will sich wohl einen Mann angeln oder eine Heiratsannonce aufgeben!
Als wir aus der Schule kamen, gingen wir zu Frau Peters, bekamen dort Mittagessen, machten unsere Schularbeiten und warteten auf Mutter. Sie war früh gefahren, als es noch dunkel war, und sie kam abends, als es schon wieder dunkelte, nach Hause. Niemand sollte sie auf der Straße sehen. Ich weiß nur, daß wir uns wunderten, wie hübsch Mutter aussah.
Ob Mutter ihm geschrieben hat, daß damit »the whole family« komplett sei, daß es einen Vater nicht mehr gebe, weil Leute wie er ihn umgebracht haben?
Der Mann aus Wisconsin zündete ein Feuer an. »Gegen Hitze hilft nur Hitze!« verkündete er lachend. Der Rauch trieb die Böschung hinunter und verhängte das Wasser. Vom dunkler werdenden Horizont hob sich die Flamme ab, die vier saßen als Scherenschnitte vor dem Abendhimmel. Aus der Ferne drang Motorengeräusch herüber, es kam doch noch einer. Scheinwerferlicht

kletterte den Hang hinauf, die Saguaros warfen lange Schatten.
Heinz kommt, ging es ihm durch den Kopf. Heinz will ein für allemal klarstellen, daß er in seinen Geschäften nicht gestört werden möchte.
Ein Auto hielt vor der Tafel am Eingang, das Scheinwerferlicht traf das Holzschild. Ein Mann stieg aus und studierte die Schrift, dann wendete er und fuhr zurück.
»Der mag uns nicht!« rief der aus Wisconsin.
Zum ersten Mal hörte er das Heulen eines Coyoten, und zwar nicht im Film, sondern jenseits des schmutzigen Sees. Der Polarstern stand nicht am gewohnten Ort, wie tief doch der Große Wagen fuhr. Eine weiße Brücke überspannte Painted Rock, das war die Milchstraße, und daneben die vertrauten Sternbilder des Nordens. An den Winterabenden, wenn die Sterne im Frost funkelten, wenn die Felder leer und die Bäume unbelaubt waren, stand der alte Kruse gern vor der Altenteilerkate, sog an seiner Pfeife, daß die Funken stoben, richtete den Krückstock zum Himmel und deutete die Sterne.
Dat is de olle Leier... Doa achtern häd de Oss sek verloopen... Ons Watermann well gau to sien Jungfrau goan... Süßt de swatte Bär? De sitt mit sien Ors op den ganzen Heben un brummt sik een... De Woagen klabastert achtern rut op Lübeck tau, wo Venus em Knick liggt... Jupiter moakt den Sunschien on Saturn den Regen... Wenn Mars rot schient, gevt dat freschet Blood... Wenn Venus öberm Dak steit, wassen de Farken goad...
Flugzeuge kreuzten den Abendhimmel. Er hörte sie nicht, sah nur die beweglichen Sterne im unbeweglichen

Meer der Milchstraße. Und keiner kam. *Am Ende* war das ein Campingplatz für andere Jahreszeiten. Nur Greenhörner wie der aus Wisconsin und Hänschen aus Deutschland verirrten sich im Hochsommer in diese Einöde. Der Wind wirbelte Sandfontänen auf, auch schlugen jetzt Wellen ans Ufer. An Laufen war nicht mehr zu denken. Ja, die Milchstraße könnte er laufen, dem Großen Wagen nachlaufen, der auf Lübeck zu klabasterte.

Marianne ist kein Moviestar geworden und Hänschen kein General. Zu schwach für Heldentaten, damals war er nicht einmal ein guter Sportler. Doch nun holte er alles nach, nun lief er die Marathonstrecke in drei Stunden, und im Herbst wird er New York laufen und nicht einbrechen.

Mariannes Mädchenschönheit verlor sich rasch, als sie Lehrerin wurde. Das lag wohl am Beruf. Noch niemals hatte er eine schöne Lehrerin gesehen. Das Geistige verdirbt die Schönheit, läßt nur sensible Nerven übrig. Als Marianne Lehrerin wurde, war es vorbei mit dem Moviestar.

Es war elf Uhr Arizona-Zeit. Die vier verschwanden im Motorhome. Ihr Feuer ging aus, einzelne Funken versuchten, zu den Sternen zu fliegen. Noch nie hatte er einen solchen Himmel gesehen. Die Milchstraße ein ausgegossenes weißes Band voller Nebel und Wattebäusche, Arizonas Baumwollfelder setzten sich am Himmel fort. Und als könnte die Milchstraße ihre überreife Fülle nicht halten, fielen ständig Sternschnuppen von himmlischen Bäumen in die dürre Wüste.

Auf dem Rücksitz liegen, die Augen schließen. Die

Füße aus dem Auto hängen lassen und die Milchstraße hinablaufen. Es gibt Indianerstämme, die glauben, daß ihre Toten als Sterne am Himmel erscheinen und in klaren Nächten jene begleiten, die noch in der Wüste unterwegs sind. Mutter als Stern in der Milchstraße, wo nur die Marathonläufer nicht ausruhen dürfen, sondern laufen müssen von einem Spiralnebel zum anderen. Wenn aber die Sterne die Seelen der Verstorbenen sind, was sind dann die Sternschnuppen?
Nach einer Stunde weckte ihn das Klappern einer Tür. Er hörte Kinder weinen. Ein Motor sprang an, Scheinwerferlicht tastete über das Geröll.
»Es ist nicht auszuhalten!« fluchte der Mann aus Wisconsin. Hans Tabel sah ihn im Scheinwerferlicht stehen und Tisch und Stühle einräumen.
»Die Kinder finden keinen Schlaf!«
Bevor er ihn bitten konnte, doch zu bleiben, sprang der Mann ins Führerhaus des Motorhome. Die Scheinwerfer tasteten Felsen ab, erkletterten Kakteen und verloren sich im Nachthimmel. Aufgeschreckte Eselshasen flüchteten aus dem Lichtkegel, ein Coyote heulte nahe am Wasser.
Nun war er ganz allein. Dreiundvierzig Jahre alt und noch niemals so allein gewesen wie in dieser Julinacht in Arizona. Auch eine Großstadt hat ihre Einsamkeit, aber in ihr hörst du ständig das ferne Summen des Verkehrs, irgendwo im Haus geht die Wasserspülung, einer kommt heim, ein anderer geht fort, die Treppen knarren, die Türen klappen. Auch in Travenwalde war er niemals allein. Mutter ging nur selten fort, und wenn sie ging, war Marianne bei ihm. Sie schliefen im gleichen

Bett, erst als Marianne größer wurde und Brust bekam, erhielt sie ein eigenes Bett im selben Raum. Kruses Knechtskammer lag zwischen Kuhstall und Wohnhaus. Hinter der dünnen Holzwand hörten sie das Brummen der Kühe, das Klirren der Ketten, das Klatschen der Kuhfladen auf dem Zementfußboden.

An Schlaf war nicht mehr zu denken. Die ganze Wüste gehörte ihm, mit den fünfundsiebzig Stellplätzen von Painted Rock, mit dem Himmel darüber und seinen Milliarden Baumwolltupfern.

Er saß auf dem Kühler des Wagens, einem Blechstück, das den Namen Kühler zu Unrecht trug. Davonfahren gäbe keinen Sinn. Ganz Arizona war mit Hitze überladen, ein einziger Glutofen. Hoffentlich trocknete die Batterie nicht aus. Er brauchte sie, um wieder zurückzukehren zu den Menschen. Wenn der Wagen morgen früh nicht anspringt, wird Hänschen in der Hitze verdorren, die Coyoten werden eine Mahlzeit haben, und spätere Reisende, sollten sie jemals ans Ende der Welt kommen, werden nur bleiche Knochen und gelbes Autoblech vorfinden.

Der Motor sprang an. Er ließ ihn laufen und schaltete die Scheinwerfer ein. Ihr Licht fiel auf den See, leuchtete die Wasserfläche bis zum jenseitigen Ufer aus. Insekten umschwirrten das Glas.

Wer hinderte ihn daran fortzufahren? Um zwei Uhr nachts zurück auf den Highway und fahren, fahren, fahren, bis Phoenix im Morgenrot erscheint.

Erinnerst du dich noch an das gemütliche Wiederkäuen der Kühe, Marianne? Betrat einer nachts den Stall, standen sie auf, weil sie dachten, es sei Futterzeit oder

Melkzeit. Dann rasselten ihre Ketten so laut, daß es in der Kammer zu hören war. In der Viehtränke gluckerte Wasser. Blaß schaute der Mond durch die spinnwebverhangenen Scheiben des Kuhstalls.
Bist du mondsüchtig? fragte Marianne. Sie stand im Nachthemd an der Stalltür, während Hänschen den Futtertisch zwischen den Kühen abwanderte. Sie nahm ihn an die Hand und brachte ihn zurück ins Bett, und beim Frühstück sagte sie zu Mutter: Unser Hänschen ist heute nacht bei den Kühen spazierengegangen.
Er hatte den Viertelmond aufgehen sehen und sah ihn untergehen; er fiel einfach auf die kahlen, blauen Berge im Südwesten. Als der Benzinanzeiger die Reservemarke erreichte, schaltete er den Motor ab. Im Radio spielten sie das »Warschauer Konzert«.
Er wartete auf den Morgen. Wenn schon die Nacht keine Kühlung bringt, wird es der Morgen. Die Fenster befrieren immer erst bei Sonnenaufgang, wußte der alte Kruse.
Morgenrot überzog die Milchstraße. Er drückte auf die Hupe. Wie eine Explosion schallte es über das Wasser. Kein Echo kehrte zurück, Arizona kennt kein Echo, kennt nur diese Weite zwischen Wüste und Himmel, die nichts wiedergibt.
Endlich war es hell genug, so daß er lesen konnte.

10. Mai 1944, im Westen

Liebe Gerda!
Weißt Du, was heute für ein Tag ist? Sie haben doch für alles einen Namen: Silberhochzeit, Eiserne Hochzeit, Petersilienhochzeit... Wie nennt man Fünf-Jahre-ver-

heiratet-Sein? Oder so gefragt: Wie nennt man Fünf-Jahre-verheiratet-Sein minus vier Jahre Krieg? Ich kann Dir nicht mal etwas schicken, auch den Kindern nicht. Kann Hänschen schon sprechen? Wenn ich auf Urlaub komme, wird er mich zum ersten Mal bewußt erleben. Hoffentlich bekommt er keine Angst vor einem so furchterregenden Soldaten, wie ich es bin. Schicke bitte Bilder von den Kindern.
Es ist sehr ruhig bei uns. Im Juni bekomme ich vielleicht Urlaub. Wenn nichts dazwischenkommt. Es gibt sogar Hochzeitsurlaub in der Deutschen Wehrmacht, aber nur für grüne Hochzeiten. Dabei hätten wir es mit unseren fünf Jahren auch bitter nötig, nicht wahr? Wenn der Brief ankommt, blüht bei Euch der Rotdorn an der Straße nach Preußisch-Eylau. Pflücke Dir einen Strauß und sage, er ist von mir.
Nein, doch keine Bilder. Ich werde auf Urlaub kommen und mir die Originale ansehen.

Dein Johannes

Als über Arizona die Sonne aufging, legte er Vaters Briefe zu den anderen.

Von wegen, Phoenix aus der Asche. Die Stadt stand in hellen Flammen, als er mittags ankam. Täglich brachten die Zeitungen Tabellen der höchsten Hitzegrade. Arizona schmorte stets an der Spitze: Tucson 110, Yuma 108, Phoenix 107, Bull Head City 111. Bei Celsius würde längst das Wasser kochen.
Im »Golden Inn Motel« war das wichtigste die Kli-

maanlage. Die Leute im Office dachten, er sei krank oder betrunken, als er die Vorauszahlung, die sie vorsichtshalber verlangten, anstandslos beglich und sich schlafen legte. Zehn Stunden schlief er, bis die Digitaluhr neben seinem Bett drei zeigte und Phoenix in der Dunkelheit lag. Er öffnete die Tür zum Vorhof, in dem die Autos standen. Warme Luft schlug ihm entgegen, aber doch erträglicher als Painted Rock. Eine Kette aus rot-gelb-grünem Ampellicht begleitete die Straße stadteinwärts, vom nahen Flughafen zuckten Scheinwerfer, in der City jaulte ein Polizeiwagen. Er holte ein Kaltgetränk aus dem Kühlschrank, setzte sich auf die Terrasse und dachte. An Heinz in Los Angeles und die Kollegen in der Reiseabteilung, denen er eine Karte – vielleicht vom Grand Canyon – schreiben wird. Arizona ist die Hölle, wird er schreiben. Eine Woche Amerika, und ich sehne mich nach einem kräftigen norddeutschen Regenschauer. Das wird die Finke trösten, wenn sie morgens aus der S-Bahn steigt, den Schirm aufspannt und durch den Nieselregen über die Moorweide trippelt.
Er hielt es für sehr wahrscheinlich, daß jener Mann, mit dem Mutter sich geschrieben hatte, aus Phoenix kam. Außer Phoenix gab es fast nichts in Arizona. Die Stadt besaß eine Main Street, sie lief jenseits der Nord-Süd-Achse, die senkrecht den Stadtplan durchschnitt. Sam O'Keefe Jerome 39 Main Street. Auf einigen Briefen entdeckte er eine Postbox, einmal das Kürzel Ph, ein möglicher Hinweis auf Phoenix. Seine Art zu schreiben wird Lehrer Thomsen in Rage gebracht haben. Der hielt auf saubere Schrift. In der Schrift zeigt der Mensch seinen Charakter. Dieser Mann aus Arizona schien ihm

trotz der schönen Pakete bedenklich. Wer im Schreiben schmuddelig ist, dem gerät auch das Leben schmuddelig. Manchmal glitt Thomsen der Rohrstock aus und traf die schmuddeligen Werkzeuge unsauberer Schrift. Das geschah in Travenwalde noch bis 1952, als Thomsen in Pension ging und er einen Stock nur noch für die Wanderungen durch die Feldmark brauchte.

Um halb vier streifte Hans Tabel das Netzhemd über, zog Turnhose und Laufschuhe an, betrat vorsichtig die Straße, ging wie ein Spaziergänger zur nächsten Kreuzung, merkte sich den Namen Buckeye Road, überquerte die Kreuzung bei Grün und begann zu laufen. Stadteinwärts, den Hochhäusern zu, die auch nachts ihr Licht verstrahlten. In der Dunkelheit atmete Phoenix Hitze aus. Von der Straße stieg sie auf, mit jedem Schritt wirbelte er sie hoch, Steine und Asphalt gaben sie her, auch von den Wänden fiel sie und von der roten Leuchtreklame, sie haftete an seinen Laufschuhen und kroch an den nackten Beinen empor. Ein Wasserwagen kühlte das heiße Band der Straße. Hinter dem Wagen dampfte es, als hätte Mutter Kaffeewasser auf der heißen Herdplatte verschüttet.

An roten Wasserhydranten und Reklameschildern vorbei. »It just looks expensive«, sagte eine blonde Frau zu ihrem dunkelhaarigen Mann und zeigte auf das neueste Modell von General Motors. Auch nachts um halb vier lächelten sie für die neuen Autos aus Detroit, die teuer aussahen, aber nicht teuer waren. »Things we don't have you don't need«, verkündete ein Kaufhaus selbstbewußt. Das wäre in Deutschland unmöglich. Es würden sich auf der Stelle Juristen und Oberlehrer finden,

die das für marktschreierischen Unsinn halten. Die Deutschen verstehen keinen Spaß in der Werbung.
Nur selten kamen Autos. Ein Polizeiwagen begleitete ihn im Schrittempo über zwei Kreuzungen. Erst als die Polizisten davon überzeugt waren, daß es sich um einen harmlosen Marathonläufer handelte, bogen sie in die 75. Avenue.
Im Juli 1950 kam der letzte Brief aus Arizona. Die Zeiten hatten sich gebessert, CARE-Pakete waren nicht mehr so nötig.
Nun haben wir wieder Krieg, übersetzte Thomsen *die letzte Nachricht aus Amerika. Ich werde mich zur Army melden, damit wir die Sache schnell hinter uns bringen. Danach schreibe ich wieder.*
Was war denn das für ein Krieg? Die Deutschen hatten nichts damit zu tun. Er erinnerte sich aber, daß Mutter in jener Zeit jammerte, weil alles teurer wurde. Kriege machen immer alles teurer, sagte Mutter.
Er könnte die amerikanische Armee um Auskunft bitten. An der Uniformjacke werden sie die Einheit erkennen, zu der er gehörte. Pensionierte Soldaten stehen in den Büchern aller Armeen, er wird eine Veteranenpension erhalten. Ob er gegen Deutschland gekämpft hat? Vielleicht war er in den Ardennen, als Vater fiel. Oder er saß in den Flugzeugen, die Deutschland in Asche legten. Später tat es ihm leid, deshalb schickte er CARE-Pakete an die, die aus der Asche gekrochen kamen. Ja, so könnte es gewesen sein.
Marianne wird wissen, welch ein Krieg im Sommer 1950 begann, Marianne wußte fast alles. Es regte ihn auf zu denken, daß Mutter nicht nur Feldpostbriefe von Vater

erhalten hatte, sondern auch aus jenem Krieg, den er nicht kannte. Ist der Mann aus Arizona am Ende auch gefallen, so daß Mutter zweimal in einem Leben Kriegerwitwe wurde?

Er lief bis zu den Hochhäusern der Nord-Süd-Achse. In den Bergen schien ein Gewitter zu toben, oder es schoß immer noch die Artillerie jenes Krieges, den er nicht kannte. Jedenfalls wetterleuchtete es von Norden her. Durch eine menschenleere Stadt zu laufen, mit der Leuchtschrift auf den Reklamebändern um die Wette zu laufen, den grünen, gelben und roten Wellen der Ampeln zu folgen, ist doch etwas anderes als Marathon in New York. Da standen zweieinhalb Millionen am Straßenrand, die Schwarzen in Queens, Juden und Puertoricaner in ihren Vierteln. Durch alle fünf Stadtteile gelaufen, begleitet von einer jubelnden, klatschenden Menge. Go man go! Er hatte sich zuviel mit den Menschen abgegeben, hatte ihnen zugeschaut, winkend die Hand gehoben, sie angelacht, wenn sie ihn anfeuerten. So etwas kostet Kraft und Zeit. Deshalb kam der Einbruch. Du mußt wie in Trance laufen, nichts um dich wahrnehmen, dann bist du gut. Ein Sonntagmorgen in New York. Voraus die fünf Brücken, lange, zugige Brücken, durch die der Wind pfiff. Über das Brückengeländer der Blick auf die zum Greifen nahe Skyline. Von der Queensboro-Brücke hinein ins Gewoge von Manhattan. Da sage noch einer, Marathonläufer seien einsame Wölfe. Sie brauchen das rhythmische Klatschen der Menge, die aufmunternden Rufe, das Lachen vom Straßenrand. An der Wasserstelle krachten die Plastikbecher unter den Tritten der Läufer, es klang wie

fernes Gewehrfeuer. Einer ließ seinen Pudel mitlaufen, hatte ihm ein gehäkeltes Deckchen um den Leib gebunden und darauf Herrchens Startnummer geklebt. Wo liegt der Weltrekord für Pudel auf der Marathonstrecke? Ein Alter lief im Tigerfell durch New York, ein Mädchen trug eine Schärpe: »Miß World«.
An der Buckeye Road in Phoenix stand niemand. Auf dem Flughafen startete die erste Maschine. Der Lärm rollte ihm entgegen, traf die Hochhäuser und kehrte von dort zurück. Hinter ihm kroch ein neuer roter Morgen aus der Wüste, und Phoenix erhob sich aus der Asche des vergangenen Tages.

Die Straße nahm kein Ende, wie alle Straßen Amerikas. Zu beiden Seiten immer flacher werdende Häuser, von sprühenden Wasserfontänen umgeben, die die Rasenflächen grün hielten. Ein Holzhaus mit Veranda trug die Nummer 39. Weiße Farbe bröckelte von den Brettern. Es sah so alt aus wie der Mann, den er suchte. Neben dem Haus wucherte ein Paloverdebusch, längst verblüht und nicht mehr gelb. Er hielt schräg gegenüber im Schatten und beobachtete das Haus, seine Fenster mit den herabgelassenen Jalousien, den rotierenden Wasserspritzer, der einen Regenbogen über den Rasen spannte. Verstreut im Garten lag Kinderspielzeug. Auf der Holzbrüstung der Veranda steckten Papierfähnchen, die Stars and Stripes, wie sie bei Umzügen und zur Begrüßung bedeutender Persönlichkeiten geschwenkt werden. Hinter den Fähnchen, in einem Schaukelstuhl auf der Veranda sitzend, stellte er sich den alten Mann vor... Ach ja, nach World War II habe er ein paar Pakete nach Deutschland geschickt, vermutlich nach Heidelberg oder Rothenburg, aber das sei verdammt lange her, und er habe keine Erinnerung mehr daran. Amerikas Häuser haben Gärten, aber keine Zäune, die Straße geht unmittelbar ins Grün des Rasens über, auch ein Stück amerikanischer Offenheit. Er wartete, bis der Wasserspritzer ihm den Weg freigab. Kein Name an der Tür, auch kein Schaukelstuhl auf der Veranda. Eine alte Person blickte um die Hausecke, eine schwarze Frau, die damit beschäftigt war, das Kinderspielzeug einzusammeln.

»Can I help you?«

»Ich suche einen Mann, der früher hier gelebt haben soll.«

»Ich habe keinen Mann, schon lange nicht mehr. Ich wohne hier mit meinem Sohn und seiner Frau und drei Kindern.«

Sie fragte nach dem Namen des Mannes.

Nein, der Name sagte ihr nichts.

Wie lange das her sei, wollte sie wissen.

»Dreißig oder vierzig Jahre«, antwortete er.

»My Goodness! Da fuhr ja noch die Postkutsche von Tucson nach Phoenix.«

Sie lebte fünf Jahre in dem Haus und hielt das für eine lange Zeit.

»In Amerika gibt es keinen Menschen, der vierzig Jahre im selben Haus wohnt«, meinte sie. Das sei in Alt-Europa wohl anders. Da werde ein Mensch, so habe sie gehört, in einem Haus geboren und sterbe auch darin.

Er zeigte ihr das Foto.

»O ein Soldat. In meiner Familie gab es nie Soldaten.« Sie fragte, ob Hans Tabel Schwede sei, im Nachbarhaus habe mal ein Schwede gewohnt. Als sie Deutschland hörte, blickte sie ihn prüfend an. Dann begriff sie. Der Mann, den er suche, sei wohl Soldat in Deutschland gewesen. Davon habe sie gehört, daß während des Krieges und in den Jahren danach viele Amerikaner in Deutschland gewesen sind. »Und nun kommst du nach Amerika und suchst deinen Vater.«

Hans Tabel schüttelte heftig den Kopf. Nein, nein, er hatte mit diesem Mann weiter nichts zu tun, als daß er von seiner Schokolade gegessen hatte.

Sie schlug vor, am Abend zu kommen, wenn ihr Sohn da sei. Der wisse den Namen des Mannes, von dem er das Haus gekauft habe. Wenn er ein alter Mann sei, lebe er vielleicht in Sun City. Das sei eine Stadt für alte Leute, nordwestlich von Phoenix gelegen. Sie würde auch gern in Sun City leben, hätte sie nicht den Sohn und die Schwiegertochter mit den drei Kindern. Außerdem sei Sun City zu teuer für sie.

Er zeigte ihr einen der alten Umschläge, auf dessen Rückseite 39 Main Street stand. Jede amerikanische Stadt hat eine Main Street, winkte sie ab. Es sei keineswegs sicher, daß der Brief aus Phoenix komme. »Aber aus Arizona«, erwiderte er. »Der Mann schrieb viel von Arizona. Als ich Kind war, schrieb er, daß in Arizona Schokolade an den Bäumen wächst.«

Sie lachte.

»Ach, ein Lügner war er auch, dein Vater!« Und was Jerome betreffe, könne das auch ein Ortsname sein. Es gebe eine Stadt Jerome oben am Verde River. Sie zeigte

in nördliche Richtung, wo fern, im heißen Dunst schwimmend, das blaue Band einer Bergkette sichtbar war. »Früher war es eine Minenstadt, heute ist es eine Geisterstadt. Du wirst ihn dort nicht finden, die Stadt ist nämlich tot.«
Sie stellte das Wasser ab, damit er trockenen Fußes sein Auto erreichen konnte. Die Schweden und die Germans seien ihr die Liebsten, rief sie ihm nach. Erst danach kämen die eigenen Leute, die Amerikaner, die mal so und mal so seien. Im Westen und Süden lebten noch gute Menschen, aber im Osten habe auch Amerika sein Herz verloren.

Sun City war auch eine Geisterstadt. Nur Alte lebten dort. Kein Kinderwagen klapperte auf den Bürgersteigen, kein Kinderlachen, kein Geschrei von Schulhöfen störte den Frieden der Alten. Sie saßen in ihrer braun gebrannten Haut neben dem Swimmingpool, einen Drink in der Hand, wie sie es im Kino gelernt hatten. Die alten Damen trugen lilafarbenes Haar, die Herren leuchteten schlohweiß wie Ben Cartwright. Eine sonderbare Stadt. An ihrer Grenze könnte man sich Schilder mit einem Totenschädel vorstellen: Zutritt verboten. Der Sensenmann ist out of bounds, er darf die Stadt nicht betreten, die eine Geisterstadt ist mit heiterem Namen und warmer Sonne gegen die allmählich absterbenden Füße. Ob es Krankenhäuser und Beerdigungsunternehmen gibt? Ein Flüßchen durchströmte die Stadt, aber nicht der Hades mit seinem finsteren Fährmann, sondern der New River, der ein neues Leben

versprach. Und jenseits des Highways begann wie eine Erinnerung an vergangenes und eine Verheißung auf künftiges Leben eine andere Stadt, Youngtown.
Aber Phoenix besaß auch eine Attraktion für die Kinder, ein Wüstenbad mit Brandung. Aus der Ferne glich es einem Drive-in-Kino. Eine schwarze, hohe Wand, dahinter blaues Wasser und sandige Strände. In diesem Wüstenschwimmbad geschah weiter nichts, als daß alle fünf Minuten ein Schwungrad eine Riesenwelle aufwarf. Die Welle hob ein paar hundert kreischende und johlende Kinder empor und trug sie auf Matratzen und Luftkissen zum Strand. Danach kehrte Ruhe ein, das Wasser glättete sich, die Kinder paddelten zurück zur schwarzen Wand und warteten auf die nächste Welle. Das Wasser war so warm, als käme es aus der Leitung von Painted Rock. Hans Tabel lag auf dem Rücken, über ihm ein Himmel ohne Wolken mit einer kleinen, grellen Sonne, um ihn das Geschrei der Kinder.
Das wäre auch ein Anlaß, nach Amerika zu fahren, dachte er: den Vater suchen. Nach 1945 wurden Tausende von Besatzungskindern geboren. Die kamen nun in die Jahre, wo sie nach dem Vater fragten. Welche Eigenschaften besaß er? Sah er braun aus, schwarz oder weiß? Kam er aus Arizona oder Alabama? Was wurde aus ihm? Was wird aus Vätern, wenn sie nicht mehr Besatzungssoldaten sind? Die Mütter wußten wenig von den Vätern ihrer Kinder zu erzählen, es war ihnen auch, ehrlich gesagt, unangenehm. Nur das sagten sie immer wieder, daß damals schlimme Zeiten waren. Das rechtfertigte alles, auch die Besatzungskinder.
Er fotografierte das Spektakel vom Strand aus, kaufte

eine Postkarte von Big Surf und schrieb an Mariannes Kinder: *Was sagt Ihr zu einem solchen Schwimmbad? Alle fünf Minuten macht der Bademeister dicke Backen und bläst eine mächtige Welle auf, worüber sich die Kinder freuen.*

In Travenwalde gab es, nach seiner Erinnerung, keine Besatzungssoldaten, also auch keine Besatzungskinder. Es hätten übrigens englische Väter sein müssen. In England einen Vater zu suchen, wäre bedeutend einfacher als in Arizona. Soviel hatte der furchtbare Krieg immerhin bewirkt: Er rührte das Blut, sofern es nicht vergossen wurde, kräftig durcheinander. Deutsche Soldatenkinder in Frankreich, Holland, Norwegen und der Ukraine, russische Soldatenkinder, französische, englische und amerikanische im Herzen Europas. Schwarzes Blut war nach Europa gekommen und asiatisches aus Kirgisien und Samarkand.

Mutter hat nach Vaters Tod nichts mehr mit Männern zu tun gehabt, und dabei sah sie so hübsch aus. Er erinnerte sich keines Mannes, der ihr mehr als zum Händeschütteln nötig nahegekommen wäre. In Kruses Kammer schlief sie Nacht für Nacht bei ihren Kindern. Auch später, als sie in die Flüchtlingssiedlung zogen, als Mutter eine eigene Stube für sich hatte, gab es keine Männer. Eine Kriegerwitwe mit zwei unmündigen Kindern darf nachts keinen Männerbesuch haben. So etwas ging in Travenwalde überhaupt nicht.

Vergewaltigt worden ist sie, das ist wahr. Es gibt aus dem Osten Deutschlands nur wenige Frauen in Mutters Alter, die nicht vergewaltigt wurden. Marianne erzählte es am Tag vor der Beerdigung, als Hänschen erwachsen

genug war, um so etwas zu hören. Sie schrie, als sie Mutter aus dem Zug holten, aber Hänschen schlief selig im Gepäcknetz. Weder schlafen noch schreien half damals, sie holten Mutter. Seitdem war der Name Stolp ein Begriff. In der Nähe dieser pommerschen Stadt kam der Zug zum Stehen, mußte auf offener Strecke halten, weil die Front sich der Eisenbahnschienen bemächtigt hatte. Ein paar Gehöfte im Schnee sollen da gewesen sein und eine Feldscheune. In die Feldscheune führten sie die Frauen, über den Schnee führten sie sie, während der Zug hielt und die Kinder schrien.
Mutter hat den Namen Stolp nicht mehr in den Mund genommen. Auch als Marianne erwachsen war und selbst schon Kinder hatte, verlor sie kein Wort darüber. So hat niemand erfahren, was in jener Feldscheune wirklich geschehen ist. Besatzungskinder hat es davon nicht gegeben, aber es verletzte Mutter tief, und sie blieb den Rest ihres Lebens allein auch wegen des grausigen Aktes in der Feldscheune.

Die Interstate 17 führte ins andere Arizona, direkt ins Herz zu den Bergen und Canyons, den Flußläufen und Wäldern. Nordwärts mußt du fahren, da wird Arizona erträglich. Zu den Bergen mit den schönen Namen mußt du fahren, zu Deadman Wash, Arizona Snow Bowl, Sunset Crater und den San Francisco Peaks, die auch im heißen Sommer Schnee tragen. Nordwärts zu den Naturdenkmälern Amerikas und den erträglichen Temperaturen, zu den Gewitterwolken und den Regenbogenbrücken über dem Indianerland.

Unterwegs dachte er an Laufen, an feuchten, schattigen Wald und an Heinemann, der längst seinen Brief auf dem Schreibtisch hatte. Was wird er anstellen? Eine Krisensitzung? Dem Vorstand Bericht erstatten: Eine Riesenschweinerei ist passiert, und wer trägt die Schuld? Das kommt von eurem Rationalisierungswahn. Es muß alles schnell gehen und darf nicht viel Arbeit kosten. Zahlen ist billiger als prüfen. Deshalb laufen kleine Versicherungsfälle ungeprüft über den Computer. Nun holen sie die alten Akten aus dem Archiv und fahnden nach den Diagnosen Fischvergiftung, Magenverstimmung und Sonnenallergie.
Heinemann wird ein Rundschreiben an die übrigen Versicherungsgesellschaften richten, wird anfragen, ob auch sie eine Häufung von Reiseversicherungsfällen mit den Diagnosen Fischvergiftung, Magenverstimmung und Sonnenallergie registriert hätten. Er wird die Polizei einschalten. Auf dem Flugplatz Los Angeles werden sie Heinz beim Verteilen seiner Zettel festnehmen. Ab geht es nach Deutschland ins Gefängnis, Deutschland umsonst natürlich. Eigentlich rechnete er mit einer Prämie. Was Hans Tabel getan hatte, wäre doch wie ein Denk-mit-Vorschlag, oder? Einmal »Amerika umsonst« sollten sie ihm zahlen. Die Reisekosten für den New-York-Marathon im Oktober.
Voraus dampfte die Straße von einem Gewitterschauer. Die Sonne holte sich wieder, was die Wolke gegeben hatte. Er hielt, um endlich Kühle zu empfinden. Meilenweit könnte er in die aufsteigende Feuchtigkeit laufen, den kühlen Bergen entgegenlaufen. Hinter ihm im flimmernden Dunst der Glutkessel des Arizonaflach-

landes, ein ausgetrocknetes Stück Erde mit einem schönen Namen. Wenn du dich wenige Schritte vom Highway entfernst, hörst du nichts mehr. Der Wind summt in trockenen Gräsern, Kolibris hängen an Distelblüten, verkrüppelte Agaven krallen sich ins Felsgestein, Eidechsen huschen über aufgeheizte Steine. Das wäre eine Gegend für Klapperschlangen.
In Travenwalde gab es eine Lehrerin mit Namen Klapperschlange. Das kam von ihren Holzsandalen, die auf den Dielen des Schulhauses so laut klapperten. Und wenn Opa Kruse mit dem Krückstock auf einen verrosteten Marmeladeneimer schlug, um die Stare aus dem Kirschbaum zu jagen, sagte er gern: Klappern gehört zum Handwerk, lütt Hannes.
Eine grandiose Abfahrt ins Verdetal. Vergeblich suchte er den Fluß. Vielleicht war er gar nicht mehr da, längst verdampft im heißen Arizonasommer. Die Landkarte wies das Verdetal als Waldgebiet aus, aber in der Natur stand nur dörrendes Buschwerk, vereinzelt Paloverdebäume und Agaven. Die karge Vegetation hatte Mühe, die rote, trockene Erde zuzudecken. Überall drohte Wüste. Ostwärts, wo das Tal sich im blaugrauen Dunst verlor, müßte in einer Staubwolke die amerikanische Kavallerie auftauchen. Fort Verde lag dort, eine Festung aus alter Zeit, als der Wilde Westen noch wild war. Angeln im Verde River und in kleinen Teichen neben dem Fluß sei möglich, sagte der Reiseprospekt. Wanderwege beschrieb er unter hohen Weiden. A good place to birdwatch. Von Marathonläufern war keine Rede.
Er fand den Verde River als flaches Rinnsal und am

Flußufer Cottonwood, eine Holzhäuserstadt aus der Pionierzeit. Vor den Andenkenläden grüßten aus Holz geschnitzte Indianer. Die Eingangstür bimmelte wie die Ladentür bei Krämer Jessen zu früherer Zeit. Ein riesiger Propeller teilte die heiße Luft. Old Town Palace, ein Kino aus Holz. Auf dem Dach überlebensgroß Charly Chaplin, die O-Beine um den Spazierstock geschlungen.

Er fotografierte die kleine Stadt, die Läden mit der Aufschrift »Antiques«, die Holzsäulen der Laubengänge. Er bat einen Passanten, ihn Arm in Arm mit einem hölzernen Indianer, der nach Lack und blauschwarzem Pferdehaar roch, zu knipsen. »Poor Boys Home Furnishing«. Sie haben originelle Namen, sogar für Möbelhäuser. Firmenschilder und Werbesprüche machen Spaß, sie stehen nicht unter dem Fallbeil: Wie kann man nur? Das tut man nicht!

Ein Museum neben dem Highway, in dem prähistorische Knochen ausgestellt sind. Hundert Meter voraus ein Schild: »Attention, Dinosaurier crossing!« Wäre es denkbar, daß sich in Deutschland jemand einen so originellen Hinweis für ein Museum ausdenkt, auch den Mut aufbringt, den Spruch neben die Straße zu stellen, ohne daß sich eine Amtsperson einfindet, die den Unsinn schleunigst entfernt? Amerika ist so einfach, so unkompliziert und originell. Originalität ist immer eine Frage des Mutes. Du mußt selbstbewußt sein, dann bist du auch originell.

Dead Horse Ranch hieß der Campingplatz am Flußufer nahe Cottonwood. Der Fluß – hier gab es ihn noch – spülte über die Straße, die Stadt und Campground ver-

band. Das Auto warf eine Bugwelle auf, Wasser schlug gegen die Bodenwanne, auf der Weiterfahrt tropfte der gelbe Wagen ab wie ein Hund, der aus dem Wasser kommt. Ein Campingplatz unter hohen Weiden, das Waschhaus in der Mitte erinnerte ihn an eine moderne Holzkirche. Um das Gebäude kreisförmig die Plätze für Wohnmobile mit Wasser- und Elektroanschluß, dahinter die Zelte. Nur mit Badehose bekleidete Kinder spielten Ball. Ein Motorhome rangierte unter den Weiden. Vor einem Zelt saß ein Mädchen und zupfte eine Gitarre, spielte nichts Bestimmtes, nur so. Erträglicher als Painted Rock war Dead Horse Ranch allemal, und nicht so einsam. Hier könnte er laufen, aber erst, wenn die Sonne den Berghang berührte. Während er das Zelt errichtete, hörte er hinter sich die Töne der Gitarre, die wie Tropfen auf dünnes Blech fielen. War es normal, daß er junge Mädchen wie dieses mit der Gitarre nun nicht mehr mochte? Er fand Frauen nur noch ab fünfunddreißig anziehend. Sollte er einmal sechzig Jahre alt sein, wird er Fünfundfünfzigjährige mögen, wenn überhaupt. Unsere Neigungen gehen mit den Jahren, die Geschlechter werden gemeinsam alt. Vier Wochen allein in Amerika, das hätte er sich vor zehn Jahren nicht träumen lassen. Keinen Freund, keine Freundin, nur ein geliehenes Auto und Laufschuhe, diese Hitze und einen Kopf voller Gedanken.
Du willst doch nur immer laufen, hatte Andrea geantwortet, als er fragte, ob sie mitkommen wolle.
Wer sein Weib lieb hat, läßt es zu Hause, sagte Jürnjakob Swehn. Wir haben sonst nachher auch keinen Menschen, dem wir erzählen können, was wir gesehen haben.

Laufen macht einsam. Frauen empfinden Laufen als eine Vernachlässigung ihrer Person, du hast noch andere Götter neben ihnen. Dreiundvierzig Jahre alt, ein Junggeselle, der die schönsten Stunden des Lebens verläuft und nichts mehr für zwanzigjährige Gitarrenspielerinnen empfindet, das war er.

Von Westen her, den Verde River aufwärts, zog eine Wolkenwand zur Dead Horse Ranch. Der Himmel leuchtete violett.

Gestern wurden in Hamburg drei Postbeamte verhaftet. Sie sollen CARE-Pakete unterschlagen haben. Mit dem Inhalt der Pakete trieben sie einen schwunghaften Handel und wurden reich. Nun wird man sie für ein paar Jahre einsperren. Aber Ihr letztes Paket ist wohlbehalten angekommen. Ich habe gleich einen Kuchen gebacken, denn am Sonntag hatte Marianne Geburtstag. Sie waren so freundlich, dem Paket ein Päckchen Zigaretten beizulegen, aber ich rauche nicht, will es mir auch gar nicht angewöhnen. Und einen Mann, dem die Zigaretten eine Freude sein könnten, habe ich auch nicht mehr. Er ist im Krieg gefallen.

Da war er, der Hinweis, daß Mutter keinen Mann besaß, gewissermaßen ledig war und noch zu haben. Thomsen hatte den Brief ins Englische übersetzt, und Mutter hatte ihn per Luftpost nach Amerika geschickt.

Als die Wolke die Sonne verschluckt hatte, zog er die Laufschuhe an. Das Gitarrenmädchen blickte kurz auf und lächelte, als er vorbeilief. Zum Fluß hinunter, durch die Furt. Das Wasser spritzte ihm in die Schuhe. Während er lief, gab es dieses nasse, platschende Geräusch, wie wenn Mutter den Feudel auf die Küchenfliesen fallen läßt. Er lief dem Gewitter entgegen, obwohl es bergan ging, kam es ihm ungewohnt leicht vor.

»Nicht so eilig!« rief ihm einer nach. »Amerika ist so groß, da kommst du nie an!«

Ob schon einige von New York nach San Francisco gelaufen sind? In Amerika werden die unbegrenzten Möglichkeiten nur durch den Atlantik im Osten und den Pazifik im Westen begrenzt. Jogging quer durch einen Kontinent. Ein Jahr brauchst du wohl, um die schönen Namen abzulaufen: Carolina, Alabama, Missouri, Colorado, Arizona, Nevada, Kalifornien.

Während er lief, dachte er an das Mädchen mit der Gitarre, das ihm nichts bedeutete, obwohl es hübsch aussah. Später dachte er an Andrea, mit der er einige Male um die Außenalster gelaufen war. Den Stadtpark mochte sie nicht wegen der hohen schattigen Bäume. Während Andrea lief, wollte sie auch bräunen. Sie hörte auf zu laufen, als sie einen Judokämpfer kennenlernte. Das ist ein ganz anderer Sport, da liegst du ständig auf der Matte.

Er dachte an Marianne, die um diese Zeit den kleinen Sven in den Kindergarten brachte. Eigentlich dachte er immer an Frauen. Unter Marathonläufern kursiert der Witz von der hübschen nackten Frau, die zwanzig Meter vorausläuft. Sich so etwas vorzustellen, soll gute Zeiten bringen. Aber es geht auch umgekehrt. Einige sind besonders schnell, wenn sie sich vorstellen, daß eine nackte Frau hinterherläuft. In Wahrheit ist Laufen so unerotisch wie Fliegenfangen. In New York startete er vor einem Jahr mit über zweitausend Frauen, aber er hatte keine wahrgenommen. Sie laufen als Neutren

durch die Straßenschluchten, das Wiegen ihrer Hüften, das Auf und Ab ihrer Brüste siehst du nicht mehr.
Das Problem aller Läufer: Was sollen sie denken? Sie haben so viel Zeit. Während der Körper mechanisch seinen Dienst verrichtet, während Beine und Arme die gewohnten rhythmischen Bewegungen vollführen, muß der Kopf denken. Früher löste er Kriminalfälle oder sah Filme noch einmal. Manchmal sagte er Gedichte auf, die er bei Thomsen gelernt hatte, Schillers »Glocke« reichte für acht bis neun Kilometer. Aber seit dem 6. Juli 1985 dachte er an Mutter. Kaum eine Viertelstunde unterwegs, und schon war er bei ihr, als liefe sie nebenher, um ihn in lange Gespräche zu verwickeln und ihm die Zeit zu vertreiben.
Mutter und die Zigaretten. Auf diesem Umweg teilte sie dem Mann in Arizona mit, daß sie eine Witwe war. Und eine deutsche Frau raucht nicht! Die backt Kuchen. Auch so ein Gütesiegel. Kein Wort davon, wer sie zur Witwe gemacht hatte, kein Hinweis auf amerikanische Fliegerbomben und den Höhenzug namens Ardennen. Das hätte eine unnötige Peinlichkeit in diese Briefbeziehung gebracht. Wie vorsichtig sie schrieb, immer »Sie«, immer distanziert, aber Thomsen übersetzte jedes Sie in das vertraute you.
Die größte Heldentat der Amerikaner sei die gewesen, aus fünftausend Metern Höhe Bomben fallen zu lassen, pflegte Mutter zu sagen, und jeder hörte die Bitternis aus ihren Worten. Zu kämpfen brauchten die nicht, die schickten nur ihre Flugzeuge und Panzer. Als jemand sagte, daß es doch anständig sei von den Amerikanern, ihre Menschen zu schonen und an ihrer Stelle das Mate-

rial in den Krieg zu schicken, ganz anders als die menschenverachtenden Systeme in Deutschland und der Sowjetunion, schüttelte sie nur traurig den Kopf. So einen Krieg fand sie nicht fair.
Aber in zehn Jahren sind 6,7 Millionen CARE-Pakete nach Deutschland gekommen. Das rechne mal in Zentnern aus! Wie lange kann Bauer Kruse da mit dem Rübenwagen fahren? Güterzüge lassen sich füllen und Ozeandampfer. Vom Wert ganz zu schweigen. Dreihundert Millionen Dollar. Und das waren noch Dollar, vier Mark zwanzig das Stück. Alles in allem kamen wohl mehr CARE-Pakete als Bomben von Amerika nach Deutschland. Speckpakete, Mehlpakete, Kleiderpakete, ein Standardpaket und das Superpaket mit dem Gutschein für mehrere Zentner Briketts. Die meisten Pakete schickte die anonyme Organisation CARE, die Cooperative for American Remittance of Europe, ein riesiger Topf, in den Amerika sein gutes Herz rührte. Doch Mutter besaß eine private Adresse in Arizona. Diesem Sam genügte es nicht, ein paar Dollar in den großen CARE-Topf zu werfen, er wollte die Menschen sehen, ihre Namen erfahren, sich ein Bild von ihnen machen. Was bewog ihn, CARE-Pakete nach Deutschland zu schicken und Briefe zu schreiben? Ein Mann, ein Soldat sogar, befaßte sich mit Paketepacken! Über ihn gäbe es vielleicht auch eine Geschichte, ähnlich der seiner Mutter. Sie werden alle denken, er suchte seinen Vater. Einen Vater zu suchen, gäbe einen Sinn, aber fünfunddreißig Jahre alten Paketen nachzureisen, das versteht keiner. Ein wenig schämte er sich vor seinem richtigen Vater. Den hatte er noch nie in den Ardennen

besucht, den kannte er nur aus Mutters Erzählungen und jetzt aus seinen Feldpostbriefen.
Talwärts, neben sich das versteckte Gluckern des Flusses, lief er noch leichter. Über ihm hing das Gewitter. Die Berghänge in Purpur, nur im Süden, wo Phoenix in seiner Gluthitze schmorte, leuchtete ein helles Stück Himmel. Kein Windzug, nur der Atem, den er sich ins Gesicht pustete, brachte Kühlung. Käme der Regen, er würde einfach weiterlaufen; es gibt nichts Schöneres, als warmen Regen zu durchlaufen. Blitze fürchtet ein Marathonläufer nicht. Er erinnerte sich nicht, daß jemals ein Läufer von einem Blitz erschlagen wurde. Blitze brauchen feste Punkte, um einzuschlagen, die Läufer laufen ihnen davon.
Wo hat Mutter die Philip Morris gelassen, die trotz ihrer Ablehnung – eine deutsche Frau raucht nicht! – in jedem Paket lagen? Die meisten wanderten wohl ins Gemeindebüro, um das Ausfüllen eines Bezugsscheins für Kinderstiefel zu beschleunigen. Oder für Wolle zum Stopfen oder für eine Extrazuteilung Briketts zum Weihnachtsfest. Wie freute Mutter sich über die Briketts! Sie wickelte jeden Abend einen Bricken in feuchtes Zeitungspapier und legte ihn in den Herd, um über Nacht Glut zu halten. Am Morgen legte sie nur ein paar Holzspäne nach, schon hatte sie Feuer für ihren Kaffee und das Waschwasser.
Kalte Tropfen fielen in den Staub. Weit voraus schlug ein Blitz in die Interstate 17, hinderte die Trucks aber nicht daran, mit aufgeblendeten Scheinwerfern durchs Verdetal zu rasen. Als Lawine kam der Donner den Hang hinunter und begrub Dead Horse Ranch. Das

Mädchen hatte sich ins Zelt zurückgezogen, seine Gitarre war verstummt. Irgendwo lärmte ein Transistorradio, unterbrochen vom Knistern des Gewitters. Eine Taschenlampe irrlichterte im Gebüsch.
»Was sind das für Lichter oben am Berg?« fragte er den Mann mit der Taschenlampe.
»Das ist Jerome, eigentlich eine Geisterstadt, aber abends schalten sie für die Touristen die elektrische Beleuchtung ein. Dann sieht Jerome aus, als tobe dort oben der Broadway.«
Kaum angefangen, hörte der Regen auf. Es wetterleuchtete über Jerome, das drei Meilen südlich von Cottonwood am Berg lag, bei Tageslicht kaum zu erkennen war, aber abends mit seinen Lichtern funkelte.
Einen Brief hatte Mutter nicht übersetzen lassen. Das war die Antwort auf das Foto, das sie von sich geschickt hatte. Sie ahnte wohl, was in dem Brief stand, und verweigerte ihn der Thomsenschen Zensur. »Looking nice« kam darin vor und »very handsome«. Aber gewiß, Mutter war eine gutaussehende Frau, sie hätte dreimal heiraten können, wenn sie nur gewollt hätte. Ihre vorausschauende Ahnung verließ sie allerdings bei dem Brief vom 6. Mai 1949. Den hätte sie niemals in Thomsens Hände fallen lassen dürfen. Thomsen nahm die Pfeife aus dem Mund und übersetzte mit Stirnrunzeln und wachsenden Bedenken folgenden Satz:
Nach allem, was ich Dir von mir geschrieben habe, möchte ich Dich fragen, ob Du mit Deinen Kindern nach Amerika kommen willst, um meine Frau zu werden.
Mein Gott, Mutter, du solltest nach Arizona heiraten. Davon hatte er nichts gewußt, auch Marianne nicht,

denn nie hatte sie ein Wort mit ihnen darüber gesprochen. Über sich selbst schrieb er, daß er gute Arbeit habe und genug verdiene – welche Art Arbeit, stand nicht in dem Papier. Es sei einfach, in Amerika eine Wohnung oder ein Haus zu mieten, Amerika kenne keine Wohnungsnot, weil der Krieg nichts zerstört habe. Sein Alter gab er an jenem 6. Mai 1949 mit dreißig Jahren an.

Hans Tabel faltete den Brief zusammen und stellte sich Lehrer Thomsen vor. Einen Heiratsantrag hatte der noch nie übersetzt. Wegen der außerordentlichen Wichtigkeit gab er den Brief nicht wie üblich Marianne mit, sondern ließ ausrichten, Mutter solle doch mal vorbeikommen. Es gehe ihn ja nichts an, aber als Lehrer ihrer Kinder halte er es für seine Pflicht, der Mutter ein paar mahnende Worte mit auf den Weg zu geben. Bedenken Sie, daß Sie Deutsche sind, Frau Tabel! Immerhin waren die Amerikaner unsere Feinde, sie haben die deutschen Städte zerstört. Heute mag es für eine deutsche Frau eine große Versuchung sein, ins reiche Amerika zu heiraten. Aber ewig kann unser Elend nicht dauern, auch Deutschland wird eines Tages aus den Trümmern erstehen und wieder blühen und gedeihen. Dann sitzen Sie im fernen Arizona und haben Heimweh, Frau Tabel.

Wird sie den Mut gehabt haben, ihm zu antworten, daß sie nicht warten könne, bis Deutschland aus seinen Trümmern erblühe, weil sie dann eine alte Frau sei? Nein, Mutter stand schweigend neben dem Schulpult und hörte, wie Thomsen den alten Dichter Freiligrath zitierte. Es war doch gewiß kein Zufall, daß die Travenwalder Kinder im Sommer '49 wieder lernen mußten:

O sprecht! Warum zogt ihr vondannen?
Das Neckartal hat Wein und Korn.
Der Schwarzwald steht voll finstrer Tannen.
Im Spessart klingt des Älplers Horn.

Na, mit Wein und Korn war es '49 noch nicht weit her. Vielleicht, liebe Frau Tabel, ist jener Mann ein Neger, gab Thomsen zu bedenken, nicht ahnend, daß Mutter längst ein Bild von ihm bei sich trug. Im Süden Amerikas leben viele Neger, und Arizona liegt im Süden. Nicht, daß er etwas gegen Neger hätte, aber es sei nun mal eine unpassende Vermischung schwarzen und weißen Blutes. Oder jener Amerikaner könnte ein Jude sein. In Amerika leben viele Juden, Frau Tabel. Der Vorname Sam sei vermutlich eine Abkürzung von Samuel, und Samuel komme aus dem Alten Testament, das jüdisch sei und nicht christlich (Samuel, hilf! pflegte Opa Kruse zu sagen, wenn seine Pfeife nicht brennen wollte). Also auch das noch: einen Juden heiraten! Natürlich hatte Thomsen nichts gegen Juden. Wäre es nach ihm gegangen, hätte man den Juden in den bewußten zwölf Jahren kein Haar gekrümmt. Aber eine andere Religion ist das schon, Frau Tabel. Und wenn wir ehrlich sind: Es war doch immer etwas Unheimliches und Fremdes an ihnen, schon viele Jahrhunderte vor dem Dritten Reich.
Sie wird es mit Erschrecken gehört und den Brief an sich genommen haben. Mutter war nicht sehr redegewandt, dafür konnte sie wunderbar schweigen. Am liebsten sprach sie als letzte.

Nein, ihre Zunge ist nicht wie das Schwert Jakobs, das gerne aus- und einging, sagte der Amerikafahrer. Wenn sie aber anfängt, dann hat das seine Bedeutung.
Was hat Mutter über Neger und Juden gedacht? Über derart fremde Menschen wurde in Travenwalde selten gesprochen. Daß sie ohne Skrupel einen Schwarzen hätte heiraten können, hielt er für ausgeschlossen. Einen Juden schon eher, weil da die Unterschiede nicht so sichtbar ins Auge springen.
Gefreut hat sie sich bestimmt, jede Frau freut sich über einen Heiratsantrag, auch wenn sie den Antragsteller nicht mag. Aber vor Thomsen verbarg sie ihre Freude, auch vor den Kindern. Hans Tabel erinnerte sich nicht, mit Mutter über eine Auswanderung nach Arizona gesprochen zu haben. Später kamen ihr wohl Bedenken. Sie verstand kein Englisch, er kein Deutsch. Die Amerikaner hatten ihren Mann umgebracht, nun sollte sie einen Amerikaner heiraten. Erst schlagen sie die Männer tot, dann nehmen sie sich die Frauen. Was soll aus den Kindern werden? Kann man sie, die schon einmal umgepflanzt wurden, nun wieder in Travenwalde ausgraben und nach Arizona verpflanzen, ohne daß sie Schaden nehmen? Sie müssen in Amerika mit einer fremden Sprache zur Schule gehen und werden am Ende nicht richtig deutsch und nicht richtig englisch sprechen können, die armen Kinder.
Deutsche Frauen waren damals weltweit begehrt. Made in Germany hatte auch in dieser Beziehung einen guten Klang, noch bevor Silberpfeile und Käfer den guten Ruf um die Welt fuhren. Die deutsche Frau rauchte nicht! Die deutsche Frau schminkte sich nicht – na ja, der Satz

galt '49 schon nicht mehr hundertprozentig. »Ek verstoh de Fruunslüd nich«, sagte Opa Kruse. »Make-up heet doch op Dütsch mach ab. Oaber de Fruunslüd kleistert immer mehr von dat bunte Tüch en de Gesichter.«

Die deutsche Frau stellte keine Ansprüche. Sie verstand zu kochen, sie nähte und stopfte fleißig, sie putzte jede Woche die Fenster und wollte gern Kinder haben, außerdem galt sie als treu. Frauen, die einen solchen Krieg durchgestanden haben, die mit ihren Kleinkindern in brennenden Nächten zu den Luftschutzkellern gerannt sind, die ihre Kinder im Handwagen über die schneeverwehten Fluchtstraßen zogen, die mit Kartoffelsäkken über Land gingen, die sich Tag für Tag bückten nach Ähren, Kartoffeln, Bucheckern, Pilzen, Blaubeeren, nach Holz und Torf und Pferdemist, mit solchen Frauen kannst du durch alle Strömungen und Untiefen des Lebens wandern, mit denen kommst du immer gut an. Sie haben Kohlen gestohlen, damit die Kinder nicht froren. Sie haben Wolle gesammelt und alte Militärmäntel gewendet, sie haben aus Kaffee-Ersatz Torte gebakken, aus Kartoffelmehl Pudding gerührt, aus sauren Schlehen süßen Schnaps gebrannt, sie haben Trümmer geräumt und auf ihre Männer gewartet – meistens vergeblich –, sie haben die Caprifischer gesungen und Wunschkonzerte gehört und immer wieder den »Chor der Gefangenen« aus Nabucco bestellt. Wer nie sein Brot mit Tränen aß ... Ja, auch das waren Frauen.

Aber plötzlich war da dieser gewaltige Frauenüberschuß in Deutschland. Wohin mit all den schönen Tugenden? Eine Kriegerwitwe mit zwei Kindern, wie sollte die einen Mann bekommen? Es gab genug kinderlose, ledige, junge Frauen, Witwen mit Kindern waren nur zweite oder dritte Wahl. Also mußten sie ins Ausland heiraten.

Es gibt unterschiedliche Menschen, sagt Jürnjakob Swehn. *Die welchen sind so, und die welchen sind so ... Denn es ist ein Unterschied, ob man mit einem großen schönen Mädchen spricht oder ob man sich mit Pferden und Kühen unterhält. Es ist nicht dasselbe.*

Mutter hat nicht ins Ausland geheiratet. Sie blieb in Travenwalde, um dort zu sterben vor vier Wochen.

Ein paar Jugendliche versammelten sich vor dem Zelt der Gitarrenspielerin, saßen im Halbkreis und sangen.

»Spiel doch Elvis!« rief einer.

In einem der ersten Briefe bat Sam die Mutter, ihre näheren Lebensumstände zu schildern. Sie schrieb im Stil eines Schulaufsatzes:

Wir leben in einem Dorf in der nördlichsten Provinz Deutschlands. Unsere eigentliche Heimat liegt im Osten. Von dort sind wir im Januar 1945 vor der Roten Armee geflohen. Millionen sind damals vor der Roten Armee geflohen, weil sie Angst hatten.

Hans Tabel wußte wenig von dieser »eigentlichen Heimat« in dem Städtchen Domnau südöstlich von Königsberg, nahe jener Grenze, die wie mit dem Messer geschnitten durch Ostpreußen lief. Im 1. Weltkrieg waren die Russen für ein paar Tage in der Nähe der Stadt, nach dem 2. Weltkreig blieben sie vierzig Jahre – und wer weiß wie lange noch? Mutter wäre gern hingefahren, aber die Russen lassen ja keinen rein! Ach, wenn die wüßten, wieviel Freude sie Mutter bereitet hätten. Und Geld können sie auch an den Touristen aus dem Westen verdienen. Aber sie lassen ja keinen rein. Domnau beschäftigte Mutter bis zu ihrem Tod. Viel mehr noch als das kleine Dorf Stockheim, in dem Mutter geboren war. In Domnau war sie als junges Mädchen in Stellung, dort hatte sie ihren Mann kennengelernt und geheiratet. Mit ihren Kindern sprach sie wenig über diese Zeit. Eher schon mit den Enkeln. Denen erzählte sie, wie der Osterhase in dem fernen Land, in dem sie als Kind gelebt hatte, die Eier versteckte und wie der Weihnachtsmann mit dem Pferdeschlitten angereist kam.

Seit 1945 wohne ich mit meinen beiden Kindern auf einem Bauernhof. Es gibt so viele Flüchtlinge, daß die Menschen kaum Platz finden. Uns hat man in die Knechtskammer eingewiesen. Der Raum ist dreieinhalb Meter lang und drei Meter breit. Am Fenster steht ein alter Herd, den wir zum Kochen und Heizen benutzen. Durch die Scheibe führt ein Ofenrohr nach draußen. Im Raum stehen zwei Schlafpritschen, die wir uns aus einem früheren Gefangenenlager geholt haben. Auf der einen schlafe ich, auf der anderen meine beiden Kinder ...

Es hatte ihn nie gestört, mit Marianne im selben Bett zu schlafen, aber Marianne beschwerte sich morgens. Hänschen hampelt nachts immer so herum. Sie zeigte Mutter die blauen Flecke von seinen Knien, einmal weinte sie sogar. Da ging Mutter zu einem Tischler, nahm Zigaretten mit, die gerade aus Amerika gekommen waren, und ließ eine der beiden Pritschen mit einem Holzgerüst überbauen. Marianne und Hänschen zogen Streichhölzer, wer oben schlafen durfte. Das Glück traf ihn, doch nach drei Tagen wurde es zum Unglück. Er fiel aus dem oberen Bett auf den Holzfußboden, und Marianne sagte: Da siehst du es, unser Hänschen hampelt zuviel. Daraufhin wurde sie in die obere Etage befördert, und er hampelte unten weiter.

In unserer Stube steht eine Munitionskiste, die wir als Tisch benutzen, und eine Gartenbank zum Sitzen. Ein Kleiderschrank war schon da, als wir einzogen. Das Holz für den Herd sammeln wir im Wald. Jeden Sonntag gehe ich mit den Kindern Holz sammeln. Marianne trägt schon ihr eigenes Bündel, aber Hans ist dafür noch zu klein. Das Holz eines Sonntags reicht für die ganze Woche, nur im Winter brauchen wir mehr.

Sicher werden Sie fragen, wo ich arbeite. Eine richtige Arbeit habe ich nicht. Meine Arbeit besteht darin, Essen und Trinken zu beschaffen, damit wir nicht verhungern. Wir bekommen Lebensmittelkarten, aber das, was auf den Karten steht, ist oft nicht zu haben. Wir müssen nach allem Schlange stehen, sogar nach Brot. Schlangestehen kostet furchtbar viel Zeit. Manchmal nimmt Marianne mir das Anstehen ab, aber Hänschen ist noch zu klein dafür. Ihn würden sie in der Schlange erdrücken oder sich vordrängeln.

Als Mutter diesen Brief schrieb, hatte er noch niemals angestanden. Dafür schämte er sich nachträglich. Wenn Mutter beim Schlachter anstand und Marianne vor dem Bäckerladen, hockte er in der Knechtskammer und wartete auf die Rückkehr der beiden. Dauerte es ihm zu lange, fing er an zu schreien.

Das geht aber nicht, sagte die Bäuerin zur Mutter. Entweder nehmen Sie den Jungen mit, oder Sie sorgen dafür, daß er still ist.

An Geld mangelt es nicht, aber ich kann nichts dafür

kaufen. Als Kriegerwitwe bekomme ich Rente für mich und die Kinder. Ein bißchen Geld habe ich auch von der Flucht mitgebracht, aber es ist nichts wert. Viel Zeit verbringe ich mit Stopfen und Nähen. Da es kaum Kleidung zu kaufen gibt, muß ich für die Kinder aus alten Sachen Neues nähen. Unsere Mäntel werden oft gewendet. Ist die eine Seite abgetragen, kehre ich den Stoff um, dann tragen wir die Innenseite nach außen. Meine Kinder sind sehr lebhaft und wild, da geht vieles kaputt. Wenn sie schlafen, sitze ich und flicke ihre Hosen oder stopfe ihre Strümpfe. Aber sie sind gesund, das ist die Hauptsache.

So ging es weiter über viele Seiten, Thomsen wird einige Tage zu tun gehabt haben. Als Hans Tabel es nun las, wurde ihm Travenwalde gegenwärtig. Die Mutter, wie sie mit einem Holzbündel auf dem Rücken durchs Dorf zog, seine Mutter eine Frau im Mond. Manchmal schleppte sie mit Marianne einen langen Ast, den der Sturm vom Baum gerissen hatte. Später trieb sie einen Handwagen auf, vermutlich im Tausch gegen Zigaretten. Und was tat Hänschen? Er stampfte so lange mit den Füßen, bis Mutter ihn auf die Holzfuhre setzte. Hänschen als Kutscher, Mutter und Marianne als Pferdchen davor ... In Arizona tat es ihm leid.

Von Bauer Kruse lieh sie ein Beil und hackte das Holz auf der Tenne. Nach getaner Arbeit mußte sie das Beil wieder schärfen. Hänschen drehte den Schleifstein – wenigstens das konnte er –, und Mutter hielt das Eisen gegen den nassen Stein. Was Mutter alles konnte!

Der verdammte Küchenherd qualmte, wenn der Wind aus dem Westen kam, und in Travenwalde kam er oft

aus dem Westen. Er drückte den Rauch durchs Ofenrohr zurück in die Stube. Türaufreißen war unmöglich, der Rauch wäre in den Kuhstall gezogen, Kruses Kühe hätten rauchzarte Milch gegeben oder Husten bekommen. Also Fenster auf und Kälte in die Stube lassen.
Mutter war schlank, in jener Zeit war das kein Kunststück. Erst im Alter wurde sie fülliger. Damals war Mutter so schlank, daß sie kaum Brust hatte. Im Jahre '42 hatte sie ihn noch gestillt, aber nach '45 hatte sie keine Brust mehr. Er sah sie oft, wenn sie ihren Oberkörper wusch, abends vor dem Schlafengehen. Sie stellte Wasser auf den Herd und steckte ihr langes dunkles Haar zusammen. Das sah hübsch aus. Sobald das Wasser dampfte, goß sie es in die Waschschüssel und zog sich aus. Da konnte er sehen, daß Mutter keine Brust mehr hatte. Sie war damals fünfunddreißig und ganz allein mit ihren Kindern und der hellblauen Waschschüssel und den grauen Wehrmachtshandtüchern.
Wie reagierte Mutter auf den Heiratsantrag aus Arizona? Er fand keinen Antwortbrief. Dafür erschreckte ihn eine Mitteilung aus dem Sommer '49. Sam schrieb: *Ich werde nach Europa kommen, vielleicht noch in diesem Jahr. In welcher Stadt in Germany können wir uns treffen?*
Hatte Mutter sich mit diesem Mann getroffen, ohne daß die Kinder es wußten? Es gab doch dieses schöne Herbstwochenende, als sie in Travenwalde das Erntedankfest feierten und Mutter sagte, sie müsse zu einem Heimattreffen nach Köln fahren. Dort wollte sie die Leute aus Domnau und Umgebung wiedersehen, die den Krieg überlebt hatten. Freitags fuhr sie los, montags

kam sie wieder. Marianne und Hänschen schliefen bei der Peters. Ist sie wirklich mit dem Mann aus Arizona durch Köln spaziert, durchs zertrümmerte Köln? Mutter eingehakt mit einem Mann in amerikanischer Uniform, Mutter ein Amiflittchen? Unvorstellbar, daß sie gemeinsam in ein Hotel gegangen sind. So etwas tat Mutter nicht. Auch ließen die Hotelbesitzer zu jener Zeit keine unverheirateten Paare aufs Zimmer.

Spaziergänge am Rhein. Wie haben die beiden sich eigentlich verständigt? Der Übersetzer Thomsen war doch nicht da. Mutter mit dem Mann im zerstörten Dom. Der Dom voller Menschen. Das hinderte ihn nicht daran, die Hand auf Mutters Schulter zu legen. Danach doch eingehakt durch die Dunkelheit und die Trümmer zu gehen.

Er hörte auf zu lesen, weil die Briefe ihn zu sehr bewegten. Sie öffneten Türen, die er auf ewig verschlossen glaubte.

Das Gewitter war fortgezogen, die Wolke hing über dem östlichen Verdetal. Im Westen leuchtete ein goldener Streifen, und die Geisterstadt Jerome funkelte am Berg.

Mutter hatte mehrere Tafeln Schokolade von dem Heimattreffen in Köln mitgebracht. Ja, in Köln gab es eben Schokolade, in Travenwalde nicht.

Mutters Briefe wurden gefühlvoller.

Fällt in Arizona überhaupt Schnee? Marianne und Hans bekamen zu Weihnachten einen Rodelschlitten. Ich habe ihnen gesagt, daß der nicht vom Weihnachtsmann ist, sondern von dem Geld, das uns der Onkel aus Amerika geschickt hat. Im nächsten Jahr lernt Marianne englisch in der Schule, sie wird Dir dann auch Briefe schreiben...

Er hat Mutter Geld geschickt, nicht nur CARE-Pakete, auch Moneyorder. Oder gab er ihr das Geld bei jenem Spaziergang im zerstörten Köln? Mutter ist für Geld nach Köln gefahren! Wie auch sonst! Ohne Geld hätte sie niemals die teure Reise bezahlen können.

Er spürte kalten Schweiß auf der Stirn und warf die Briefe hinter sich ins Zelt. Was mag Thomsen gedacht haben, als er den Satz von dem Geld übersetzte? Bald wußte das ganze Dorf, daß die Frau Tabel nicht nur Pakete, sondern auch Geld von einem Mann aus Amerika bekommt, den sie sogar heiraten wird.

Danach ließen sich die Briefe nicht mehr übersetzen, jedenfalls nicht von Thomsen. Mutter beschloß, englisch zu lernen. In den Nachkriegsjahren, als Englisch zur wichtigsten aller Sprachen wurde, richtete Thomsen einen Abendkursus für Erwachsene ein. Englisch ist eine arme Sprache, pflegte er zu sagen, aber weil sie die Welt beherrscht, müssen wir sie lernen. Drei Monate lang ging Mutter jeden Dienstagabend in die Schule, um sich vorzubereiten auf das Abenteuer Amerika. Ja, Mutter wollte nach Arizona. Aber dann ist irgend etwas dazwischengekommen.

Ob Sam reich war? In jener Zeit waren alle Amerikaner reich. Sicher bot er ihr an, die Schiffsreise zu bezahlen. Er wollte sie in New York abholen. Von New York mit der Eisenbahn quer durch den Kontinent. Welch ein Abenteuer! Und niemand hält den Zug an. Keine Frontlinie behindert den Eisenbahnverkehr. Keine Feldscheune steht da im schmutzigen Schnee.

In den Briefen hat sich Mutter niemals eindeutig erklärt. Einmal tauchte die vage Formulierung auf: Ach ja, Dein Arizona möchte ich schon kennenlernen. Mehr an Deutlichkeit wagte sie nicht, weil sie Angst hatte vor Thomsen und seinen väterlichen Ratschlägen: Frau Tabel, Frau Tabel, die Sache will gut überlegt sein. Denken Sie an die Kinder! Die wahre Größe des Menschen liegt im Verzichtenkönnen. So redeten sie damals, und so versuchten sie zu leben. Vermutlich endete die Geschichte mit jenem Brief vom Juli 1950, in dem Sam mitteilte, es sei ein Krieg ausgebrochen, zu dem er sich melden werde. Er wird gefallen sein. Aus und vorbei. Und in Arizona welkten die Schokoladenbäume.
Einer von den Jugendlichen kam herüber und fragte, ob er nicht zu ihnen kommen wolle. Bereitwillig machten sie Platz, er setzte sich zu ihnen auf die warme Erde. Das Gitarrenmädchen blickte kurz auf und lächelte. Er gehörte nicht zu ihnen, denn sie waren jünger, viel jünger. Warum bist du hier? Wo kommst du her? Wie gefällt dir Amerika? Ist es nicht wunderbar, unser Land? So fragten sie. Von CARE hatten sie nichts gehört. Daß die Amerikaner Millionen Lebensmittelpakete nach Europa geschickt hatten, erstaunte sie. Das hatten sie ihren Eltern und Großeltern nicht zugetraut. Sie selbst lebten damals noch nicht, und in ihren Schulbüchern fehlte diese Seite. War wohl auch nicht wichtig. Als er sagte, daß es Zeit sei, gerade jetzt dankbar an CARE zu erinnern, weil überall das Bild vom häßlichen Amerikaner gemalt werde, verstummte die Gitarre.
»Einem Besiegten muß man doch die Hand geben und wieder auf die Beine helfen«, meinte das Mädchen.

»So selbstverständlich war das damals nicht«, erwiderte Hans Tabel. »Es gab viele Sieger nach 1945, aber geholfen hat nur Amerika.«
»Das lag wohl daran, daß wir die einzigen waren, die helfen konnten«, sagte das Mädchen.
Einer erwähnte seine Mutter, die als kleines Kind aus Deutschland gekommen war. Er werde eines Tages nach Europa fahren, um zu sehen, wo sie gelebt habe.
Hans Tabel wäre auch beinahe als kleines Kind nach Amerika gekommen.
Sie hielten es für ausgeschlossen, diesen Sam zu finden. Menschenfinden sei das schwerste in Amerika. »Aber eine hübsche Story ist es«, meinte das Gitarrenmädchen. »Vierzig Jahre nach dem Krieg kommt einer, um den Mann zu suchen, der ihm in der Hungerzeit Schokolade geschickt hat. So etwas könntest du in Hollywood verkaufen.«
Sie dachten sich einen spannenden Schluß aus, denn ohne guten Schluß nimmt Hollywood die Story nicht. Wie wäre es, wenn der Absender der Pakete eine bedeutende Persönlichkeit wird, ein General oder Gouverneur oder gar der Präsident der Vereinigten Staaten? Oder anders: Wir befördern ihn ins Gefängnis. Aus Deutschland kommt einer, um seinen Wohltäter zu suchen, und was findet er: einen Verbrecher.
Nein, das wäre kein Schluß für Hollywood.
»Er müßte eine Frau sein«, sagte das Gitarrenmädchen und zeigte auf Hans Tabel. »Eine hübsche Frau reist nach Amerika, um sich bei ihrem Wohltäter zu bedanken. Danach geht es zu wie immer in Hollywood.«
Sie lachten.

»Schokolade von den Bäumen« wollten sie die Geschichte nennen oder »Eileen träumt von Arizona«.

In Flagstaff wollte er sein an diesem Samstag, um am Sonntag zum Grand Canyon zu fahren, aber es kam ihm Jerome dazwischen. Gestern abend lag die Stadt noch verführerisch funkelnd am Berg, heute morgen war sie nicht mehr sichtbar. Eine gewöhnliche Asphaltstraße führte hinauf. Neben der Fahrbahn rötliches Gestein, wie aufgeschichtet, im Rückspiegel das Verdetal, noch weiter, sehr fern, die weißen Spitzen der San-Francisco-Berge. Zu denken, daß es in dem heißen Arizona auch Schnee gab, war ihm eine Wohltat. Auf halber Höhe konnte er ein Haus erkennen, auf der Seite liegend, über das Dach begehbar. Die Tür zeigte in den Himmel. Danach eine Kirche ohne Zugang, mit rohen Brettern verschlagen. »Holy Family Catholic Church – Danger, Keep out.« Es wird Zeit, daß der liebe Gott sich um sein Eigentum kümmert. Was war los mit Jerome? Hatte ein Erdbeben die Stadt durcheinandergeschüttelt, ein Tornado sie verwüstet? Die verwühlten Hänge erinnerten an die Schlachtfelder Verduns, die er mit einer kirchlichen Jugendgruppe vor mehr als zwanzig Jahren besucht hatte. Hier war der Bewuchs noch kümmerlicher als auf der blutgetränkten Erde. Eine Straße hing schief am Berg, Gesteinsbrocken hier, Mauerreste dort. Eisenstücke ragten wie Kanonenrohre in den Himmel, ein rostendes Auto dämmerte am Abhang. Bedenklich schiefe Häuser, die keine Blumenvasen auf ihren Tischen duldeten. Wände und Veranden aus braunem, altem Holz, an den Fenstern Vorhänge, aber Menschen waren nicht zu sehen. Eine Main Street gab es wie in allen amerikanischen Städten.

Er parkte neben einem schräg liegenden Gebäude ohne Dach, dessen Fensterhöhlen vergittert waren. »Sliding jail« erklärte ein Schild; das Gefängnis von Jerome war ins Rutschen garaten. Zu Fuß wanderte er den Ort ab, in dem es angenehm kühl war, weil in der Höhe ein frischer Wind von Norden gegen die alten Häuser schlug. Gestern abend ein Lichtermeer, heute wie ausgestorben.

In der Main Street fand er Läden, in deren Schaufenstern gewöhnliche Hüte, Jacken und Hosen hingen, außerdem Goldwaren, Indianerschmuck und »antike« Gegenstände. Die Antike begann hier um 1950. In diesem jungen Amerika genießt alles, was älter als fünfzig Jahre ist, Verehrung. Marcys Ice Cream Parlour noch geschlossen, erst um zehn Uhr wird Jerome geöffnet.

Er ging mitten auf der Straße, um vor einstürzenden Hauswänden und von Veranden fallenden Brettern sicher zu sein. Eine Katze streunte mit ihm die Main Street aufwärts zur Town Hall, zum Feuerwehrhaus, zur Polizeistation. Main Street 39. Ob er hier gelebt hat? Die schwarzen Balken der Eingangstür neigten sich zum Verdetal. Reklameschilder aus alten Tagen klebten an der Tür. »Sodas – Cigars – Malts«. Hinter den Fensterscheiben gestapelte Bretter und aus den Fugen geratene Kisten.

Ein Stück weiter »Jerome Palace«, geschlossen seit antiker Zeit. In diesem Lokal hat er an der Bar gesessen und von der deutschen Frau erzählt, die er heiraten wollte. Im Frühling wird er sie nach Arizona holen, wenn die

Saguaros blühen und der Duft des Yellow Paloverde vom Tal heraufzieht. Schaut her, so sieht sie aus! Er wird Mutters Bild aus der Tasche gezogen haben. Mutter in den groben, schmutzigen Händen dieser rauhen Kerle! Sie machten ihre Witze. Hübsch sieht sie ja aus, aber Brust hat sie keine. Da bleibt noch viel zu tun, Sam! Eine Runde Whisky für die deutsche Frau. O Mann, Deutschland ist reich an Frauen.
Am Ausgang der Geisterstadt verlor sich die Straße in den Mingusbergen. Dort an der höchsten Stelle Jeromes fand er das United Verde Hospital. Er fotografierte das menschenleere, vom Verfall bedrohte Krankenhaus für die Minenarbeiter und stellte sich vor, das Bild an die Reiseabteilung der Arkona zu schicken mit einem Begleitzettelchen:
Das ist das United Verde Hospital in Jerome, Arizona. Der letzte Blinddarm wurde hier vor dreißig Jahren operiert. Sollten heute noch Rechnungen dieses Hospitals bei Euch eingehen, must be something wrong.
Das Ortsschild von Jerome:

Jerome Population
15 000
10 000
5 000
1 000
Ghost City

Von Cottonwood kamen Autos herauf mit dem Personal für die kleinen Läden. Verkäuferinnen stellten bunte Schilder auf die Bürgersteige und hängten Fähnchen aus den Fenstern. Markisen wurden ausgefahren, Rolläden

hochgezogen, Marcys Eisladen verkaufte endlich Eis. Die Mädchen, keineswegs antik, saßen vor den Türen ihrer Andenkenläden, lasen, strickten oder tranken Kaffee. Er war der einzige Kunde in Jerome. »Was ist hier vorgegangen?« fragte er die junge Frau, die ihm eine Postkarte und eine 33-Cent-Briefmarke verkaufte. Sie wußte es nicht genau, weil sie aus Flagstaff kam und nur Andenken verkaufte. Aber es gebe ein Museum, in dem die Geschichte der Stadt ausführlich beschrieben werde.
»Wohnen hier noch Menschen?«
O ja, Jerome sei stolz auf zweihundert Einwohner. Die Tendenz steige. Weil die Stadt hoch in den Mingusbergen liege, sei sie nicht so schrecklich heiß und deshalb eine Empfehlung. Auch habe Jerome, seit kein Kupfer mehr geschmolzen werde, frische saubere Luft.
Kupfer, das Geheimnis der Stadt hieß Kupfer. Es gab einen Copper-Shop, einen Copper-Möbelladen und eine Gold King Copper Mine. Das Vergnügungsetablissement der Geisterstadt hieß einmal Copper Star. Jerome war damals die fünftgrößte Stadt Arizonas.
»In dieser Geisterstadt hat vermutlich der Mann gelebt, der uns CARE-Pakete schickte«, schrieb er auf die Postkarte an Marianne. Mutter hätte sich hier nicht wohl gefühlt, sie wäre den Berg hinabgelaufen vor Heimweh. Kein Wald, um Holz zu sammeln, keine Bäume, an denen Schokolade wuchs, keine blühenden Gärten und Butterblumenwiesen, nur dieses karge, verwühlte Land, das im Sommer Hitze ausatmete und sich im Winter vor Kälte zusammenzog. Das Kapitel kannst du schließen. Hier verschwindet seine Spur. Und mit Hollywood wird es auch nichts.

Jerome State Historic Park war das einzige gut erhaltene Gebäude der Stadt. Ein Mann verkaufte Eintrittskarten, danach folgte er dem Besucher unauffällig wie alle Museumswärter. Er sah so alt aus, wie Sam jetzt aussehen müßte. Sein eingefallenes Gesicht deutete auf häufige Magenbeschwerden. Das linke Bein zog er nach, eine Verletzung aus dem Krieg oder aus der Zeit, als Jeromes Straßen ins Rutschen kamen und die Häuser sich verformten. Eine Handbohrmaschine, mit der sie Löcher ins Gestein trieben für die Sprengladungen. Loren, in denen sie das Kupfergestein zum Schacht fuhren. Auf einer Kupferplatte das Motto der Stadt:

Hard rock, hard work, hard liquor, hard play

Fotografien aus Jeromes Boomzeit. Zehnspännig zogen sie die Erzwagen durch die Mingusberge. Aus einem Schmelzofen kroch schwarzer Rauch ins Verdetal. Sprengung am Berg. Gesteinsbrocken polterten talwärts, während über der Stadt eine Staubwolke hing.
Jerome stand auf ausgehöhlter Kupfererde, unter seinen Straßen und Häusern verliefen die Schächte der Kupferzeit. »The Billion Dollar Copper Camp. Famous in the whole world.« Das war Jerome.
Vitrinen mit blau-grünem Gestein, das sie in den Schächten gefunden hatten. Auch Gold und Silber, aber das Kupfer beherrschte alles.
Bilder aus dem Arbeitsleben: Bärtige Männer mit wunderlicher Kopfbedeckung. Fremd sahen sie aus, die Männer, die den Kupferberg durchwühlt hatten. Sie hatten mexikanische und indianische Gesichter.
Die Roten gehen auch zugrunde, weil sie nicht arbeiten.

Das Land gehört immer dem Volk, das arbeitet. Das ist auf der ganzen Welt so, und in den Staaten auch.
Hier irrte der Amerikafahrer. In den heißen Kupferhöhlen Jeromes, unten die Hitze des Berges, oben die Hitze des Arizonasommers, haben die Roten genug gearbeitet und sind doch zugrunde gegangen. Sogar ein Zug fuhr unter der Erde.
Hans Tabel nahm sein Foto und verglich die Gesichter. Einen Mann, der wie Sam aussah, konnte er nicht finden.
»Suchst du jemand?«
Er zeigte dem Museumswärter das Foto.
»Soldaten haben hier nie gearbeitet«, meinte er nur und gab ihm kopfschüttelnd das Bild zurück.
In den Mingusbergen fiel sogar Schnee. Ein Foto zeigte das schneeverwehte Jerome im Jahre 1900. Daneben die Prachtansicht des größten, aus festen Baustoffen errichteten Gebäudes von Arizona, des Montana-Hotels. Es galt als absolut feuersicher, bis es im Februar 1915 niederbrannte. Unter der Erde arbeiteten sie mit Karbidlampen. Die kleine Grubeneisenbahn fuhr elektrisch. Sie bauten eine Kirche aus Pulverkisten, die Powder Box Church. Wer hat schon eine solche Kirche? Gottes Wort im Pulverdampf. Da ließ sich so manche Predigt aufbauen, denn Gottes Wort ist Dynamit. Als der Berg ins Gleiten kam, gaben auch die Pulverkistenbretter nach, mit einem Donnerwetter stürzte die Kirche den Hang hinunter. An einem Balken hing die »Arizona Times« vom 30. Januar 1953 mit der Schlagzeile: »Das Ende des berühmten Jerome-Mining-Camps.« Jerome wird in zwei Monaten sterben.

»Hier haben einmal mindestens zweieinhalbtausend Männer gearbeitet«, sagte der Museumswärter. »Jede Woche kamen neue Arbeiter, und jede Woche gingen Arbeiter down the road. Über die Jahrzehnte hinweg haben wohl an die hunderttausend hier ihren Schweiß vergossen.«

Er selbst habe in der Little Daisy Mine gearbeitet. Little Daisy und United Verde waren mächtige Konkurrenten, was bis zu den Arbeitern ging, die sich gelegentlich im Copper Star prügelten.

Er lachte in Erinnerung an die wilde Zeit, die im 1. Weltkrieg begann und in den Roaring Twenties endete. 1929 lebten 15 000 Menschen in Jerome. Dann kam die Depression, der Kupferpreis fiel so tief, daß es sich nicht lohnte, in den Berg zu fahren.

»Als World War II ausbrach, gab es ein Jubelfest. Diese Kriege verschlingen furchtbar viel Kupfer. Sie brauchen das Zeug für Granaten, Bomben und Patronen. Schon im Jahre '40, als Amerika noch nicht im Krieg war, dampfte es kräftig in Jerome. Sie räumten die Erde leer. Als der Krieg zu Ende ging, gab auch der Berg nichts mehr her, das Feuer der Schmelzen erlosch, und die Häuser bekamen Risse. Einige Minenarbeiter und die brauchbaren Stücke der Schmelze schickte die Company nach Ajo und Bisbee, aber Jerome ließ sie sterben.«

Ein Zeitungsbild zeigte an die hundert Arbeiter der United Verde Company in Sonntagskleidung um den Förderschacht versammelt. Es war der 4. Juli 1952, der große amerikanische Feiertag. Die Gesichter undeutlich, wie so oft auf grauem Zeitungspapier. Sam war

nicht dabei, der hatte um jene Zeit schon in dem neuen Krieg zu tun, den er schnell zu Ende bringen wollte.
Im Frühling '53 kam die letzte Fuhre aus der Erde. Der alte Mann führte ihn zu einem Bild, das das traurige Ende von Jerome festhielt. Eine kleine Gruppe von Männern stand neben einem Erdloch und feierte Abschied.
»Wie heißt der Mann, den du suchst?«
»Sam O'Keefe.«
Der Alte überlegte. Sams habe es genug gegeben, aber O'Keefe sei ihm fremd.
»Nach '53 ging es mit Jerome wie mit den Ratten und dem sinkenden Schiff. Erst zogen die Arbeiter fort, dann die Frauen und Kinder und die Ladenbesitzer. Zwei Jahre nach der letzten Fuhre lebten keine hundert Menschen mehr in der Stadt. Es brach einem das Herz. Die schönen Häuser, die Hotels, Saloons, Schulen und Kirchen, sogar ein Theater, aber keine Menschen.« Ein Raum war angefüllt mit Plakaten, Aufrufen, Gewerkschaftsmitteilungen und Arbeitsbüchern.
Nicht auf den Flur spucken! Es ist verboten, Stiefel aus dem Fenster zu werfen! Die Little Daisy Dancers traten im Liberty Theater auf, einen Dollar Eintritt. Ein Reverend Turner verkündete an einem Sonntag im Mai des Jahres '28 – Eintritt frei – die unmittelbar bevorstehende Wiederkunft Christi auf einem der Arizona-Tafelberge.
Daß ein Soldat, ja sogar ein Offizier, in einer Kupfermine gearbeitet hat, hielt der Mann für gänzlich unwahrscheinlich. Solche Herren fielen niemals in ein dreckiges Bergwerk. Im Office könnte er gesessen haben, einer dieser White-collar-Leute. Gewohnt hat er in

den Apartments der United Verde Company oberhalb der Stadt.
Vor hundert Jahren lebte in New York ein reicher Mann namens Jerome. Den baten die Entdecker des Kupferberges in Arizona um Geld für den Bau einer Kupfermine. Er gab ihnen das Geld und verlangte nur, außer den üblichen Zinsen, daß die Kupferstadt seinen Namen trage. Dieser Jerome soll ein Cousin des großen Winston Churchill gewesen sein. Lange hielt sich das Gerücht, Churchill habe den 2. Weltkrieg deshalb so beharrlich geführt, weil er mit Jerome verwandt gewesen sei und der Stadt Arbeit und Wohlstand geben wollte.
Er habe sich damals nicht nach Bisbee versetzen lassen, erklärte der alte Mann. Einer mußte auf Little Daisy achtgeben, damit die Grabräuber es nicht schändeten. Als sie das Museum aufbauten, half er mit, denn er war damals der einzige in Jerome, der die alte Zeit kannte.
Er bat um das Foto:
»Ich werde den Mann suchen. In den Journalen der Company, in den Gewerkschaftsbüchern und Lohnlisten ist er vielleicht zu finden. Du kommst morgen wieder, und ich werde dir sagen, ob dieser Sam O'Keefe in Jerome gewesen ist.«
Hans Tabel zögerte. Was hatte er mit dieser Geisterstadt und dem fremden Mann zu tun?
»Du kannst ja im Little Daisy Hotel übernachten«, sagte der Alte und zeigte lachend durchs Fenster auf eine Ruine am Hang mit einer langen Reihe leerer Fensterhöhlen. »Das Little Daisy war eine gute Adresse, da stiegen alle ab, die in der Kupferstadt zu tun hatten, die hohen Herren aus Phoenix und New York.«

Es war einmal ein Minenbesitzer, dem wurde eine Tochter geboren, der er den Namen Daisy gab. Nach ihr benannte er das Erdloch, aus dem sein Reichtum floß, auch Schulen, Krankenhäuser, Hotels und Straßen erhielten ihren Namen. Little Daisy ist längst tot oder so antik wie diese Geisterstadt, aber in den Namen lebt sie weiter.

Am Abend fuhren die Mädchen aus den Andenkenläden in ihre Quartiere nach Cottonwood. Bevor sie abfuhren, schalteten sie die Festbeleuchtung ein, täuschten Leben vor in der Einöde über dem ausgehöhlten Kupferberg.

Über dem Verdetal wölbte sich ein Regenbogen, hörte mitten in einer Wolkenwand auf, wie die vielen Rheinbrücken, Weserbrücken, Elbe- und Oderbrücken, die mitten im Strom aufhörten, damals, als die Züge von der Front angehalten wurden und Hänschen mit Mutter und Schwester über den zugefrorenen Schaalsee wanderte.

Als die Mädchen fort waren, fuhr er noch einmal die alte Stadt ab. In den Scheiben spiegelte sich das Licht der Autoscheinwerfer, vermischte sich mit dem Licht der Karbidlampen und Petroleumfunzeln. In den Straßen ein Kommen und Gehen, Pferdegetrappel auf den Pflastersteinen. Rote Laternen vor den Saloons. Hinter den Vorhängen drehten sich die Little Daisy Dancers. Jerome Palace zeigte einen Stummfilm mit Klavierbegleitung. Durch die Main Street rollten mächtige Automobile, am Steuer betreßte Chauffeure, im Fond behütete Damen. In den Beerparlours begannen die Pianospieler ihre Arbeit, Barkeeper öffneten die ersten Whiskyflaschen, schwarzhaarige Mexikanerinnen huschten durch die Reihen, während rauhe Männer »Yankee Doodle« sangen.

An der Bar saßen wilde Männer und sprachen über seine Mutter. Sam zeigte ihnen das Bild, das Mutter in Lübeck hatte anfertigen lassen, auf dem sie so hübsch aussah. Sie rissen ihre Zoten über Mutter. Einer führte das Bild an seine Lippen und küßte Mutter. Hans Tabel war es peinlich. Mutters Bild als Gegenstand der Begehrlichkeit in diesen harten, verarbeiteten Händen.

Sam war gerade aus Deutschland zurückgekehrt, und sie bestürmten ihn mit Fragen nach dem deutschen Fräulein. Ruhig saß er an der Bar, trank Whisky on the rocks und erzählte, wie er mit Mutter durch Köln spaziert war, einer sonderbaren Stadt voller Trümmer. Sie erreichten das Ufer eines Stromes, dessen Namen er nicht mehr wußte. Der Mond stand über dem Wasser. Er legte den Arm um Mutters Schulter und fragte, ob sie mit ihm nach Amerika kommen wolle, in Arizona gebe es auch einen Mond.

Aber sie ist nicht gekommen.

Aus dem Verdetal stieg feuchte Wärme. Die Lichter Jeromes flackerten wie ein Kerzenmeer zu Allerheiligen.

Nein, sie ist nicht nach Arizona gefahren, sie blieb in Kruses Knechtskammer und kochte Sirup. Dazu trug sie einen löchrigen Sack um den Leib – eine Schürze wäre zu schade gewesen. Ein schwarzes Tuch schützte ihr Haar, denn in Kruses Kammer dampfte und wallte es mächtiger als nach einem Gewitterschauer im Verdetal. In Sack und schwarzem Tuch sah sie aus wie eine alte

Frau. Für Hänschen, gerade sechs Jahre alt, stand der Waschzuber bereit, angefüllt mit eiskaltem Wasser. Da rubbelten die Kinderhände mit einer Bürste, aus Kruses Pferdestall vorübergehend entliehen, den Dreck von den Rüben. Ans Feuer ließ Mutter den Jungen nicht, der Kessel könnte vom Herd stürzen, überkochender Sud das Kind verbrühen.

Auch den Kessel hatte sie geliehen. Unter Sirupkochern ging er von Herd zu Herd, länger als zwei Tage durfte ihn keiner behalten. Es galt, ihn nicht anbrennen zu lassen, also rühren, rühren, rühren, bis die Arme erlahmten. Und sauber abliefern, sonst scheidest du aus dem Kreis der Sirupkesselentleiher aus.

Woher hatte Mutter die Rüben? Vermutlich gestohlen. Nicht nur die langschwänzigen, häßlichen Zuckerrüben bearbeitete Hänschen mit harter Bürste und kaltem Wasser, auch rote und gelbe Futterrüben fanden den Weg in den Kessel. Die gaben nicht viel her, aber ein bißchen Sirup brachten auch sie.

Die meisten Rüben kamen von Kruses Feld. Dort wuchsen sie für die Kühe, die Zuckerfabrik und für Mutter. Es genügte, jeden Abend ein paar in der Schürze heimzutragen. Dabei kam den Sirupkochern zugute, daß es in der Rübenzeit früher dunkelte. Gewiß hat Mutter auch Kruses Rübenmiete heimgesucht, bevor sie mit Stroh abgedeckt wurde. Wenn die Travenwalder Bauern ihre Zuckerrüben zur Bahn fuhren, war es schon zu spät; da fielen nur noch vereinzelt Rüben beim Pflasterrumpeln vom Wagen. Er hielt es für möglich, daß Mutter den braven Kühen die Rüben vom Futtertisch gestohlen hat. Nachts, wenn alle schliefen.

Marianne paßte auf, Mutter schleppte die Rüben in die Kammer, versteckte sie unter der Pritsche, auf der Hänschen in Unschuld schlief, denn mit sechs Jahren wird noch kein Mensch schuldig, auch beim Rübenstehlen nicht.

Sie kochten den Sirup nachts. Auf dem Hof sollte keiner wissen, was in der Knechtskammer geschah. Denn wie kam die Frau Tabel zu Rüben? Hatte sie einen eigenen Acker? Gab es Rüben bei Krämer Jessen zu kaufen? Jeder Mensch, der Sirup kochte, war ein Dieb. Deshalb verdunkelte Mutter wie im Krieg das Fenster und schob den Riegel von innen vor die Tür.

Marianne trug schon mit an der Verantwortung, als Achtjährige war sie auch schuldig. Sie half nicht nur beim Stehlen, sie durfte auch mit dem großen Messer hantieren. Damit schnitt sie die geputzten Rüben in Würfel (Sei bloß vorsichtig mit dem Messer, Kind!).

Diese entsetzlich kalten Hände. Wenn er fünf Minuten geschrubbt hatte, durfte er sie an Mutter Sackschürze abtrocknen und unter ihrer Aufsicht zum Wärmen an den Kessel halten. Manchmal fiel der Strom aus, dann hörte Marianne auf, Rüben zu schneiden, weil ... na ja, das große Messer und die Dunkelheit und Mariannes Finger. Ganz dunkel war es auch bei Stromsperre nicht. Durch die Luftklappe der Herdtür fiel immer ein Lichtstreifen in die Stube, zwischen den Ringen auf dem Herdloch flackerte es rötlich. Als in der Schule die Planeten an der Reihe waren und Thomsen den Saturn mit seinen Ringen erklärte, wußte Hänschen genau, wie der seltsame Himmelskörper aussah: wie die Herdplatte in der Kammer, wenn sie in der Mitte glühte und zum

Rand hin zwischen den Eisenringen der Lichtschein des Feuers austrat. Wollte Mutter es heller haben, öffnete sie die Herdtür. Mein Gott, es gab keinen schöneren Anblick als das warme, rote Licht des Herdes und davor Mutters Hände.

Als gefährlichste Arbeit galt das Abgießen der gekochten Rüben. Dafür – nur dafür – hätte Mutter einen Mann gebraucht. Du mußt groß und stark werden, Hänschen, um deiner Mutter beim Kesselheben helfen zu können. Mit beiden Händen packte sie die Griffe, drückte den heißen Kessel gegen ihren Unterleib, hob das Ungetüm mit einem Ruck von der Herdplatte und setzte es auf ausgelegten Ziegelsteinen ab. Ach, sie war nur eine zierliche Person, und vor ihrem Bauch dieser gewaltige Rübenkessel. Eine junge Frau aus dem Nachbardorf soll ihr Kind beim Sirupkochen durch das Heben des schweren Kessels verloren haben.

Als Marianne größer war, hoben sie zu zweit. Hänschen wurde dafür nie gebraucht, er war immer das kleine Hänschen. Als er endlich Kraft genug besaß, Rübenkessel vom Feuer zu heben, kochte Mutter keinen Sirup mehr.

Wie die Flammen aus dem Herdloch schlugen, wenn Mutter den Kessel anhob. Die Stube füllte sich mit Rauch, Marianne hüstelte. Sie stand mit dem Feuerhaken bereit, die Ringe ins Herdloch zu legen. Jeder Ring, den sie auflegte, ließ es dunkler werden. Endlich, als das Herdloch geschlossen war, leuchtete Saturn.

Das wäre geschafft, sagte Mutter und nahm den Deckel vom Kessel. Heißer Dampf puffte in den Raum, schlug sich am Fensterglas nieder. Nun, da der Kessel unten stand, durfte jeder seine Hände wärmen, solange er wollte.

Mutter schöpfte das Wasser aus dem Kessel in eine Wanne ab. Sehr vorsichtig tat sie das, um ja keinen Tropfen zu verlieren, denn in dem grauen, schmutzigen Sud steckte der schöne süße Zucker. Zum Schluß goß sie die restliche Flüssigkeit aus dem Kessel und schüttete die gekochten Rübenstücke auf den Tisch. Sie füllte den Kessel erneut mit Wasser, hob ihn auf den Herd und gab die von Marianne geschnittenen rohen Rübenstücke hinein. Während der zweite Kessel kochte, preßten sie zu dritt die gekochten Rüben, die schönste Arbeit in den Sirupnächten, weil sie die Hände wärmte. Mutter gab jedem ein Leinenhandtuch. Darein wickelten sie die gekochten Rübenstücke. Dann drückten, preßten und wrangen sie, bis aus dem Tuch das graue Wasser sickerte und in die Wanne plätscherte. Wenn nichts mehr kam, nahm Mutter den Kindern das Tuch aus der Hand und preßte weiter. Sie wrang immer noch ein paar Tropfen aus dem trockenen Brei, denn ihre Hände waren stark. Waren alle Rüben gekocht und gepreßt, schickte Mutter die Kinder ins Bett. Zum letzten Mal hob sie den großen Kessel aufs Feuer, nun angefüllt mit der häßlichen grauen Flüssigkeit. Auf einem Schemel nahm Mutter neben dem Herd Platz ... nun endlich kochte sie Sirup. Das heißt, sie rührte mit einem Backholz, lang wie ein Männerarm, im Kessel, damit nichts anbrannte. Bloß nicht einschlafen, dann wäre die schwere Arbeit umsonst gewesen. Hänschen lag wach und beobachtete sie. Er hatte große Angst, sie könnte vor Erschöpfung einschlafen und sich den heißen Sirupkessel über den

Leib ziehen. Ab und zu öffnete sie die Herdtür und legte Scheite nach, dann füllte sich die Kammer mit goldenem Licht. Woran mag Mutter gedacht haben so allein in der Nacht am Herd?
Wenn die Kinder morgens aufwachten, war der Sirup fertig. Ein dunkelbrauner, zähflüssiger Brei lag auf dem Grunde des Kessels. Hänschen war stets enttäuscht, wie wenig die viele Arbeit gebracht hatte. Aber Mutter war zufrieden. Brotaufstrich für ein ganzes Jahr! jubelte sie. Und dann lag der frische Sirup auf der Maisbrotscheibe, ein dunkelbrauner Kleister, allmählich auseinanderlaufend wie Lava, die, aus einem feurigen, glühenden Kessel gestoßen, nun zum Rand des Brotes floß.

Das Journal lag auf einem Tischchen neben dem Eingang, das Anwesenheitsbuch der United Verde Company für ein ganzes Jahrzehnt. Spanisch klingende Namen, asiatische, auch slawische. Wie in allen Camps der Welt gab es in Jerome eine gewaltige Fluktuation. Irgendwann drehten sie durch, wollten in die großen Städte und in die Bordelle. Für jeden, der ging, kam ein neuer und erzählte von den Mädchen in Downtown.
Am 25. Juli 1950 verließ ein gewisser Sam O'Keefe die Kupfermine der United Verde, verlangte seine Papiere, ging den Berg hinunter nach Cottonwood, um per Bus nach Phoenix zu fahren, wo er sich einschreiben wollte für den neuen Krieg. »Disappeared«, meinte der Alte traurig.
Der Mann, der Gerda Tabel heiraten wollte, wanderte im Sommer 1950 aus den Lohnlisten der United Verde

Company in die Soldliste der US-Army und später in das Totenbuch dieser Armee. Falls nach dem 25. Juli noch ein Brief aus Travenwalde kam, wird er als unzustellbar zurückgegangen sein in die Alte Welt, weil Sam O'Keefe disappeared war.

Im Januar 1947 erschien er zum ersten Mal in den Papieren der United Verde. Ob er unter Tage schwitzte oder im Büro der Company saß, ging aus dem Journal nicht hervor. Das ergebe sich vielleicht aus dem Kassenbuch, meinte der Alte, denn zu jener Zeit zahlte die Company an die Untertagearbeiter cash, die White-collar-Leute bekamen ihren Lohn aufs Konto.

Im »Workers Club« wird er gewohnt haben. So hieß die Unterkunft für ledige Arbeiter, eine gewaltige Kaserne mit dem beschönigenden Namen Club. Aus dem »Workers Club« kamen die sonderbaren Schilder, die im Museum hingen und die Besucher erheiterten: *Nicht auf den Flur spucken! Keine Stiefel aus dem Fenster werfen! ... Nach 21 Uhr nicht unter der Dusche singen! ... Ladies next door please!* Auch der »Workers Club«, eine Kaserne mit Drei-Mann-Buden nahe der Kirche aus Pulverkistenholz, war längst disappeared.

Für Arbeiter mit Familien gab es Häuser und Apartments oberhalb der Stadt in den Mingusbergen. Dorthin wäre Sam mit Mutter gezogen, wenn sie gekommen wäre. Sie ist aber nicht gekommen, und er ging in den Krieg, und damit hatte die Geschichte ihr Ende.

»Vielleicht war er in den Sechzigern noch einmal in Jerome. Während des Vietnamkrieges kam nämlich das Gerücht auf, die United-Verde-Mine beginne wieder zu arbeiten. Darauf kamen arbeitslose Minenarbeiter aus

ganz Amerika nach Jerome. Aber es blieb Gerücht. Jener Krieg war nicht groß genug. Für Vietnam reichte das Kupfer aus Afrika und Australien. Nur wenn es einen großen Krieg gibt, kommt wieder Leben in die Mingusberge. Denn für Kriege sind die Völker bereit, alles zu opfern, sie verschulden sich, drucken Geld, für nichts geben sie so viel aus wie für Kriege. Was sie auch sonst schuldig bleiben, Kriege werden immer bezahlt.«
Der Alte verschwand in einer Kammer, um ins Kassenbuch der United Verde zu schauen. Er kam mit einem Zettel wieder, auf dem eine Adresse aus Salt Lake City stand. Der Name einer Frau. An sie hatte die Company regelmäßig Geld überwiesen, anfangs vierzig, später fünfzig Dollar im Monat.
»Falls du an Salt Lake City vorbeikommst . . .«
Natürlich kam er an Salt Lake City vorbei, aber eigentlich war die Geschichte doch zu Ende. Er steckte den Zettel ein, um den Alten nicht zu enttäuschen, aber tatsächlich war die Geschichte zu Ende.

Er wollte nun endlich in den Norden. Heraus aus der Hitze in schattige Wälder. Neben dem Highway tauchten die ersten Mesas auf, rotleuchtende Felsmonumente, Aussichtsplattformen der Indianer, Denkmäler ihrer Götter. Arizona braucht keine Kathedralen, Arizona hat seine Tafelberge. Roter Staub hing in der Luft, setzte sich auf die Frontscheibe, lag wie ein Filter vor dem Objektiv der Kamera und ließ die Landschaft in einem fahlen, bräunlichen Licht erscheinen. Zwischen roten Felstürmen quollen weiße Wolken.

Er fuhr ins liebliche Sedona unten im Nadelwald des Oak Creek Canyon. Eine Künstlerstadt, in der Maler und Bildhauer ihre Motive suchten, aber die Natur hatte längst die größten Werke in den Fels geschlagen.
»This is Canyon Land«, schrieb er auf die Ansichtskarte nach Hamburg. Mariannes Kindern teilte er mit, ihm sei ein Indianer begegnet, leibhaftig, eigentlich zwei Indianer. Er schrieb nicht, daß er sie auf dem heißen Asphalt gefunden hatte, halb schlafend, vielleicht betrunken, sondern ließ alle guten Möglichkeiten offen. Zwei Indianer auf scheckigen Pferden galoppierend, auf einem roten Felsen stehend, Ausschau haltend nach fernen Rauchzeichen.
»Morgen bin ich am Grand Canyon«, schrieb er und versah den Satz mit einem Ausrufungszeichen.
Endlich wieder auf Waldboden laufen, auf weicher, nachgiebiger Erde, die die Füße schont. Unter Weißtannen und Ponderosakiefern laufen. Als er in Coconino loslief, loderten im Wald schon die Lagerfeuer, weißer Rauch kroch über die Zelte, es roch nach Grillfleisch und Curry, aber auch nach Harz und duftenden Tannennadeln.
Mutter tat ihm leid. Der Kerl besaß eine Frau in Salt Lake City, an die die Company ständig Geld überwies, aber der Mutter machte er über den halben Erdball hinweg einen Heiratsantrag. So einer war das.
Unter den vielen Briefen fand er eine Feldpostkarte aus dem Osten. Keine schöne Landschaft wie um Sedona, sondern Stacheldraht in aufgewühlter Erde. Unterschrift: Eine Sprengladung wird ins Drahtverhau gebracht. Auf der Rückseite wünscht Vater seiner Frau

alles Gute zum Geburtstag und läßt die Kinder stellvertretend per Feldpost küssen. Brief folgt. Das war wohl der Brief vom Juni '43, geschrieben drei Tage vor der Schlacht am Kursker Bogen.
Falls ich in diesem verdammten Krieg falle, mußt Du Dir einen anderen Mann suchen, einen ordentlichen, der für die Kinder sorgt. Dein Johannes.
Ein dreiviertel Jahr später das große Aufatmen. Vater kam mit heiler Haut aus Rußland und wurde ins liebliche Frankreich versetzt, wo man gern Soldat sein mochte. Auf der Durchreise von Ost nach West reichte es für ein paar Tage Heimaturlaub. Damals hatte er Vater gesehen, zum ersten und zum letzten Mal, aber er besaß keine Erinnerung mehr an ihn.

»Das ist der Tag des Herrn«, sang die Travenwalder Liedertafel, wenn sie zu den Gedenkfeiern am Kriegerdenkmal antrat oder zum 1. Mai am Ufer der Trave den Frühling begrüßte. Daran dachte er, als er sich in aller Frühe jenem Riß in der Erde näherte, den ein Prospekt des Staates Arizona zum größten Weltwunder erklärte. Hinter ihm, im Rückspiegel gerade noch erkennbar, ein silbergrauer Truck, vor ihm eine trostlose Hochebene zweitausend Meter über dem Meer. Am nördlichen Horizont Wolkenbänke, die einzigen Berge, davor über dem Highway kreisend, ein Raubvogel. Eine Landschaft, die an die flache Marsch erinnerte. Eine Indianersiedlung am Wege, angefüllt mit verwittertem Weißblech. Hunde und Kinder spielten neben der Straße, dürre, braune Kühe grasten zwischen meterhohen Bü-

schen. Vor dem Eingangstor zum National Park noch einmal alles, was Amerika zu bieten hat: Tankstellen, Supermärkte, Post Office und MacDonald's-Laden, ein Hubschrauberlandeplatz, eine Bank, Andenkenläden und ein Riesencampground mit Indianerzelten. Auf dem Flugplatz starteten die ersten Maschinen zum Sightseeing in den Canyon. Sie schossen flach über die Straße, gewannen Höhe und verschwanden nordwärts.
Plötzlich bricht die Hochebene ab. Ein Riß teilt die Erde. Ein Gebirge steigt in den Himmel, nein, es fällt in die Tiefe. Felstürme, Schutthalden, Zacken und Zinnen liegen unten im Canyon. An den roten Wänden wandern Wolkenschatten, Krüppelkiefern krallen sich an den Abgrund, graue Vögel kreisen über der Schlucht. Vom Coloradostrom keine Spur, der fließt 1400 Meter tiefer, ein Fluß der Unterwelt. Keine Brücke, nicht einmal ein Regenbogen. Wie winzig die Menschen, die zu Tausenden am Abgrund stehen und hinabschauen, eine Ameisenstraße am Rand des Canyon. Du mußt stehenbleiben. Du mußt dich festhalten. Nur nicht schwindelig werden. Der Lärm vom Parkplatz am Visitors Center verweht vor der Stille, die aus der Schlucht aufsteigt. Und immer noch singt die Travenwalder Liedertafel: Die Himmel rühmen.
Elektrobusse brachten die Besucher kostenlos zu den Aussichtspunkten des Westrandes: Maricopa Point... Hopi Point... Pima Point... Hermit's Rest. An jeder Haltestelle stieg er aus. Immer die gleiche Stille, immer die gleiche grandiose Aussicht. Wie ein gewaltiges Grab lag der Canyon im Reich der indianischen Götter. Nun endlich auch der Colorado, ein heller Streifen auf dem

Grund der Schlucht, nicht als Fluß erkennbar. Hans Tabel, gerade 43 Jahre alt, saß am Rande des Grand Canyon und versuchte, in den Colorado, einige Millionen Jahre alt, zu spucken. Als Christus geboren wurde, floß der Colorado zwei Meter tiefer als heute. Mehr hat sich nicht ereignet seit Christi Geburt als zwei Meter Schutt und Geröll. Als sie die Pyramiden bauten, hätten sie hier Felsgestein schlagen und auf Flößen den Colorado abwärts schiffen können. Als der Mensch anfing, Mensch zu werden, besaß die Hochebene schon ihren tiefen Riß. Wie ein Blick ins Innere der Erde, wie Hinabschauen zu fernen Milchstraßen. Und der Mensch nur eine Randfigur, an den Abhang gepustet, wie die Eidechsen, die übers Geröll huschten.
Er saß auf den warmen Steinen vor dem Abgrund und hörte die Busse ankommen und abfahren. Menschen näherten sich und gingen wieder. Eine Gruppe Japaner, eine schwarze Reisegesellschaft vom Mississippi. Kaum daß sie sprachen. Dieser Canyon machte stumm und bescheiden, nur die Fotoapparate klickten.
Einer kam nahe zu ihm. Hans Tabel spürte die Schritte, das leichte Vibrieren des Bodens, das Scharren der Schuhsohlen im lockeren Gestein. Dicht hinter ihm blieb der Fremde stehen. Steinchen, von ihm losgetreten, rollten an Hans Tabel vorbei, hüpften über die Felskante. Ein kleiner Schubs nur, und er ginge hinab zu den indianischen Göttern. War Heinz ihm gefolgt bis zu diesem Abgrund? Deutlich hörte er den Atem des Menschen. Er wagte nicht, sich umzuschauen. Die Hände klammerten sich an den Stein, auf dem er saß. Dann vernahm er das Klicken des Auslösers. Natürlich war es

nicht Heinz, sondern ein Mann, der über Hans Tabel hinweg ein unverfälschtes, menschenfreies Bild des Canyon schießen wollte und deshalb so nahe an ihn herangetreten war. Er sah die braunen Schuhe, hörte das Knirschen der Absätze im Geröll. Wieder rollten Steine, hüpften von Felsvorsprung zu Felsvorsprung, fielen endlich in die Tiefe, wo sie der Colorado irgendwann, vielleicht im Jahre 3000 nach Christi davonspülen wird.

Die östlichen Aussichtspunkte fuhr er mit dem Auto ab. Dort hausten Buddha, Wischnu, und Schiwa in ihren Felsentempeln, Wotans Thron stand im Canyon, auch Walhalla, der Heilige Gral und König Artus' Schloß.

Am Yaki Point traf er Indianerfrauen. Ihre Kinder rannten mit Ketten, Ringen und Steinen hinter den Besuchern her. Fanden sie einen Käufer, kamen die Mütter und kassierten. Plötzlich der gellende Ruf eines Vogels. Die Frauen ließen den Schmuck unter ihren Röcken verschwinden, lehnten sich ans Geländer und blickten gelangweilt in die Schlucht. Auf der Straße hielt ein Auto. Ein Park-Ranger stieg aus, sprach mit den Indianerfrauen, ermahnte sie, im National Park keinen Handel zu treiben. Sie lachten und zeigten ihre leeren Hände. Als der Ranger fort war, kamen die Kinder wieder mit ihren Ketten und Ringen, und die Mütter verwahrten die Dollarscheine in ihren Kleidern.

Desert View war Endstation. Dort schossen die Flugzeuge von der Hochebene in den Canyon. Eigentlich müßten sie abstürzen, wenn sie den Canyonrand überflogen, angezogen von so viel Tiefe. Fast lautlos umkreisten sie Wischnu und Schiwa, warfen zierliche Schatten gegen Wotans Thron.

Dreiundfünfzig Kilometer lang war die Panoramastraße, eine ideale Strecke für Marathon. Sie laufen doch alles, sie laufen New York und San Francisco, Hawaii und Tokio. Warum nicht in zweieinhalbtausend Meter Höhe ein Grand-Canyon-Marathon?
Sonnenuntergänge sind das Größte am Canyon, sagte der Prospekt des Staates Arizona. Hier geschah es, daß die Sonne, ohne sich zu verfärben, einfach in die Schlucht stürzte. Die Felsen leuchteten wie die Ahornwälder im Altweibersommer, die Menschen, die mit Hans Tabel am Abgrund standen, bekamen die Farbe der Indianer. Vom Colorado stiegen schwarze Schatten auf, trieben die Röte vor sich her aus der Schlucht in den blasser werdenden Himmel. Als die Schatten Desert View erreichten, begann er zu frieren. Es wurde Zeit, zurückzufahren und ins Zelt zu kriechen.
Auf der Rückfahrt dachte er, daß es groß wäre, den Grand Canyon zu laufen. Nicht nur ein oder zwei Stunden laufen, sondern die vollen 42 Kilometer. Allein laufen. Am Desert View beginnen und westwärts laufen bis zum Ziel. Schwarz wie ein Kohlensack lag der Canyon neben der Panoramastraße. Keine Laternen am Abgrund, kein Licht markierte den Nordrand auf der gegenüberliegenden Seite. Wer hier des Nachts betrunken nach Hause wandert, fällt anderthalb Kilometer tief. In Travenwalde fielen sie nur in den Fluß, der, wenn es hoch kam, einen Meter Wasser führte.

Du mußt trinken, auch wenn du keinen Durst hast. Möglichst säurearme Säfte und Tee, schon vor Sonnenaufgang. Unterwegs gibt es keinen Getränkestand, an dem sie Zitronen- und Apfelsinenscheiben verteilen, unterwegs erwartet dich nur die Hitze, die mit der Sonne aus dem Navajoland steigt. Als erstes fuhr er die Panoramastraße mit dem Auto ab, rechnete die Meilen in Kilometer um. Von Desert View ausgehend endete die Marathonstrecke unweit des Visitors Center. Das Ziel markierte er mit Tannenreisig.

Noch keine Sonne, aber schon das Licht eines neuen Tages über dem Canyon. Eine wohltuende Frische empfing ihn, als wäre nachts ein Regenschauer niedergegangen. Noch fehlten die Besucher, der große Canyon ruhte aus vor dem Ansturm. Die Brustwarzen beklebte er mit Leukoplast, auch Frauen bekleben vor großen Rennen ihre Brustwarzen. Die Reibflächen der Haut, die Innenseite der Oberschenkel und die Oberarme schmierte er mit Vaseline ein und zog das Netzhemd über. Du wirst es schaffen, redete er sich ein, du wirst den Grand Canyon durchstehen. Im Autoradio spielten sie »Humanity's transcendence race«, nein, eigentlich sang Bing Crosby, aber er hörte die Marathonhymne aus der Tiefe der Schlucht aufsteigen und über den Gipfel davonbrausen. Du wirst es schaffen!

Das Auto parkte er neben dem Ziel, ging hinüber zum Visitors Center, wo die Ranger mit ihrer Arbeit begannen. Er fragte einen, ob er ihn mitnehmen könne bis Desert View.

»Ist dein Auto defekt?«

Nein, er wolle die Strecke vom Desert View zum Visitors Center laufen und halte es für besser, das Auto am Ziel abzustellen, nicht am Start.

»My Goodness!« rief der Ranger. Ihm waren schon Leute begegnet, die von weither kamen, um im Grand Canyon Selbstmord zu begehen. Einige wollten die Steilwände rauf- und runterklettern wie am Matterhorn, andere ein Drahtseil spannen und über die Schlucht balancieren, um in die Zeitung zu kommen. Aber einen Marathonlauf am Grand Canyon, das hatte er noch nie erlebt. Er nahm ihn mit im offenen Rangerwagen. Unterwegs deponierte Hans Tabel an markanten Punkten Getränkeflaschen, meist im Schatten hoher Bäume.

»Die Klapperschlangen werden dir das Zeug austrinken«, meinte der Ranger und lachte.

Bevor sie Desert View erreichten, ging die Sonne auf, dieselbe Sonne, die gestern so unverhofft in den Canyon gefallen war. Mit ihr kamen die ersten Silberflugzeuge.

»Wie lange wirst du brauchen?«

»Mindestens drei Stunden.«

»Liegt der Weltrekord nicht bei zwei Stunden?«

»Ja, ungefähr zwei Stunden.«

Der Ranger schüttelte den Kopf. Er sah wenig Sinn darin, sich drei Stunden abzuquälen, während die Besten der Welt die Strecke in zwei Stunden liefen.

Davon verstehst du nichts, dachte Hans Tabel. Marathonläufer laufen nicht gegen die Besten der Welt, sondern gegen die eigene Uhr. Ankommen ist wichtig, nicht siegen. Ein Viertel aller Läufer gibt auf, eine Ausfallquote wie bei den Rennwagen in Le Mans oder auf dem Nürburgring. Jeder, der ankommt, ist ein Sieger, denn er hat sich selbst und die Gesetze der Schwerkraft überwunden.

Desert View ohne Menschen. Der Ranger ließ ihn aussteigen, steckte sich eine Zigarette an und sah zu, wie er auf dem Boden Platz nahm, die Beine im Schneidersitz verschränkte, den Kopf vornüberneigte bis zu den Knien. So verharrte er fünf Minuten und dachte: Du wirst den Canyon schaffen! Er lockerte die Glieder, reckte Arme und Beine, prüfte das Schuhwerk, legte das Stirnband ums Haar, blickte auf die Uhr. Sieben Uhr. »The weather will be dry and sunny. In the afternoon thunderstorms. Easterly winds.«
So sprach es aus dem Radio im offenen Wagen des Rangers, als er vorüberlief. Die Morgensonne im Rücken, vor ihm der Asphalt mit den Schatten der Kiefern und dem eigenen Schatten. Nur nicht zu schnell beginnen! Je schneller du läufst, desto früher kommt die Mauer. Wer schnell anfängt, wird später pausenlos überholt. Jeder, der dich überholt, schneidet dir ein Stück aus der Seele. Den letzten kann niemand überholen. Er lief als erster und letzter, niemand schnitt ihm ein Stück aus der Seele. Vorn laufen die Bleistifte, hinten die Radiergummis! Er war weder Bleistift noch Radiergummi. Er brachte 75 Kilo auf 176 Zentimeter Körperlänge. Sechzig- bis siebzigtausend Schritte verlangt so ein Lauf, und immer, wenn der Schuh den Asphalt berührt, trägt er 75 Kilo. In Gedanken mußt du schon da sein, wo die Füße erst hin wollen. Lipan Point wäre sein erstes Ziel, Grandview Point müßte die Hälfte des Weges sein.
Früher als sonst überkam ihn das Hochgefühl, der Rausch des Laufens, der Marathonläufer so süchtig werden läßt. Er glaubte zu fliegen wie die silbernen Maschinen, die vor ihm in den Canyon tauchten. Zwi-

schen Baumstämmen und Felsvorsprüngen begleitete ihn der rote Fels und die noch dunkle Schlucht, der Canyon lief mit ihm nach Westen, der Colorado floß mit ihm nach Westen. Auf der Aussichtsplattform des Nordrandes, an die zehn Kilometer entfernt, sah er Menschen. Sie trugen weiße Kleider und schienen ihm zuzuwinken. Lag es an dieser überaus klaren Luft des Morgens, oder war es die Euphorie des Laufens, die die Sinne weitete, ihn sehen ließ, was er sonst nicht sah?
Weißt du noch, Marianne, wie Mutter immer von den Panzergräben erzählte, die im Herbst '44 ausgehoben wurden. Sie sollten das Unheil aufhalten, aber sie sind im Herbstregen nur voll Wasser gelaufen. Einen Grand Canyon hätten sie in die Erde pflügen müssen von der Memel bis an die Donau und eine zweite Schlucht zwischen Dover und Calais, dann wäre Vater nicht gefallen, vielleicht.
Er verlor das Gefühl für Zeit, wußte nicht, ob er schnell lief oder langsam. Es gab keine Kilometertafeln unterwegs, keine letzte Runde wurde eingeläutet. Wie wirkt sich Höhenluft auf Marathonläufer aus? Was sagen die klugen Bücher? Er hörte sein Herz schlagen. Wir Marathonläufer sterben einen langen Tod, weil wir ein großes Herz haben. Es schlägt und schlägt, auch wenn alles andere sterben will, schlägt es weiter. Mutter ist entschieden zu früh gestorben. Zweiundsiebzig Jahre waren doch kein Alter. Er kannte sich aus in den Sterbetafeln der deutschen Versicherungen. Eine 1913 geborene Frau hatte bis 1990 zu leben. Auch Vater hatte seine durchschnittliche Lebenserwartung nicht erreicht, beide blieben vorzeitig auf der Strecke, gehörten zu

jenem Viertel, das unterwegs aufgibt, in Le Mans, auf dem Nürburgring oder in den Ardennen. Mutter war keine Marathonläuferin, aber sie hatte ein großes Herz. Sie ist genug gelaufen, vor allem in den ersten Jahren in Travenwalde. Über den Schaalsee, hinter der Kartoffelhaspel, über die Stoppelfelder, in den Wald zum Holz- und Beerensammeln, zu Fuß in die Stadt, zu Fuß aus der Stadt. Der Fleißige läuft sich tot, der Faule trägt sich tot, war einer ihrer Sprüche. Dein Sohn ist fleißig, Mutter, er läuft und läuft und läuft.

Er spürte die Sonne im Rücken. Gott sei Dank lief er mit der Sonne, sie trieb ihn vor sich her, so blieben wenigstens die Lippen im Schatten. Schweiß und Salben vermischten sich auf der Haut zu einer kühlenden Schutzschicht. Noch stieg Kühle aus dem Canyon.

Mutter starb so früh, weil sie allein war. Alleinstehende sterben früher. Auch das ergaben die Statistiken der Versicherungen. Er lebte zwar auch allein, aber er lief. Wer läuft, stirbt schwer. Er wird immer laufen, noch in zwanzig Jahren wird er laufen.

Das erste Wasserdepot verfehlte er, entdeckte den Baum, als er fünfzig Meter vorbei war. Na gut, dann sollen die Klapperschlangen das Elektrolytgetränk haben, ein Marathonläufer kehrt nicht um, eine Flasche zu holen. Wie das Blut kochte. Wie der Rausch seinen Kopf erfaßte! Wir Marathonläufer heben die Schwerkraft auf, wir schweben wie Nebel auf den Wiesen und bringen es fertig, über den Canyon zu laufen.

Moran Point lag hinter ihm. Eine Stunde und fünfzehn Minuten. Das mußten zwanzig Kilometer sein. Das wichtigste war, im Rhythmus zu bleiben.

Erste Autos kamen ihm entgegen. Ein Reisebus, aus dem Kinder winkten. Grandview Point wäre die Hälfte, aber Grandview Point wollte nicht kommen. Dafür kam der Ranger. Er fuhr im Schrittempo nebenher und fragte, ob er genug habe. Du kommst zu früh, mein Lieber. Nach fünfundzwanzig Kilometern führst du keinen Marathonläufer in Versuchung. Erst wenn die Mauer kommt, wenn der Mann mit dem Hammer am Weg steht, hast du leichtes Spiel.

Mutter hätte noch mal heiraten sollen. Vierzig Jahre allein waren zuviel. Sie hätte nach Arizona reisen sollen.

East Rim Drive ist eine wundervolle Straße. Sie führt durch schattiges Gehölz, immer am Canyon entlang, und kennt kaum Steigungen. Sie hat nur einen Nachteil: Sie ist entschieden zu lang. Auch fehlten die Zuschauer, die Beifallklatscher und Hey-Hey-Hey-Rufer. Ihn begleiteten nur die Bäume und Felsen und die am Himmel rumorenden Hubschrauber und Silberflugzeuge.

Endlich Grandview Point. Du sollst das Wasser durch die Rippen schwitzen und nicht über die Blase abgeben. Auf der Verrazano-Brücke von Staten Island blieben Hunderte stehen und pinkelten durchs Geländer fünfzig Meter tief ins Meer. Nicht aus Notdurft, sondern weil es ein großes Gefühl ist, stehend freihändig auf der Verrazano-Brücke Wasser zu lassen.

Zwischen Grandview Point und Yaki Point fühlte er die Mauer kommen; er spürte sie nicht in den Beinen, sondern zuerst im Kopf. Das Denken fiel ihm schwer. Der Rausch war verflogen, seine Gedanken kreisten um so simple Dinge wie die auf dem Weg liegenden Tannenzapfen. Er stierte den grauen Asphalt an. In diesem

Augenblick schaltete der Körper auf den Reservetank um, seine Glykogenvorräte waren verbraucht, nun mußte er Fett verbrennen. Weil das viel Sauerstoff kostet, läufst du nach der Mauer langsamer, auch leert sich der Kopf. Wissenschaftlich ist die Sache in Ordnung, und doch überrascht die Mauer den Läufer immer wieder. Diese Sehnsucht nach Aufgeben, Hinlegen und Schlafen, diese Monotonie in den Gliedern und im Schädel. Nach zwei Dritteln der Marathonstrecke kommt die Mauer, unweigerlich. Läufst du schnell, kommt sie früher, läufst du langsam, kommt sie später. Am Ende der Mauer steht der Mann mit dem Hammer, der jeden niederschlägt, der nicht mehr laufen will. Und es gibt nichts mehr zu denken, denn alles ist gedacht.

Da kam Yaki Point. Hunderte von Menschen, aber keiner nahm ihn wahr, den ausgepumpten Marathonläufer. Sie hatten Größeres, sie hatten den Canyon.

Zweieinhalb Stunden unterwegs. Da möchtest du mit geschlossenen Augen unter einer Dusche stehen und La Paloma singen. War es möglich, daß der linke Schuh drückte? Oder bildete er sich diesen Schmerz ein? Immerhin, er fand die nächste Flasche. Das Zeug war lauwarm und keine Erfrischung. Und die Salztabletten nicht vergessen! Einige schwören ja auf Gelee-Royal-Kapseln, die helfen sollen gegen die Mauer. Aber sie helfen nur, wenn du daran glaubst.

Jetzt am Strand liegen. Die Füße im Meer. Den Kopf im heißen Sand. Der Körper ist auf 41 Grad aufgeheizt, bei 42 Grad stirbt man, aber Marathonläufer sterben schwer. Es könnte nun regnen. Kein Wolkenbruch, nur kühler Hamburger Nieselregen.

Im Kinderprogramm raste der Road Runner über den Bildschirm oder Speedy Gonzales, die schnellste Maus von Mexiko. Ist das Onkel Hans? fragten Mariannes Kinder. Nein, so schnell läuft Onkel Hans nicht.
Mather Point. Und wieder Menschenmassen, wie auf der Verrazano-Brücke in New York kurz nach dem Start.
Es konnte nicht mehr weit sein. Schon hörte er den Motorenlärm am Visitors Center. Und dann wie eine Rettungsboje im Meer das leuchtende Gelb seines Autos. Es war neun Uhr neunundfünfzig. Mutter, dein Sohn ist die Marathonstrecke unter drei Stunden gelaufen! Mag sein, daß sie ein wenig Gefälle hatte, auch lagen ihm Wind und Sonne im Rücken und trieben ihn vor sich her ... aber zum ersten Mal unter drei Stunden! Er wankte zum Auto, holte eine Flasche Wasser aus dem Kofferraum und goß die Flüssigkeit über seinen Schädel. Trinken, die Kleidung wechseln, raus aus den Schuhen! Der Wagen war aufgeheizt wie eine Sauna. Das tat ihm wohl. Nach 42 Kilometern braucht der Körper Wärme, ohne Wärme holst du dir den Tod. Mit geschlossenen Augen lag er auf der Polsterung, fünf Minuten oder zehn oder eine Viertelstunde. Dann raffte er sich auf und steckte den Schlüssel ins Zündschloß. Der Wagen rollte. Mein Gott, welch ein Gefühl, gefahren zu werden! Die Gedanken kehrten wieder. Die Menschen lachten, eine große Heiterkeit erfaßte ihn. Er kurbelte die Scheibe runter, ließ den Arm aus dem Auto hängen, drehte das Radio lauter. Irgendwo heiß duschen. Danach ausgestreckt liegen und große Dinge denken.

Tags darauf fuhr er den Little Colorado aufwärts nach Cameron ins staubige Indianerland zu den Dörfern mit den vielen Hunden, Kindern und dem angehäuften Blech. Am Highway verkauften sie Indian Jewelry. Der heiße Wind fegte in die Decken und Plastikverkleidungen der Verkaufsstände, Staubwirbel kräuselten über die Straße. Für die Kinder Mokassins, für Marianne einen Armreifen und für ihren Mann einen bluttriefenden Tomahawk.

Tuba City war die erste Indianerstadt, die er erlebte. Daß Indianer überhaupt in Städten leben können, war ihm schon ein Wunder. Seine Phantasie sah sie an Flußläufen, in Waldlichtungen und an kühlen Seen. Aber dieses Tuba City besaß ein Rathaus, Schulen, Krankenhäuser und Kinos. Es hatte seine eigene Navajo-Ordnung, und die Indianerpolizei patrouillierte in bunten Straßenkreuzern wie die Polizei in Los Angeles. Bashas, ein Indianersupermarkt am Stadtrand, so weit, großflächig, kühl und sauber wie alle Supermärkte Amerikas. Als Personal nur Indianer in einheitlicher adretter Kleidung, die Kundschaft nur Indianer, bis auf Hans Tabel, der Melonen kaufte gegen den Durst. Irgend etwas war anders an diesen Indianern, er vermochte es nicht zu beschreiben, spürte aber die Distanz.

Siehe, das ist eine ganz andere Nation, die, wo lange Haare haben, sagte Jürnjakob Swehn der Amerikafahrer.

Vermutlich lag es an den Gesichtern, an den stummen, ausdruckslosen versteinerten Zügen, die kein Lächeln zuließen. Die Gesichter zeigten weder Freude noch Trauer, selbst Kindergesichter waren verschlossen.

Auch die Mädchen an den Laufbändern und Registrierkassen des Supermarktes konnten nicht lächeln.
Marianne hätte gegen eine solche Beschreibung sofort protestiert. Du bist ein Rassist, würde sie sagen. Du mißt die Indianer nach eigenen Maßstäben. Vielleicht lächeln diese Menschen innerlich, vielleicht verbergen sie jede Gefühlsregung vor den Fremden.
Aber ich stelle doch nur Unterschiede fest. Wer Unterschiede feststellt, wertet schon, behauptete Marianne. Die Sehnsucht unserer Zeit geht dahin, Unterschiede einzuebnen, sie zu verschweigen oder zu rechtfertigen. Wenn die Indianer apathisch sind, haben die Weißen sie so zugerichtet, wird Marianne sagen. Weiße Unterdrückung, weißer Alkohol, weißes Schießpulver, da sollst du wohl apathisch werden!
Gut, wir wollen nicht streiten. Aber ich bin sicher, daß diese Rasse niemals ein Flugzeug erfunden hätte oder die Eisenbahn. Mikroskop und Himmelsfernrohr wären ihr nie in die Hände geraten, ein Kölner Dom oder die Golden Gate wären niemals gebaut worden, es ist eben doch eine andere Nation. Na gut, wird Marianne antworten, die Indianer hätten auch nicht das Pulver erfunden, es gäbe keine Raketen und keine Atombomben; damit wären wir quitt.
Einverstanden. Marianne hatte wie immer das letzte Wort.
Die Indianer wanderten neben dem Highway, der von Tuba City nordöstlich ins Navajoland führte, immer allein. Wie einsame Wölfe. Kam ein Auto, blieben sie stehen und blickten sich verwundert um, manchmal hoben sie müde die Hand. In jedem Jahr werden ein

paar Dutzend Indianer auf Arizonas Highways überfahren, meistens nachts, wenn sie betrunken heimkehren und die Müdigkeit sie überfällt. Sie suchen ein warmes Plätzchen und finden es auf der Straße, die auch in der Dunkelheit noch Wärme abgibt. Kaum liegen sie, kommt einer der gewaltigen silbergrauen Trucks. Voll aufgeblendet mit röhrendem Horn donnert er daher, wie eine Büffelherde rast er über den Schläfer und nimmt ihn mit in die ewigen Jagdgründe.

Er ließ einen einsteigen, der zu Verwandten nach Kayenta wollte. Nachdem Hans Tabel ihn auf dem Beifahrersitz festgeschnürt hatte, versank er in Stummheit. Er betrachtete seine Hände, die auf den Knien lagen, Hände aus braunem, gegerbtem Leder. Unter den Fingernägeln dunkle Ränder. Blauschwarzes Haar wucherte über den Ohren, stieß im Nacken mit dem Kragen eines roten Hemdes zusammen. Ein Gesicht voller Meteoreinschläge. Der Mund kaute ständig ein Blatt, das einen süßlichen Geruch verströmte, eine Mischung aus Vanille und Minze.

Von Deutschland hatte er keine Ahnung, was nichts besagen will. Dieses Deutschland war nicht viel größer als das Reservat der Navajo im Vierstaatendreieck Arizona, Utah, Colorado und New Mexico. Und was ist schon Deutschland?

Nein, betrunken war er nicht, nur abwesend. Es gibt zu diesen schweigsamen Menschen keinen Zugang. Du weißt nie, was sie denken, wünschen und fühlen, was sie verletzt und was sie erfreut.

Vor Kayenta gabelte sich die Straße. Der Indianer ging zu seinen Leuten, Hans Tabel fuhr zu John Wayne. Der

war längst in Hollywood gestorben, aber zwischen den Tafelbergen des Monument Valley ritt er immer noch. Im Grenzland zwischen Arizona und Utah hat Hollywood vergessen, ein paar Pappmachékulissen abzubauen. Oder anders: Vor Millionen Jahren baute die Vorsehung ein paar Kulissen in die Wüste, damit ein halbes Jahrhundert des Films sich ihrer bedienen konnte.
Welcome to Utah. Bei jedem Europäer löst der Name Utah immer noch dieses Augenzwinkern aus: Das waren doch die mit der Vielweiberei. Sie ist seit einem Jahrhundert abgeschafft, ihre Beseitigung war eine Bedingung für die Aufnahme Utahs in die Vereinigten Staaten, aber noch immer beschäftigten die vielen Frauen Utahs die Phantasie der Männer.
Utah is to great to litter! Behalte deinen Unrat im Auto. Wenn der Sheriff sieht, wie du Kaugummipapier aus dem Fenster wirfst, kostet es fünfzig Dollar. Amerika ist Gottes Land, aber Utah ist sein Feierabendland, wo er spazierengeht zwischen den Felsdomen, wenn die Sonne versinken will. Eine weite, karge Fläche mit Buschwerk, Geröll und Sand, dazwischen die Hollywoodkulissen aus rostrotem Stein.
Einige Meilen abseits lag Gouldings, jener Flecken Zivilisation, in dem einst der Filmtroß mit Bagage und Marketenderin lebte. Aus der Filmvergangenheit war ein Hotel zurückgeblieben. Es stand im Schatten hoher Felsen, ihm gegenüber lag ein Feldflughafen mit hartgewalzter Landepiste. Hier flogen sie ein, die Diven aus Beverly Hills, um den Sand der Wüste zu schmecken. Hier fielen die Stuntmänner von den Felsen, sattelten

die Indianer die Pferde zur letzten Attacke, brach die Postkutsche auf zur Höllenfahrt nach Santa Fe. Der Campground neben dem Hotel war fast leer. Monument Valley lag abseits der großen Touristenströme, seine Zeit war gewesen, das halbe Jahrhundert des Films längst vorüber, Billy the Kid hingerichtet und Darling Clementine gestorben.

Er richtete sich auf dem Campingplatz ein, trug eine Plastiktüte mit Schmutzwäsche in den Waschraum, übergab Socken, Hemden und Hosen der Maschine, um gegen fünf Uhr dreißig, die Sonne näherte sich schon dem Feldflughafen von Gouldings, ins Tal der Monumente zu fahren. Die Tafelberge gehörten den Indianern. Einer saß in einer Hütte am Eingang und kassierte Eintritt für die Vorführung des Breitwandpanoramas.

Nur bei Tageslicht sei Monument Valley für Fremde geöffnet, sagte er. Um 19 Uhr müßten die Besucher das Tal verlassen.

Er fuhr mit der Sonne im Rücken, die er im Spiegel sah, wie sie über dem Felsen von Gouldings stand und seine Wäsche trocknete. Im Schrittempo einen Schotterweg abwärts auf staubigen Serpentinen. Hinter ihm hing roter Staub, in dem sich das Sonnenlicht brach. Marathon im Monument Valley wäre unmöglich. Du versinkst im Pulversand bis zu den Knöcheln, außerdem erstickst du, wenn hundert Läufer vor dir unterwegs sind. Ein Fahrzeug kam ihm entgegen. Als sie sich trafen, schlugen die Staubwolken über ihnen zusammen. Ein Indianermädchen kreuzte den Weg, es ritt einen Schimmel, dessen Fell rötlich schimmerte. Für einen Dollar durfte er das Mädchen und den rötlichen

Schimmel mit der Felskulisse im Hintergrund fotografieren.

Rain God Mesa... Thunderbird Mesa... So heißen Manitus Gotteshäuser. Es gibt keinen größeren Anblick auf der Erde als Monument Valley eine halbe Stunde vor Sonnenuntergang, wenn der Wind um die Felsburgen summt, die Sonne zwischen Elephant Butte und Camel Butte niedergeht und Three Sisters lange Schatten werfen. Die Schatten sind wie mit dem Messer in die Wüste geschnitten, sie wachsen ins Gigantische, wie die rasende Stagecoach jagen sie über die rote Erde, bis sie einen der Tafelberge treffen und für kurze Zeit aufgehalten werden.

Er glaubte allein zu sein, traf aber noch einen. Der hatte das Stativ mit Kamera neben sein Auto gestellt und wartete auf das Aufschlagen des Sonnenballs im Monument Valley. Aus Göttingen kam er, was Hans Tabel nicht überraschte. Die Deutschen sind für den einsamen Rausch in der Natur zuständig, überall in der Welt. Sie wissen sich eins, wenn schon nicht mit sich und dem Nächsten, so doch mit den stummen Felsen und dem schweigsamen lieben Gott, den sie zu kennen glauben. Wo die höchsten Bäume rauschen, wo das Wasser ins Tal fällt, wo die Wüste einsam wird, der Fels ins Meer stürzt, wo die Sonne aufgeht und untergeht, wen triffst du da? Einen Deutschen.

In stummer Andacht wartete der aus Göttingen auf den Augenblick, in dem er den Auslöser betätigen durfte, erzählte beiläufig, ohne Kamera und Motiv aus dem Auge zu lassen, wie er vorgestern im Tal des Todes am Zabriskie Point fotografiert habe. Mit ihm an die zwan-

zig Männer, die den Augenblick festhalten wollten, als das Tal des Todes sich unter dem Licht der aufgehenden Sonne in ein Farbenmeer verwandelte. »Sie werden es nicht glauben, alle waren Deutsche.«
Ja, so sind sie, die Deutschen. Sie erleben den Sonnenaufgang im Tal des Todes nicht wirklich, sie fotografieren ihn nur. Erleben werden sie ihn im düsteren November beim Dia-Vortrag, wenn draußen der Regen gegen die Scheibe klatscht. Der Deutsche aus Göttingen schoß sein Bild von der untergehenden Sonne im Monument Valley und fuhr von dannen zu neuen Sonnenauf- und -untergängen.
Am Fuß eines Tafelberges fand er einige Hogans. Kleine Feuer brannten vor den Hütten, Indianerkinder spielten im roten Sand. Pferde standen in der Koppel. Sie dürfen bleiben im Tal, es gehört ihnen und ihren Göttern, aber die Fremden müssen um 19 Uhr diese Welt verlassen. Wie schnell doch die Schatten der Felstürme das Tal zudeckten! Nur vereinzelt helle Streifen, wie Scheinwerferlicht. John Ford fuhr seine Kulissen ab, begleitet von Kameramännern, Assistenten und Schauspielern.
In einer großen Schleife führte der Weg zum Ausgangspunkt zurück. Am Eingang zwei Indianer, die darauf warteten, daß er das Tal verließ, weil sie es schließen wollten. Tatsächlich, er war der letzte Weiße im Tal der Monumente. Ende der Vorstellung. Aber morgen gibt es das gleiche Stück im gleichen Theater und ewig die gleiche Besetzung. Mutter hat niemals einen Western gesehen, der im Monument Valley gedreht wurde. Sie mochte Willy Birgel und Zarah Leander. Ihre Lieblingsfilme spielten in der Lüneburger Heide und im

Schwarzwald, vor einem Tal wie diesem wäre sie zu Tode erschrocken.
Als er Gouldings erreichte, ging der Mond auf. Zwischen den Felstürmen im Osten hatte John Ford seine Scheinwerfer eingeschaltet. Er kletterte auf die Felsen. Von oben sah er ihn, den fast vollen Mond, der ins Monument Valley leuchtete. Unten grillten sie, im Waschraum polterte die Trockenschleuder, aber der Himmel war ganz still, und das Tal schwieg unter dem milden Licht des Mondes.
Einer kam ihm nachgestiegen. Er hörte den Atem, das Scharren der Schuhe am Fels. Laut Drehbuch müßte es Heinz sein, der kam, um ihn vom Felsen zu stoßen, damit das kleine Kriminalstück um ein paar Versicherungsbetrügereien ein filmgerechtes Ende fände. Es war aber der aus Göttingen. Das wolle er sich nicht entgehen lassen, Monument Valley im Mondlicht. Zwar werde er eine verdammt lange Belichtungszeit brauchen, noch stehe der Mond auch ungünstig, er müsse das Licht mehr von der Seite haben. Eine halbe Stunde werde er warten. Ob er etwas dagegen habe, wenn er sich zu ihm setzte?
Der Mann sprach von seinen Motiven. Morgen wolle er zum Canyon de Chelly. Danach ständen die versteinerten Bäume und Painted Desert auf dem Programm. Auch den Meteorkrater in Arizona wolle er fotografieren, wisse aber noch nicht, wie. Am besten wäre es wohl, mit dem Hubschrauber aufzusteigen und, auf dem Boden des Helikopters liegend, durch die Luke das Loch in der Erde aufs Bild zu bringen.
Spätabends, als die meisten in ihren Zelten und Wohn-

wagen schliefen, der aus Göttingen sein Bild im Mondlicht geschossen hatte, lief Hans Tabel auf dem Feldflughafen von Gouldings drei Runden, passierte Windfahnen und weiße Landemarkierungen. Kein Radarschirm erfaßte den einsamen Marathonläufer, kein Scheinwerfer leuchtete ihm den Weg, kein »Follow me« führte ihn auf die rechte Bahn. Eine halbe Stunde lief er, dann ging er gemächlich zu seinem Zelt, um Vaters Feldpostbriefe zu lesen.

20. 8. 1944

Wenn sich in den nächsten Wochen die Lage klärt, wäre noch Hoffnung, im Spätherbst oder Winter auf Urlaub zu kommen. Die ganzen Folgen des Verrats müssen erst aufgefangen und überwunden werden. Zehntausende haben diese Hunde nutzlos oder für des Feindes Zwecke geopfert. Aber da der Führer lebt und die Verräter ausgemerzt werden, wird der Kampf zwar noch hart und schwer, aber wir werden es schaffen und müssen es schaffen. Küsse die Kinder von mir.

Großer Gott, der hat ja bis zuletzt, bis ihn die Bombe traf, an diesen Hitler geglaubt! Kein Wunder, daß Mutter an jedem 20. Juli das Fernsehgerät ausschaltete; sie mochte die Filme, Dokumentationen und feierlichen Ansprachen aus Anlaß dieses Lichtblicks der deutschen Geschichte nicht sehen und hören. Für sie geschah da immer noch Verrat, wie es ihr Mann im August '44 geschrieben hatte. Er erschrak über seinen Vater, der doch nur ein kleiner Briefträger war. Was haben sie mit ihm gemacht, daß er so dachte? Hans war es peinlich, weil doch heute alle anders denken. Auch tat ihm sein Vater leid.

6. Dezember 1944, im Westen

Wie gern wäre ich bei Euch und feierte mit Euch das Weihnachtsfest. Aber es kann leider nicht sein, denn Dienst ist Dienst, und die Not des Vaterlandes verbietet eigene Wünsche. Doch auch dieser Winter wird einmal vorbei sein, und wir wollen hoffen, daß dann für uns alle sich das Schicksal gewandelt hat und wir gläubig in die Zukunft unserer Heimat blicken dürfen. Das ist unser aller Wunsch zu Weihnachten '44 und zum Neuen Jahr. Hier muß es im Sommer sehr schön sein. Wenn dieser Krieg vorüber ist, werde ich mit Euch in diese Gegend fahren.

Ein paar Tage später begann die Ardennenoffensive, die letzte deutsche Offensive des 2. Weltkriegs. Sie machte in den Anfangstagen erstaunliche Fortschritte, aber als sich der Himmel lichtete und die Sicht freigab für die amerikanischen Jäger und Bomber, traf es auch Vater.

Der Brief vom 6. Dezember war der letzte, den er schrieb. Im Januar '45 kam die Nachricht des Kompaniechefs. Auch sie fand er in dem Bündel der Feldpostbriefe, wagte aber nicht, sie zu lesen, weil er fürchtete, der Brief könnte voller Lügen stecken, von Tapferkeit, Pflichterfüllung und Glaube an den Führer nur so triefen.

Als letztes schrieb ein Gerhard Lewitz aus Braunschweig unter dem 16. Juni 1949:

Zurückgekehrt aus russischer Gefangenschaft, habe ich die traurige Aufgabe übernommen, Sie vom Ableben Ihres lieben Bruders zu benachrichtigen. Ihr Bruder, der Kriegsgefangene Walter Rassat, verstarb am 16. Februar 1947 im Lager 7469/5 um 18 Uhr 26 an den Folgen einer

doppelseitigen Lungenentzündung. Er wurde von mir auf dem Friedhof in Dorkino, einem Ort 12 Kilometer westlich von Gorki, beigesetzt. Mir persönlich ging der Tod Ihres Bruders sehr nahe, da ich ihn als Kamerad schätzengelernt hatte. Er starb tapfer, und die letzten Gedanken galten seiner Familie. Ich spreche Ihnen hiermit mein herzliches Beileid aus und wünsche Ihnen für die weitere Zukunft alles Gute.
N. S. Erbitte Nachricht, ob Brief angekommen.
Das war Onkel Walter. An ihn erinnerte sich Hans Tabel deutlicher als an den eigenen Vater. Er bekam Weihnachten '44 Urlaub und besuchte, da er kein besseres Zuhause wußte, seine Schwester in Domnau. Dem kleinen Hänschen schenkte er zum Heiligen Abend eine Mundharmonika, keine beliebige, sondern seine eigene Mundharmonika. Während der Weihnachtstage spielte Onkel Walter noch viel auf dem Instrument, spielte Weihnachts-, aber auch Frühlingslieder, um Abschied zu nehmen von seiner Mundharmonika. Wo ist eigentlich Onkel Walters Mundharmonika geblieben?

Und weiter zu weiteren Naturwundern. Daß es heiß war, braucht nicht mehr gesagt zu werden. Eine schweißdurchbadete Nacht folgte der anderen, und morgens die Angst vor den Sonnenaufgängen. Es wuchs die Sehnsucht nach den langen Schatten des Nordens, nach Schnee und Nieselregen.
Voraus der hohe Turm des Kraftwerks von Page. Unterhalb der Stadt der Glen Canyon Dam, der dem Colorado den Weg verlegte. Dahinter ein See, größer als

das Schwäbische Meer, aber gerade fünfundzwanzig Jahre jung, ein Augenzwinkern in der Geschichte der Seen und Ströme. Als Sam Pakete nach Deutschland schickte, gab es in Page noch nicht einmal eine Baustelle. Wo heute der Lake Powell sein blaues, frisches Wasser zwischen den grauen Felsen leuchten läßt, floß damals in der Schlucht des Glen Canyon der Colorado. Der heiße Westen Amerikas müßte verdursten, gäbe es nicht die von Menschen geschaffenen Wasserreservoire. Eines Tages werden sie auch den Grand Canyon vollaufen lassen, Wischnu, Schiwa und König Artus' Schloß werden zum Vineta der Neuen Welt, ohne Glocken.
Hatte er alles gelesen? Gab es noch Geheimnisse um diese Menschen, die tot waren, ihn aber gerade nun, da er sie nicht mehr hatte, bewegten? Mutter war ihm in einer Weise nahegekommen wie niemals zu ihren Lebzeiten. Doch Vater hatte sich von ihm entfernt. Hans Tabel hatte ihn als lachendes Soldatenfoto mit verschmitzten Augen in Erinnerung, nur eben ein freundlicher Mann, von dem Mutter sagte, er sei sein Vater. Aber nun diese Briefe, die er ergreifend fand, die ihn aber auch erschreckten. »Hunde« nannte er die Männer des 20. Juli, von »ausmerzen« sprach er. Armer Vater, was haben sie dir angetan?
Am künstlichen Strand des künstlichen Sees wuchsen echte Bäume, es waren wohl Espen, deren Laub im warmen Wind zitterte. Im lila blühenden Schilfgras nisteten Enten. Ein paar Steinwürfe entfernt, gewissermaßen auf Reede, lag eine Kette von Hausbooten. Motorboote warfen weiße Bugwellen auf, ließen es laut werden an diesem See. Das Echo sprang zwischen den

Felswänden, und bevor die Bugwellen den Badestrand von Wahweap Marina überspülten, kamen die Schallwellen. Tagsüber baden und trocknen, wieder baden und trocknen. Abends ging er zur Marina, die nach Dieselöl stank und nach gebratenem Fisch. Er wollte einmal auf weißen Tischtüchern zu Abend essen, mit Blick auf den See und die Lichter der Hausboote. »Blue Moon«, sagte der Kellner und zeigte aus dem Fenster. Dort ging über Lake Powell der Mond auf. Wenn in einem Monat zweimal Vollmond ist, nennen sie es Blue Moon.

Das sei eine gute Zeit für Liebespaare, meinte der Kellner und lächelte vielsagend. Mit dem Motorboot dem blauen Mond entgegenfahren bis zur Rainbow Bridge, einem zu Fels erstarrten Regenbogen, dessen dunkles Ende im Lake Powell versank. Aber nicht mehr allein fahren. Sonderbar, seitdem er Amerika bereiste, dachte er an Frauen, an Mexikanerinnen, die nur Si, si, Sir sagten, an Indianerinnen, die in den Bashas verkauften, ohne zu lächeln, an Marathonläuferinnen mit beklebten Brustwarzen, die mit ihm den Grand Canyon liefen. Seitdem Mutter tot war, dachte er an Frauen.

Mutter war entschieden zu lange allein. Nicht einmal in Gedanken ist sie nach Arizona gefahren zum Blauen Mond über dem Lake Powell, den es damals noch nicht gab. Sie schaffte sich keinen Atlas an, kein Bilderbuch mit den schönen Landschaften Amerikas, sie wußte nicht, ob Arizona im Norden oder Süden liegt. In Mutters Bücherregal gab es »Via Mala«, »Das Erbe von Björndal« und »Wenn wir alle Engel wären«.

Im Zion National Park stimmten die Naturgesetze wie-

der. Die Menschen standen nicht auf dem Plateau und schauten staunend in die Tiefe, sie krabbelten durchs Tal und blickten auf zum Tempel Sinawava. Einhundertfünfundzwanzig Jahre war es her, daß die frommen Mormonen dieser Berglandschaft aus Navajo-Sandstein den Namen des Tempelbergs von Jerusalem gaben.
War Vater eigentlich religiös? Wenn er es war, hat es ihm nicht geholfen. Es traf zu jener Zeit die Gläubigen wie die Ungläubigen, was kein Argument ist gegen die Religion, sondern nur zeigt, was wir längst wissen: Bomben, Maschinengewehre und Artilleriegranaten haben keine Religion. Und wie hielt es Mutter mit dem lieben Gott? Sie pflegte ein praktisches Christentum nach dem Motto: Es kann nicht schaden, an Gott zu glauben und ab und zu in die Kirche zu gehen.
An den Hängen Zions standen Weißtannen und Ponderosakiefern, unten am Virgin River brütete die Hitze. Dieser Fluß täuschte mit seinem sprudelnden, plätschernden Wasser erfrischende Kühle vor, aber er war warm, als käme er aus dem heißen Bauch der Erde.
Am Virgin River ruinierte Hans Tabel seine Laufschuhe, als er mit einer Karawane den Wanderpfad aufwärts marschierte, bis das ockerfarbene Gewässer von den Felswänden in die Enge getrieben wurde und das begann, was in den Reiseführern als »Begehung der Narrows« beschrieben wird. Du krempelst die Hosen auf, hängst die Kamera um den Hals und watest den Fluß aufwärts. Mit Schuhen natürlich, weil der Virgin River voller Steine liegt und du deine Füße nicht schinden willst. Hunderte marschierten mit ihm in die Narrows, deren Wasser so warm war wie Mutters Abwasch.

Über ihnen wuchsen die Felsen zusammen, ließen einen immer schmaleren Streifen blauen Himmels frei. Die Belichtung stimmte längst nicht mehr. Bald ließen sich die Narrows nur noch mit Blitzlicht fotografieren. Es nahm kein Ende. Dieser Fluß führte ins Innere der Erde, wo die Unterwelt ihre heißen Kessel kochte. Bei Gewitter sind die Narrows zu meiden, aber nicht weil Blitze in die Schlucht fahren und Menschen töten könnten. Ein Sturzregen könnte den Virgin River plötzlich zu einem Strom aufschwellen.
Als er keinen Fetzen Himmel mehr über sich sah, kehrte er um. Auf halbem Wege geschah es, daß sich die Sohle des rechten Schuhs löste. Was Wasser doch für große Dinge tut, sagte Schlachter Peemöller noch im Jahre '50, wenn er die Wurstsuppe streckte, indem er einen Eimer Wasser in den Kessel gab. Wasser allein tut's freilich nicht, meinten auch die Travenwalder Bauern, wenn sie zur Grogzeit im November in Eggers Krug tagten. Waren die Travenwalder betrunken, sangen sie das Lied, in dem es heißt: Wasser säuft das liebe Vieh, fallera und falleri...
Fritz Naujokat, den es von der litauischen Grenze nach Travenwalde verschlagen hatte, wußte zum Umgang mit Wasser folgenden Vers beizusteuern:

Es trinkt der Mensch, es säuft das Pferd,
In Pillkallen ist es umgekehrt.

Er führte auch jenen Schnaps ein, der nach Leberwurst schmeckte und der besonders in der schlechten Zeit zum geschätzten Getränk wurde, weil sich damit Essen und Trinken aufs nützlichste verbinden ließen. Die

Travenwalder, dem Trinken seit altersher zugetan, nahmen das sonderbare Getränk als eines der wenigen Kulturgüter des Ostens in ihre Gewohnheiten auf.
Wasser hieß auch das Geheimnis des Bryce Canyon. Millionen Jahre spülte es und wusch, fror und taute, tropfte und leckte, grub seine Furchen, bis dieses Zukkerbäckerwerk entstand. Türmchen, Erker und spitze Pfeile, unten rotbraun, oben mit Zuckerguß überworfen, kunstvoll ziseliert. Eisenoxide hatten rote Streifen in den hellen Kalkstein gezeichnet. Dort sah er den Dom zu Mailand und drüben den Wiener Stephan, Amerikas natürliche Gotteshäuser. Und wieder standen die Menschen oben, und die Dome lagen in der Tiefe. Ein Aussichtspfad führte im Halbkreis um den Bryce Canyon, er lief ihn in neuen Schuhen, nachdem er die alten in einem Abfalleimer am Virgin River begraben hatte. Er lief vom Sunset Point zum Upper Inspiration Point, verspürte mehr Transpiration als Inspiration. Streifenhörnchen huschten über seinen Weg, verbargen sich in ihren Erdhöhlen und lugten hervor. Eine Pferdekarawane kam ihm entgegen. Wo Dome stehen, müssen auch Glocken läuten, aber er hörte nur das schrille Pfeifen der Murmeltiere.
So lief er Amerikas Naturwunder ab. Wie andere standen und staunten, lief er. Den Pazifischen Ozean und den Grand Canyon, das Tal der Monumente und den Halbkreis um Bryce Canyon. Unterwegs verband sich der Rausch des Laufens mit dem Rausch des Schauens. War das Kunst, was die Natur im Bryce Canyon geschaffen hatte?
O nein, sagte Marianne. Wenn ein Künstler ein Loch in

die Wand bohrt, ist es Kunst, wenn die Natur Millionen Jahre feilt und ziseliert, bleibt es Natur. Aber die Natur ist das größere, gab er ihr zur Antwort.
Am Upper Inspiration Point traf er einen, der auch lief. Auf seiner Brust trug er, ins weiße Hemd gedruckt, die Schrift: Jesus lebt. Sie liefen ein Stück nebeneinander.
O you are German! Meine Vorfahren kamen auch aus Deutschland. So beginnen unzählige Gespräche in Amerika. In jedem Waschraum reden sie so, an jeder Tankstelle, in jedem Supermarkt kannst du sie hören. Nun sogar während des Laufens. Anscheinend gibt es mehr Deutschamerikaner als Deutsche. Und jeder möchte wissen, woher er kommt und wie seine Vorfahren gelebt haben, möchte mit einem Auswandererschiff zurückfahren, von West nach Ost, denn immer wissen wir zu wenig über unsere Vorfahren, vergessen auch, sie zu befragen, solange sie leben.
Sie vor allem schickten die CARE-Pakete nach Deutschland, die Amerikaner deutscher Abstammung. Es rührte sie, als sie von dem Elend im Land ihrer Väter hörten. Ob sie die Deutschamerikaner im Juni '44 in die Normandie geschickt haben, um dort ihre Brüder totzuschießen? Oder durften sie Okinawa stürmen? Sam jedenfalls war irischer Abstammung. Der schickte seine Pakete nicht aus Mitleid, sondern mit gezielter Berechnung, weil er eine Frau haben wollte, eine deutsche Frau. Es kränkte Hans Tabel, daß dieser Mann seine Mutter haben wollte, als Frau haben wollte. Mutter gehörte dem Briefträger Tabel, und als der nicht mehr war, gehörte sie den Kindern.
Ach, er hatte noch viel zu laufen, zu sehen und zu

denken. Den großen Salzsee wollte er laufen, auf dem die Rennwagen ihre Rekorde aufstellen; im Yellowstone Park die Geysire umkreisen, wenn sie ihren heißen Atem von sich geben; die Wüste Nevada durchlaufen, unter den Mammutbäumen des Sequoia Park laufen und die Golden Gate auf und ab.

In Salt Lake City gab es einen Jerry O'Keefe, aber er war nicht da. Keine Frau, an die die United Verde Geld geschickt hatte, sondern ein Sohn. Er arbeitete als Bartender im »Imperial«. Als Hans Tabel Salt Lake City erreichte, hatte Jerry Nachmittagsdienst. Ein langer, abgedunkelter Raum, eine Bar auf dem Grunde des Meeres, die Wände mit Fischmosaiken dekoriert. In einem Aquarium sprudelte unablässig grünes Wasser. Luftblasen stiegen auf und zerplatzten. Ein Tresen, mit dunkelrotem Samt zugehängt, ragte kreisförmig in den Raum. Vier Gäste saßen da, vier Männer, jeder auf einem Lederhocker.
Als er das »Imperial« betrat, war es halb vier und wohltuend kühl. Jemand klimperte auf dem Klavier Klassisches, zwei Barmixer langweilten sich. Einer von ihnen mußte Jerry sein. Er fand keine Ähnlichkeit mit dem Soldatenfoto, entschied sich für den Älteren, für den mit den schwarzen Haaren und dem Bärtchen auf der Oberlippe, bestellte bei ihm einen Tom Collins und sah zu, wie der Eisstücke, Zitrone und Gin in den silbernen Shaker gab, das Gefäß in die Luft warf, es auffing und schüttelte. Den schaumigen Extrakt goß er ins Glas.
»Auf der Durchreise?« fragte er beiläufig.

»Unterwegs vom Grand Canyon zum Yellowstone«, antwortete Hans Tabel.
»Alle Achtung, das sind die beiden schönsten Plätze Amerikas.«
Er kehrte Hans Tabel den Rücken zu, ordnete Flaschen im Regal, fuhr mit einem Handtuch staubwedelnd über Hennessy, Bourbon und Genever. Eine Musicbox spielte »Porgy and Bess«, der Mann hinter der Bar sortierte Gläser und pfiff mit.
Er ist in deinem Alter, dachte Hans Tabel. Vielleicht ist er auch geboren, als sein Vater im Krieg war.
»Sind Sie Jerry O'Keefe?«
Der Mann verstummte und drehte sich um.
»Die alte Frau in der Wohnung nebenan sagte mir, wo ich Sie finden kann.«
»Kommst du von Jarvis?« fragte der Barmixer und wandte sich wieder seinen Flaschen und Gläsern zu. »Wenn nicht von Jarvis, dann kommst du von Chris.«
»Eigentlich suche ich Sam O'Keefe.«
Jerry stellte eine Flasche so hart ins Regal, daß es klirrte und die Gäste aufblickten.
»He, Jerry, bevor du Flaschen zertrümmerst, laß sie uns austrinken«, rief einer.
»Sam O'Keefe gibt es nicht mehr«, sprach er leise. »Er ist verschwunden, just disappeared, gerade so.«
Er machte einen spitzen Mund, als wollte er Staubfusseln von einer Jacke blasen.
»Vor sechs Jahren rief er aus San Francisco an, um sich bei mir Geld zu leihen. Seitdem habe ich nichts mehr von ihm gehört. Vermutlich ist er tot ... Aber was willst du von meinem Vater?«

Davon stand kein Wort in den lustigen Briefen, von einem Sohn namens Jerry.
»Hat er Schulden bei dir?«
Hans Tabel schüttelte den Kopf und erzählte, daß er aus Deutschland komme, und ein Mann namens O'Keefe in der Hungerzeit Pakete geschickte habe. Nun komme er hier vorbei, und wenn es diesen Mann noch gebe, wolle er sich bedanken. Weiter nichts.
Der Mann hinter der Bar lachte. Das sei völlig ausgeschlossen. Sein Vater habe niemals Pakete verschickt, der habe in seinem ganzen Leben keinen Nickel für eine gute Sache gespendet, sondern immer nur für klaren trockenen Gin. Nicht einmal Unterhalt für Frau und Kind habe er freiwillig gezahlt. Mit Deutschland habe er nur insofern zu tun gehabt, als er während des Krieges Bomben dorthin flog, aber niemals Pakete.
Hans Tabel legte einen der Briefe aus dem Jahre '48 auf den Tresen, dazu das Soldatenfoto. Das verschlug dem Mann die Sprache. Er drehte das Bild hin und her, betastete das Briefpapier, als wolle er seine Echtheit prüfen.
»Das ist er ... Seine Handschrift ist es auch. Ein Wunder, daß er zu jener Zeit noch Briefe schreiben konnte ...«
Unaufgefordert mixte er einen zweiten Tom Collins. Sein Kollege kam herüber und meinte, das sei eine tolle Story, die eigentlich in die Zeitung gesetzt werden müsse.
»Lebt die Mutter noch?« fragte er den Bartender.
Der nickte. »Die beiden ließen sich scheiden, als ich noch klein war, ich glaube, im Jahre '46. Als mein Vater

aus dem Krieg kam, verstanden sie sich nicht mehr. Vater hielt ihr vor, sie habe andere Männer gehabt. Ich weiß nicht, ob er recht hatte. Ich weiß nur, es gibt Leute, die halten es aus, und andere, die halten es nicht aus, ich meine, so einen Krieg und die lange Trennung. Meine Mutter hat es wohl nicht ausgehalten, darum ließen sie sich scheiden.«

So was kommt bloß von der Liebe, wie sie das so nennen, und da kann kein Mensch was bei tun. Na, unser Herrgott mag die Sorte ja auch wohl gern haben, denn siehe, seine Welt ist bunt.

In der Tür erschien ein Mann mit einer Kamera. Er bat Hans Tabel, sich für ein Foto neben Jerry an die Bar zu stellen. Dreimal erhellte Blitzlicht das »Imperial«. Danach notierte er die Adresse, weil er ein Foto nach Deutschland schicken wollte. Das bezahle die Redaktion.

Der Mann hinter der Bar war 1942 geboren, Hans Tabel auch. Sie könnten Brüder sein. Beide in jenem Krieg auf die Welt gekommen, der nun bald ein halbes Jahrhundert zurücklag und immer noch so vieles bewegte. Jerry wurde geboren, als sein Vater Bomben nach Deutschland flog, Hans, als sein Vater in Rußland den Schnee maß und die ersten Frostbeulen bekam. Das schlimmste am Erfrieren ist das Jucken, erklärte Mutter später. Das hatte Vater ihr geschrieben, der in der Nähe des Ilmensees Frost bekommen hatte.

Jerrys Mutter lebte in Reno.

»Nicht weil sie spielt, aber in Reno kannst du billig leben. Essen und Trinken kosten nicht viel. Reno lebt vom Spielen. Ihre Social Security ist nicht gerade reich-

lich, deshalb muß sie wohnen, wo es billig ist. Auch bekommt ihr das Klima, Reno hat trockene, klare Luft, die gut ist für ihr Herz und den Kreislauf.«
Als in Salt Lake City die Büros schlossen, füllte sich das »Imperial«, und Jerry bekam viel zu tun. Hans Tabel bat um die Adresse seiner Mutter. Jerry zögerte.
»Die weiß auch nichts von ihm.«
Schließlich schrieb er die Anschrift auf einen Zettel. Als Hans Tabel zahlen wollte, winkte er ab. Das war seine Sache.
Er begleitete ihn zur Tür, ließ sich noch einmal das Foto zeigen. Das habe er seinem Vater nicht zugetraut, murmelte er. Vielleicht habe Mutter ihm auch nicht die ganze Wahrheit über ihn erzählt. Jeder Mensch habe wohl zwei Seiten, und von dieser Seite seines Vaters habe er nichts gewußt.
»Grüße meine Mutter, wenn du nach Reno fährst.«
Zwei Kriegskinder, dachte Hans Tabel. Fast sind wir Brüder und uns doch so fremd. Auch Jerry hatte seinen Vater im Krieg verloren. Der Krieg machte die Ehe kaputt, wie er auch die Ehe des Johannes Tabel auf dem Gewissen hatte. So sind diese Kriege. Die eine hält's aus, die andere nicht. Mutter hätte es bestimmt ausgehalten. Sie hätte nicht nur bis zum Kriegsende auf ihn gewartet, sondern, wenn es nötig gewesen wäre, bis zur Rückkehr der letzten Gefangenen im Jahre '55. Mutter hätte das geschafft, sie bestimmt.

Am Tag darauf fand er in der »Salt Lake City Tribune« auf Seite 22 sein Bild. Er mit Jerry vor der dunkelroten

Samtbar im »Imperial«. Daneben Sam in Soldatenuniform.

Thanks for CARE

Mr. Jerry O'Keefe, Bartender im »Imperial« downtown Salt Lake City, erlebte gestern eine große Überraschung. Ein Gast aus Deutschland, Mr. H. Table, besuchte ihn, um sich zu bedanken für CARE-Pakete, die die Familie O'Keefe nach dem 2. Weltkrieg in das hungernde Deutschland geschickt hatte. Mr. Table erkärte, er wäre wohl nicht mehr am Leben, hätte er als Kind keine Hilfe aus Amerika erhalten. Vor allem die amerikanische Peanut-Butter sei ihm in guter Erinnerung. Leider konnte er seinem früheren Wohltäter nicht persönlich die Hand schütteln. Mr. Sam O'Keefe, ehemals Offizier der U.S. Air Force, ist vor wenigen Jahren verstorben. Seinen Sohn hat Mr. Table zu einem Besuch nach Deutschland eingeladen. Dort ist Mr. Table Direktor einer bedeutenden Versicherungsgesellschaft. In dieser Eigenschaft bereist er gegenwärtig die USA, um sich über amerikanische Krankenhäuser und Krankenversicherungen zu informieren. Von Arizona kommend, befindet er sich auf dem Weg zum Yellowstone Park. Befragt, wie ihm Amerika gefalle, antwortete der Besucher aus Deutschland in vorzüglichem Englisch: Just great!

Peanut-Butter also. Und Table wie Tisch. Direktor einer bedeutenden Versicherungsgesellschaft. So schnell machst du in Amerika Karriere. Und wie kam die Zeitung auf amerikanische Krankenhäuser? Eine schöne Geschichte, aber zur guten Hälfte ausgedacht. Der Mann, über den die Zeitung schrieb, war ein anderer

Sam O'Keefe. Während der Herr Pakete mit Peanut-Butter nach Deutschland schickte, hatten Frau und Sohn Mühe, ihren Unterhalt zu bekommen. Ein Trinker soll er gewesen sein, aber Mutter spazierte mit ihm durch Köln und merkte nichts davon. Oder sie hat es gemerkt und ist deshalb nicht nach Arizona gefahren?
Seine Frau hieß Maureen, lebte in Reno, weil Reno ein Paradies ist für die, die nicht spielen, für die anderen ist es die Hölle. Mr. Table fährt zum Yellowstone, schrieb die Zeitung, aber Hans Tabel fährt nach Reno, um jene Frau zu besuchen. Die Geschichte bewegte ihn mehr und mehr, die falsche und die richtige. Seine Mutter und dieser Mann, sein Vater und diese Frau, die beiden im Krieg geborenen Söhne. Seit sechs Wochen war Mutter tot, aber ihm kam es vor, als beginne sie gerade zu leben. Ihr Tod hatte einen Vorhang zur Seite gerissen. Auf der Bühne spielten sie ein Stück, von dessen Existenz er nichts wußte: Das sonderbare Leben der Gerda Tabel. Was war daran sonderbar? Geschah es nicht millionenfach hier und da und überall? Immer ist da ein Vorhang, und immer spielen wir dahinter ein anderes Stück. Sie war nicht nur seine Mutter, sondern auch eine Frau, die in den besten Jahren zur Witwe wurde. Ihn quälte der Gedanke, daß sie vor dem Einschlafen an Männer gedacht hat, an diesen Sam zum Beispiel, der eine fliegende Festung nach Deutschland geflogen hatte. Tageseinsätze über Deutschland. Die Kugellagerfabriken von Schweinfurt. Nur die Hälfte der Maschinen kam zurück. Das wäre doch ein Grund, sich zu betrinken. Gin, ausgerechnet Gin, dieses widerwärtige Zeug! Deutschland sah grüner aus als Arizona. Unter den Bomben-

schächten reihte sich Ortschaft an Ortschaft. In der Bar des Little Daisy erzählte er später, während er Gin trank, von seinen Heldentaten, erzählte von dem vielen Grün, das er in Rot verwandelt hatte, und von roten Ziegeldächern, die ins Rot des Feuers übergingen. Sam war stolz, den 2. Weltkrieg gewonnen zu haben. Nach dem vierten Glas Gin behauptete er, Köln in Schutt und Asche gelegt zu haben, was nicht stimmte, denn für Köln waren die Engländer zuständig. So einer war das, der Sam O'Keefe. Erst zerbombte er die Stadt, dann ging er mit Mutter in den Trümmern spazieren und suchte eine Bleibe, um mit ihr zu schlafen.

Von Salt Lake City durch die Wüste fährt man einen langen heißen Tag. Immer geradeaus auf der Nummer 80, nur nicht anhalten, denn für diese Gegend hielt Heinz die Diagnose Sonnenallergie bereit. Die Straße war leer, die Landschaft betupft mit weißen Sandflecken und vertrockneten Grasbüscheln. Keine Rinderherden unterwegs, am Himmel die Kondenzstreifen der Düsenjäger, in der Ferne Rauchsäulen. Da lagen die Luftwaffenstützpunkte und Raketensilos. No Public Access! Utah ist doch der Staat der gottesfürchtigen Mormonen, und soviel Kriegsmaterial in Gottes eigenem Land! Zwischen Salt Lake City und Reno üben sie für alles, was noch kommen mag. Da fliegen die alten Festungen ihre Einsätze in den Wüstensand. So weit die Piloten auch blicken, nirgends ist es so grün wie in Deutschland. Einen Tag Nevada, und du hältst Grün für die schönste aller Farben. Wie staunten die Piloten, die in Nevada ihre Ausbildung erhalten hatten, als sie zum ersten Mal das grüne Deutschland anflogen.

Nevada ist das Land des Silbers. Es beginnt nachts zu leuchten, wenn in Las Vegas und Reno die Lampen aufflammen. Am Tag strahlen die Sonne und die Erde. In Nevada testen sie die Atombomben für den nächsten Krieg. Dann wird die ganze Erde wie Nevada, ein öder Mond, und Grün, das Grün Deutschlands, wird eine vergessene Farbe sein.

Wie ist es bloß möglich, sagte Mutter. Durch eine Tür gehen sie rein, kommen in fünf Minuten geschieden raus und heiraten gleich wieder. In Amerika ging alles schneller, auch das Scheiden. Für sie war es unfaßbar, daß etwas so Großes wie die Ehe beiläufig geschieden werden konnte. Wie Händeabwischen, sagte Mutter. Die Illustriertengeschichten vom Scheidungsparadies Reno bestärkten sie in dem Glauben, Amerika sei ein unmoralisches, zügelloses Land.
Am Eingang der Stadt hing ein Transparent über der Straße: Frühstück im MGM-Hotel für 99 Cents. Die Halle des MGM hatte die Größe eines Fußballfeldes, sie war kein Frühstückssalon, sondern eine Spielhölle. In endlosen Reihen standen Spielautomaten unter tiefhängenden Decken. Gedämpftes Licht, viel Rot und Silber, strahlte von unsichtbaren Lampen. Um neun Uhr morgens waren nur wenige Automaten besetzt, immer noch besetzt oder schon wieder. Schwarze Frauen feudelten den Fußboden, wischten mit feuchten Lappen die Treppengeländer. Vor dem Frühstückspavillon wartete eine Menschenschlange auf Einlaß. So billig wie hier gibt es in den Vereinigten Staaten von

Amerika nirgendwo Frühstück. Jerrys Mutter könnte in der Schlange stehen oder dieser Sam, der bestimmt eine Rente bekommt, eine Veteranenrente für den Krieg, den er sogar gewonnen hat. Wenn er nicht spielt, kann er in Reno herrlich leben. Ist er aber ein Trinker, dann wird es überall zu teuer.

Für 99 Cents gab es, was ein Frühstück zu einem Fest macht. Er begann mit Hackfleischbällchen, ließ Ham and Eggs folgen, aß Kuchen, Joghurt und Obst, trank Milch, Kaffee und Tomatensaft. Mit ihm im Frühstückspavillon die Stars von Metro-Goldwyn-Mayer. Esther Williams blickte auf seinen Teller, Mae West und Doris Day hingen in seinem Rücken, Marlene und Frank Sinatra vor ihm. Der Frühstückspavillon des MGM-Hotels war bepflastert mit den alten und neuen Schönheiten Hollywoods. Über der Salatbar prangte Rock Hudson, noch jugendlicher Held, während die neuesten Zeitungen den von der unheimlichen Krankheit zerfurchten und sterbenden Rock Hudson zeigten. Aus dem Frühstückspavillon führte ein Weg in die unterirdische Ladenstraße, in der der gesättigte Besucher an Dollars ausgeben sollte, was er am Frühstückstisch gespart hatte. Giftshops, Plattenläden, Kinos, Requisiten aus dem Fundus der Filmindustrie. Unter der Erde – wie in den Spielhallen weißt du auch in der Ladenstraße nicht, ob es draußen regnet oder die Sonne scheint – kannst du schwimmen, Tennis spielen, im Kraftraum die Muskeln stärken oder dich mit dem Metro-Goldwyn-Mayer-Löwen fotografieren lassen. Bevor du ans Tageslicht kommst, mußt du wieder durch die Spielhalle, eine letzte Gelegenheit, dein Geld auszugeben. Hans Tabel überstand alle unterirdischen Versuchungen, zahlte nur 99 Cents und ging an die Sonne.

Alte Damen wünschen vormittags besucht zu werden, nachmittags pflegen sie zu ruhen. Er stellte sich Jerrys Mutter als alte Dame vor, als Matrone mit lila Haaren und feisten Armen. Sie hieß Maureen O'Keefe und war nicht da. Vielleicht hieß sie auch Maureen Desny, denn Geschiedene nehmen gerne ihren Mädchennamen an. Oder sie hat noch viele Male geheiratet und viele Namen besessen. Er kannte nur Maureen O'Hara, die zu ihrer Zeit die schönste war, eine jener Frauen, von denen er nach den ersten Kinobesuchen in Travenwalde zu träumen pflegte.

Die alte Dame befand sich im Krankenhaus. Das sagten ihm die Leute aus dem Nachbarhaus, die ihn für Jerry, den Sohn hielten, von dem sie gelegentlich erzählte. Sie zeigten ihm den Weg und beteuerten, es sei nichts Schlimmes mit der Mutter.

Also nun doch Krankenhaus, aber nicht zum Magenauspumpen, sondern um eine alte Frau zu besuchen. Wie schrieb die Zeitung in kluger Voraussicht: Mr. Table möchte sich über amerikanische Krankenhäuser informieren.

Er mußte warten. Fast eine halbe Stunde, bis sie sich geschminkt, gekämmt und ein buntes Kleid angezogen hatte. Als er das Besuchszimmer betrat, saß sie am Fenster, umgeben von Palmen und eingetopften Orangenbäumen, eine Frau mit lilagrauem Haar, wie er es geahnt hatte. Aber ohne feiste Arme. An der linken

Hand entdeckte er einen üppigen Ring. Das Gesicht war rund, schien etwas aufgeschwemmt und zeigte noch keine Falten des Alters. Auf der Oberlippe ein leichter Anflug von Bartwuchs. Ohrringe so groß wie Walnüsse, künstliche Zähne wie Elfenbein. Es überraschte ihn, daß sie nicht alt aussah, sie erschien ihm sogar jünger als seine Mutter, aber sie konnte nicht aufstehen. Im Sessel sitzend, empfing sie ihn, dachte, er sei ein Freund ihres Sohnes, der Grüße ausrichten sollte. Ach, Jerry hatte viele Freunde. Wenn sie durch Nevada reisten, kamen sie zu Maureen O'Keefe und brachten ihr einen Blumenstrauß. Hans Tabel kam ohne Blumenstrauß, nur mit dieser Zeitung aus Salt Lake City. Sie lachte ihn an, auch als sie in die Zeitung blickte, lachte sie noch, war entzückt von dem Bild, das ihn mit Jerry zeigte.
»Marvellous!« rief sie. Noch bevor sie den Text zu lesen begann, entdeckte sie das Soldatenfoto.
»Das ist er!« Sie tippte so heftig mit dem Finger aufs Papier, daß es einriß. Eine Zeugin hatte den Täter auf dem Fahndungsfoto wiedererkannt. Ihre Brillengläser funkelten, aus dem Gesicht wich jede Freundlichkeit, ach, sie war doch älter, nicht älter als Mutter, aber irgendwie älter.
Während sie las, blickte sie immer wieder zu dem Soldatenfoto und beteuerte, daß er es wirklich sei, ohne jeden Zweifel.
»Das ist doch lächerlich!« schrie sie und warf die Zeitung auf den Tisch. »Jeden Cent, den er in die Finger bekam, gab er für Gin aus. Und woher will die Zeitung wissen, daß er tot ist? Auch das eine Lüge! Einer wie der

stirbt noch lange nicht. Was an dem sterben kann, ist längst gestorben. Der sitzt in Downtown San Francisco und hält den Hut auf. Wenn er genug hat, geht er nach Chinatown, bestellt einen Topf Suppe und eine Flasche Gin.

Das reicht ihm, bis die Sonne aufgeht. Jerry hat ihn gesehen, aber nur aus der Ferne. Der Junge schämte sich, in die Nähe seines Vaters zu gehen. Manchmal singt er mit seiner rostigen Ginstimme, dann lachen die Passanten und geben ihm mehr.«

Sie wollte nicht mehr lesen, reichte ihm das Blatt, als sei es etwas Anstößiges, Ekelhaftes, das von Schmutz und Unrat triefe. Sie griff an ihre linke Brust, als verspüre sie dort einen Schmerz.

»Es muß ein Irrtum sein. Eher stahl er der Kirche den Opferstock, als daß er etwas spendete. Sam O'Keefe hat immer nur die Hand aufgehalten.«

Sie muß einmal schön ausgesehen haben, dachte er. Nicht wie Maureen O'Hara, aber doch schön. Vielleicht 1942, als sie ihren Sohn gebar. Nun aber saß sie verbittert im Lehnstuhl, ihr Herz schlug unregelmäßig. Vor fünf Jahren bekam sie einen Herzschrittmacher. Sie zeigte auf die Stelle, an der das Gerät saß. Daß es dazu kommen mußte, war seine Schuld. Ein Taugenichts war er von Anfang an. Später gab er dem Krieg die Schuld, aber Sam O'Keefe war schon vor dem Krieg ein Taugenichts gewesen, schon als sie mit dem Kind ging. Während des Krieges wurde er nur schlimmer.

Sie faßte wieder an die schmerzende Brust.

In Jerome, jener wüstesten Gegend Arizonas, habe sie ihn zuletzt gesehen. Sie versuchte, ihn zu einem ordent-

lichen Lebenswandel zu bewegen. Zwei Wochen wohnte sie mit ihm in einem Hotel, dessen Name ihr entfallen war. Bis er rausgeschmissen wurde. Er fing nachts an zu singen, schon damals fing er an zu singen, und auf den Straßen von San Francisco setzte er es fort. Nein, es ging nicht mit ihm, denn er war ein Taugenichts von Anfang an. Am 20. April 1947 schlief sie zum letzten Mal mit ihm. Es war ein Sonntag, am Montag warfen sie ihn wegen Randalierens aus dem Hotel. Daraufhin fuhr sie nach Reno und ließ sich scheiden.
Das freundliche Besuchszimmer mit Palmen und Orangenbäumen hatte sich längst verdunkelt, es war auch kühler geworden. Diese Frau glaubte, Sam O'Keefe habe ihr Leben zerstört, die Stiche in der Brust verschuldet und die unregelmäßigen Pulsschläge. Früher sei sie völlig gesund gewesen, aber als Sam O'Keefe den Gin erfand, fing es an mit ihrer Krankheit.
Sie fragte nicht, woher Hans Tabel komme und wohin er fahre. Von Deutschland wußte sie soviel, daß Sam es mit Bomben zertrümmert hatte. Wenn er betrunken war, brüstete er sich, Deutschland und den kleinen crazy Hitler besiegt zu haben.
Das mit den CARE-Paketen glaubte sie nicht, wollte auch keine Einzelheiten wissen, seine Briefe nicht sehen. Er war ein Taugenichts von Anfang an, das reichte ihr, daß ihr Sohn kein richtiger Mann wurde, sondern ein Square, lag auch an ihm. Jerry fehlte der Vater. Wenn Söhne nur eine Bindung zur Mutter entwickeln, werden sie so. Das wußte sie aus den Magazinen. Am 20. April 1947 hatte sie zum letzten Mal mit Sam geschlafen und danach nie wieder. Auch das sei seine

Schuld. Sie habe seitdem Ekel vor dieser Sache und könne sich keinem Mann mehr hingeben. Wieder zeigte sie auf die Stelle, an der der Herzschrittmacher saß.
Er fragte, ob Sam O'Keefe immer noch in San Francisco sei. Sie winkte heftig ab.
»Es hat keinen Sinn, ihn zu suchen. Er ist total verkommen, wenn er überhaupt noch lebt.«
Sie war nun auch im Zweifel, ob Jerry ihn in San Francisco gesehen hatte. Es könnte auch Sacramento gewesen sein. San Francisco habe viel Nebel und Feuchtigkeit. Das sei kein Klima für einen, der auf der Straße liegt. In Las Vegas auf dem Bürgersteig könnte sie sich ihn vorstellen. In Reno sei er nicht, er wäre längst gekommen und hätte sie um ein paar Quarter angebettelt. Los Angeles käme noch in Frage wegen der dort herrschenden Wärme, aber wahrscheinlich sei er tot. Sein Alter wußte sie nicht mehr. Er war wohl vier Jahre älter als sie oder fünf, am wahrscheinlichsten aber war er tot. Am 20. April 47 schlief sie zum letzten Mal mit ihm, seitdem war sie cool.
Sie stoppte ihren Redefluß und blickte den Besucher groß an. »Sind Sie von der Zeitung? ... Glauben Sie mir, die Story gibt nichts her... Auch wenn Sie ihn finden, er wird lügen, er kann nur lügen... Oder machen Sie eine Untersuchung? Ich las in den Magazinen, daß sie die psychischen Folgen der Kriege untersuchen wollen; sie befragen die Veteranen, um herauszufinden, ob sie noch leiden an dem Iwo-Jima-Trauma oder einem Omaha-Beach-Komplex. Mit den Überlebenden von World War I fingen sie an, aber es gab nicht genug für eine repräsentative Untersuchung. Von World War II

gibt es viele. Später werden sie die Koreakämpfer untersuchen und danach die aus Vietnam, von denen auch einige verrückt geworden sind... Aber bei ihm bringt das nichts, der wäre auch ohne den Krieg Gintrinker geworden. Der Krieg war ihm nur Vorwand. Wenn sie ihn bei der Arbeit feuerten, wenn die Frauen ihm wegliefen, immer lag es am Krieg. Außer Bombenwerfen hat er nichts getan in jenem Krieg. Ein Mädchen in Devonshire hat er geschwängert, das war seine größte Heldentat. In Paris holte er sich eine Krankheit, das war sein Leiden am Krieg. Mit einer Schwarzen hat er es getrieben, nach dem Krieg, als er wieder in den Staaten war und noch Uniform trug...«

Hans Tabel verabschiedete sich, als sie sich zu wiederholen begann, als sie wieder und wieder erzählte, wie es in jener Nacht im Hotel in Jerome zugegangen war. Und sie sei eine attraktive Frau gewesen, habe aber diesen Ekel vor Männern und nun seit fünf Jahren einen Herzschrittmacher... das sei ihr ganzes Leiden.

Nach dem Besuch las er noch einmal die Briefe, die Sam an Mutter geschrieben hatte. Kein Anzeichen des Verfalls, kein Wort fehlte aus Trunkenheit, es waren ganz normale Liebesbriefe.

»The biggest little city in the world« nahm ihn auf an einem Nachmittag. Wenn du nach Amerika fährst, mußt du Las Vegas erleben oder Reno. Auch wenn du nicht spielst, du mußt es erleben. Das hatten ihm die gesagt, die Amerika kannten. Nun schlenderte er die North Virginia Street abwärts und wunderte sich, wie-

viel Einsamkeit in so einem Menschengewühl möglich sein konnte.
Zwei Drinks frei! Drei Spiele für zwei Einsätze! Werde endlich reich! So schrie es von den Wänden. Geld fiel vom Himmel und rasselte aus Automaten, stürzte mit Wasserfällen abwärts. Irgendwo rasselte es immer in der schweigsamen Stadt, ein Signal für alle: Ja, man kann gewinnen!
In New York laufen zwanzigtausend, jeder eine Insel, in sich versunken, jeder läuft mit seinen Bildern und Träumen über die Brücken zur Manhattan-Skyline. Hier zwanzigtausend vor den Automaten, schweigend auf ihren Hockern, an die bunten Geräte gebunden wie mit einer Nabelschnur. Der Automat gibt ihnen Nähe und Wärme, er spricht mit ihnen, belohnt oder straft. Zwanzigtausend liefen an den Luxusauslagen der Fifth Avenue vorbei, im Central Park lagen sie in Folie gewickelt unter warmen Decken, über ihnen ein Wasserfall von Sterntalern. Er fühlte sich mit denen verwandt, die hier vor den Automaten hockten, glaubte sie auch auf einer Marathonstrecke unterwegs. Noch nie hatte er gespielt, nur Schwarzer Peter und Mensch-ärgere-dich-nicht mit Marianne. Lieber schoß er auf dem Hamburger Dom ein Dutzend Papierblumen, als daß er sein Geld diesen flackernden Geräten anvertraute, die einmal Eva gewinnen ließen, dann wieder Monika oder Schwarz oder Rot oder Berlin oder Amsterdam.
Reno ist ein Paradies der Alten oder ihre Hölle. Und so viele Frauen. Es sind die Verlassenen wie Maureen, die Frauen mit den unregelmäßigen Pulsschlägen, die niemand mehr haben will, die nicht mehr lieben können

und nicht geliebt werden. Denn Lieben ist ein Geschäft auf Gegenseitigkeit, wer nichts zu bieten hat, scheidet aus dem Rennen, gibt auf am Heartbreakhill vor der Queensboro-Brücke. Viel graues Haar oder lila. Sie leben in einer Sonnenstadt, aber ihre Gesichter haben keine Farbe, sind grau vom Rauch der Zigaretten. Neben dem Automat steht ein Becher mit erkalteten Kippen, ein halbleeres Glas, eine Schale mit Münzen. Wie alte Frauen im Park die Wasservögel mit Brotkrumen füttern, geben diese hier den Automaten ihre Münzen. Die rot-gelb-grünen Augen flackern, das Gerät spricht in Zahlen und Symbolen, es leuchten Löwen, Schlangen und Krokodile. Wenn du lange genug vor einer Maschine sitzt, läuft sie heiß, strömt Wärme aus wie ein lebendes Wesen, die Augen blicken freundlich und ohne Arg. Sie können nicht böse sein, sie trinken keinen Gin, sie spielen nur.

Vor dem Harrold's Club stand Heinz. Er wippte mit dem Fuß an der Bordsteinkante und rauchte eine Zigarette. Als Hans Tabel sich ihm näherte, verschwand er im Dunkel einer Spielhalle. Die Übergänge sind fließend, die Hallen öffnen sich zur Straße hin, saugen die Menschen an wie ein Polyp und geben sie nicht mehr her. Überall kannst du aus dem Tageslicht hinabtauchen in die Unterwelt mit ihren blinkenden Leuchtsymbolen.

Er besuchte den »Circus«, ein Gebäude, das alles besaß, was ein Mensch braucht, vor allem Brot und Spiele. Ganz oben schliefen sie, ganz unten spielten sie. Im dritten Stock servierten sie Essen, durchgehend geöffnet und spottbillig. Ein wirklicher Zirkus beherrschte den zweiten Stock. Seiltänzer, Trapezkünstler und dressierte Pudel unterhielten die Gäste. Eine Ansagerin im Bikini verkündete Sondermeldungen über außerordentliche Gewinne einen Stock tiefer. Eltern, die spielen wollen, geben ihre Kinder im Zirkus ab, denn die Spielhallen bleiben kinderfrei. Hauspolizisten achten darauf, daß die Gesetze des Staates Nevada, soweit sie den Aufenthalt von Kindern in Spielhallen betreffen, eingehalten werden. Wochen und Monate kannst du in solchen Gebäuden zubringen, ohne von Sonnenaufgängen und Sonnenuntergängen behelligt zu werden, auch Regen, große Hitze und sandiger Wind belästigen dich nicht. Dir wird nichts mangeln. Wenn dir nach einer Frau ist, was in dieser Welt des Spielens nicht gerade oft vorkommt, werden sie auch dafür sorgen, ohne daß du das Haus verlassen mußt. Nur deine Bank, die mußt du gelegentlich besuchen.

»No picture!« sagte der Hauspolizist und zeigte auf die umgehängte Kamera. Die Spieler wünschen nicht gesehen zu werden, wenn sie an ihren Automaten hängen, so wie Bordellbesucher nicht gesehen werden möchten.

Auf der Toilette traf er einen, der mit der rechten Hand das Wasser abschlug, in der linken einen Plastikbecher voller Quarter hielt.

»Man kann das verdammte Geld doch nicht am Automaten stehen lassen«, sagte er.

Hans Tabel wollte nur zuschauen. Jener Frau, die mit drei Männern an einem grünbezogenen Tisch Black Jack spielte. Schweigend schoben sie ihre Scheine über den Samt, blickten gelangweilt in die Karten, verlangten mit einem Kopfnicken weitere Karten, gaben durch ein Handzeichen zu verstehen, daß sie genug hatten. Die

Frau hielt die Bank. Es schnarrte, wenn sie die Karten durch die Finger laufen ließ.
»Kiebitzen ist unerwünscht«, sagte ein Hausdetektiv. Also ging er weiter zu einem Pokertisch, an dem sie sich schweigend gegenüber saßen. Das kannte er von John Wayne und Jerry Copper aber anders. Da wurde nach zwei Minuten der Tisch umgeworfen und der Colt gezogen. Diese hier schwiegen stundenlang, als wären sie in der Halle der klickenden und rasselnden Automaten selbst zu Automaten geworden.
Kaum Schwarze in den Spielhallen. Asiaten bedienten, warfen die Kugeln beim Roulett und saßen in den Geldwechselstuben. Ist die Spielleidenschaft eine Krankheit des weißen Mannes?
Ein Mädchen jonglierte mit einem Tablett durch die Automatenreihen. Hans Tabel bestellte Cuba Libre.
»Wo sitzen Sie denn?«
»Überhaupt nicht.«
»Aber Sie müssen irgendwo sitzen, sonst kann ich nicht servieren.«
Also nahm er vor einem Automaten Platz und wartete auf sein Getränk. Er kehrte der Maschine den Rücken zu, wußte aber, daß sie ihn mit ihren toten Augen anschaute. Ab und zu knackte es in dem Gerät. Der Automat will mit dir spielen, er möchte heißlaufen und fordert dich zum Wettkampf heraus.
Ja, wenn du Marathon laufen könntest, aber du läufst ja nur für Geld, drehst dich immer wieder um dieselbe Walze, frißt Silberstücke und spuckst sie wieder aus. Spät in der Nacht, wenn es niemand sieht, kommen deine Herren mit dem großen Sack, zapfen dich an und

kassieren den Gewinn, wie man den Bienen den Honig stiehlt.
Als das Mädchen mit dem Drink kam, fragte sie, ob er Kleingeld brauche, sie würde es ihm gern besorgen.
Er schüttelte den Kopf. Sie blickte ihn verständnislos an. Das war auch verboten, an einem Automaten zu sitzen, Cuba Libre zu trinken und nicht zu spielen.
Sie sah hübsch aus, trug eine rote Jacke, kurzes Röckchen und schwarze Netzstrümpfe. Aber es fiel nicht weiter auf in dem gedämpften Licht, war im Grunde auch unwichtig. Diese North Virginia Street kam ihm vor wie die Reeperbahn nachts um halb eins, aber ohne Sex. Wir haben nur Raum für eine Leidenschaft. So lange sie dich beherrscht, hält sie andere von dir fern. Wer spielt, braucht das andere nicht.
An einem Black-Jack-Tisch traf er den Mann wieder, den er für Heinz gehalten hatte. Ein braungebranntes Durchschnittsgesicht. Es gab so viele Männer, die wie Heinz aussahen.
Mutter spielte am liebsten Rommé. In ihren letzten Jahren traf sie sich wöchentlich mit drei älteren Frauen nachmittags zum Kartenspielen. Dazu tranken sie Kaffee und aßen Biskuitrolle. Punkt achtzehn Uhr hörten sie auf, damit jede rechtzeitig vor Beginn des Abendprogramms im Fernsehen in die eigene Wohnung kam.
Opa Kruse spielte auch gern. Mittags, wenn ihn die Langeweile überkam, saß er auf der Bank vor dem Bauernhaus, bis Hänschen aus der Schule kam. Dann spielten sie Mühle auf einem Brett, das Opa Kruse selbst gezimmert, und mit Steinen, die er selbst geschnitzt hatte.

O wat büst du för een fixen Kerl, sagte Opa Kruse, wenn Hänschen eine Mühle schloß.
Es gab keine Bettler in Reno. Es macht einen miserablen Eindruck, wenn vor einer Spielhalle zerlumpte Männer ihre schäbigen Hüte aufhalten. Münzen gehören in die Automaten, nicht in die Hüte. Sam hätte in Reno keine Chance. Was würde Hans Tabel tun, wenn er ihn träfe, den Mann, der ihm vor vierzig Jahren Schokolade geschickt hatte, nun aber Bettler war auf Amerikas Straßen? Er müßte ihm wohl ein paar Tafeln Schokolade kaufen ... oder eine Flasche Gin?
In Downtown sperrten sie die Straßen für ein Radrennen mit dem berühmten Eddy Merckx. Wenn Eddy Merckx durch Reno fahren darf, darf Hans Tabel durch Reno laufen, am liebsten frühmorgens, wenn die Straßen noch kühl sind. Die Hänge der Sierra Nevada lagen im Schein der Sonne. Die städtischen Arbeiter spritzten den Asphalt. Männer mit Schaufel und Besen kehrten den Unrat der Stadt zusammen, als er lief. Noch immer flimmerte die Leuchtreklame über der größten kleinen Stadt der Welt. Ein Güterzug überquerte, heftig bimmelnd, die North Virginia Street. Drei alte Männer saßen auf dem Bürgersteig und spielten Karten, jeder neben sich eine Dose Bier. Sam war nicht dabei. Die Morgenzeitungen brachten ein Bild von Eddy Merckx auf der Titelseite. Die Morgenzeitungen trugen auch ein Datum. Als er es im Vorbeilaufen sah, wußte er, daß heute vor einem Monat Mutter gestorben war, auch an einem Morgen, als er im Stadtparknebel lief.
Die von der Stadtreinigung klatschten.
»Du hast dein Fahrrad vergessen!« riefen sie ihm nach.

Während er lief, erwachte die Stadt. Das heißt, die Automaten begannen zu klicken und die Münzen zu rasseln. Sie erwachte, um unterzugehen in den frisch gescheuerten, staubfreien und gekühlten Spielhallen. Außerdem gab es da noch eine Morgensonne über der Sierra Nevada, aber die ging niemand etwas an.

Die Sierra Nevada brannte, einige Pässe waren gesperrt, das Autoradio empfahl den Umweg über Highway 89. In den fünfziger Jahren war der Name populär geworden, als Koslowskis Lichtspiele über die Dörfer kamen und es in Eggers Tanzsaal dunkel wurde. Für fünfzig Pfennige, der Mutter abgebettelt, saß Hänschen in der Nachmittagsvorstellung und sah die Sierra Nevada. In Streifen fiel das Sonnenlicht durch die Ritzen der Vorhänge – Friedensware übrigens –, während die kleinen Cowboys im Halbdunkel durch die Sierra Nevada ritten. Am Westhang Kiefern- und Tannenwälder, ostwärts vertrocknete Hänge mit abgestorbenem Holz. Rauch stieg aus einem Tal. Natürlich lag Schnee auf den Bergen, in der Sierra Nevada liegt immer Schnee.
Er hielt mit dem verstaubten Auto auf der Paßhöhe, wo vor mehr als hundert Jahren die westwärts fahrenden Siedler ins gelobte Land geblickt hatten. Kühl wehte es von den Schneefeldern. Auf dem Autodach schrieb er an Marianne die letzte Karte, wie er dachte, ein Bild aus Reno, die glitzernde North Virginia Street bei Nacht.
Ich habe nichts gewonnen und nichts verloren, aber viel gesehen. In einer Woche bin ich wieder da und habe eine Menge zu erzählen, vor allem von Mutter.

Wenn er Mutter eines vorzuwerfen hatte, dann dieses: Sie hat den Kindern zu wenig über Vater erzählt. Was war er für ein Mensch, dieser Mann in feldgrauer Uniform?

Es paßt mir nicht zu denken, daß du mal in meinem inwendigen Menschen herumfingerierst, wo ich doch der Vater über dich bin, sagte der Amerikafahrer.

Aber er hätte gern mehr über das inwendige Leben des Briefträgers Tabel gewußt, der so viele Briefe zustellen mußte, aber den einen, den wichtigsten, einem anderen überließ, einem kriegsbeschädigten Hilfsbriefträger, der Marianne einen Dittchen für Brausepulver schenkte, bevor er die schreckliche Botschaft ins Haus trug.

Vater gehört zu den Leuten, die lieber gut und viel essen, als daß sie hungern.

Nein, dick war er nicht, eher klein. Trotzdem traf ihn die Bombe. In jungen Jahren denken wir, nur ich zu sein; später erkennen wir, daß wir nur ein weitergegebenes Stück unserer Eltern sind, wir beginnen, uns für sie zu interessieren. Manchmal kam es ihm vor, als bestehe eine geheimnisvolle Verbindung zwischen diesem Sam, der mit seiner fliegenden Festung Deutschland heimsuchte, und dem Vater, der neben einer gewöhnlichen Pflasterstraße in den Ardennen im Graben lag. Und Mutter zwischen den beiden Männern, rechts die amerikanische Fliegeruniform, links das Feldgrau. Mutter im weißen Kleid mit blauen Kullern, damals noch jugendlich und schön. Wäre Vater ein Marathonläufer gewesen, er hätte in den nächsten Wald laufen können. Aber er war nur ein Briefträger, der zwei Sprachen be-

herrschte, Platt und Hochdeutsch. Je nach Bedarf gebrauchte er sie an den Haustüren. Später wird Vater russisch gelernt haben und ein bißchen Französisch. Diese Kriege fördern doch sehr das Studium fremder Sprachen, nur Englisch lernte er nie, weil Hitlers Armeen kein englisches Gebiet besetzten ... Welche Sprache gilt im Reich der Toten? Doch nicht das Schweigen. Es wird die Sprache des Gerichts sein. Es klagen jene an, die umsonst gestorben sind.
Welcome to California. Er saß auf der Wurzel eines dreitausend Jahre alten Baumes und ließ sich fotografieren. In Kalifornien haben sie alle Superlative für sich, die ältesten Bäume, zwischen denen du mit Lastwagen durchfahren kannst, und ein Paradies jenseits von Eden zwischen Sierra Nevada und Küstengebirge, das so flach ist wie die Meldorfer Bucht bei Ebbe. In Kalifornien läßt es sich gut laufen. Durch Obstplantagen laufen auf gelber Lehmerde, drei Meilen lang an Pfirsichbäumen vorbei, an Tomatenfeldern und Weinstöcken. Kleine Brücken führten über Bewässerungsgräben, aus Rohrleitungen spritzte pausenlos Wasser ins Paradies. Ein schäbiger Campingplatz mit harter Erde am Rand eines Apfelsinenhains. No pool, no pets, no view, no vacancy! Aber drei Dollar für eine Nacht. Im Supermarkt des Campingplatzes erhielt er eine Einkaufstüte mit der grellen Aufschrift: MADD – Mothers Against Drunk Driving.
So wie er durch Amerika lief, marschierten im August '85 ein paar tausend Frauen mit Transparenten und Spruchbändern durch Amerika. Ein Kreuzzug der Mütter für die Kinder, ein Kinderkreuzzug gegen Alkohol am Steuer. Aber was machen wir mit den betrunkenen

Müttern, die alkoholkranke Kinder zur Welt bringen? Mutter hat kaum getrunken. Am liebsten mochte sie Kosakenkaffee, weil sie glaubte, das Getränk enthalte mehr Kaffee als Alkohol. Bier war ihr widerwärtig, klarer Schnaps noch mehr. Wein gab es in Travenwalde zu feierlichen Anlässen, Sekt kam nur am Silvesterabend in Mutters Stube. Wie aber hielt es der Briefträger Tabel mit dem Trinken? Darüber schwieg die Erinnerung. In jener Gegend, in der die Winter lang und kalt sind und die Nächte es mit jeder Dunkelheit aufnehmen, tranken sie gegen jedes Ungemach, gegen die Trauer und die Kälte und die lang anhaltende Dunkelheit. Als Briefträger bekam er gelegentlich ein Schlubberchen, bei Stiehmwetter wurde er an den Ofen gebeten und mit Grog gestärkt. Sie erzählten sich grausige Geschichten von Briefträgern, die unter die Wölfe gefallen sind. Im Frühling, wenn der Schnee schmolz, fanden sie die Ledertasche mit den unwichtig gewordenen Briefen. Einige Briefträger gingen in Schneewehen unter. Am Memelfluß trieb ein Briefträger auf Eisschollen der Mündung zu, wo ihn das Meer aufnahm, wie alles, was in der Memel treibt.

Er trank kalifornischen Wein, saß im Auto und hörte einen Sender, der nur deutsche Lieder spielte, eine Deutschstunde in Kaliforniens Obstplantagen. Die süßen Schlager der fünfziger Jahre, als die Rosen noch rot waren und die Lippen und der Wein. In jener Zeit, stellte er abends eine Kiste unter das Saalfenster, um zuzuschauen, wie die Paare sich drehten, wie Männer und Frauen sich bei den Händen hielten und zum Blue Tango ihre Wangen berührten.

Marathonläufer sind keine großen Liebhaber, sie laufen lieber, als daß sie Händchen halten. Wenn sie heimkehren, sind sie erschöpft, duschen und legen sich schlafen. Sie haben zwar ein großes Herz, aber es schlägt nicht für Frauen, sondern für zweiundvierzig Kilometer lange Straßen.
In Kalifornien sang René Carol von weißen Segeln, und Hans Tabel dachte an Briefträger, die den Kindern Brausepulver schenkten und mit ihren Dienstädern in meterhohen Schneewehen versanken.

Endlich wieder Meer. Es lag so grau wie alle Meere hinter den Dünen von Half Moon Bay. Weiße Vögel standen über der Brandung, tauchten weg in den Nebel, nur ihr gieriges Geschrei zurücklassend. Er fuhr auf der Straße der Ölsardinen, hinter ihm lag East of Eden, vor sich wußte er so herrliche Namen wie Carmel, Salinas und Monterey. Er fuhr die Nummer 1 nach Norden. Zwischen Straße und Steilküste wuchs Kohl wie in Dithmarschen. Fünfzig Meter unter dem Gemüse schlug die Brandung an den Fels, es dampfte und wallte aus einem siedenden Kessel über den Rand.
Manchmal dachte er, daß ihm etwas Unerwartetes bevorstehe, eine unheimliche Begegnung, vielleicht ein Gespräch mit diesem Sam. Vier Wochen Einsamkeit in Arizona, Utah und Nevada drängten ihn in die wilde Stadt. Es gab auch einen San-Francisco-Marathon, ja, er wollte noch einmal laufen, bevor er nach Deutschland flog.
Als er ankam, war Sonntagmorgen und Nebel, kühl und

unsichtbar empfing ihn die Stadt. Er folgte den Schildern zur Golden Gate, plötzlich kamen Stahltürme und Kabel auf ihn zu, umarmten ihn. Auf mehreren Spuren rollte der Verkehr auf der Brücke stadteinwärts, während er schon wieder über die Golden Gate aus der Stadt fuhr, noch bevor er sie gesehen hatte. Jenseits der Brücke fand er auf einem Felsen einen Parkplatz mit schöner Aussicht. Aber noch hing eine Nebelwand der schönen Aussicht im Weg, nicht einmal das Wasser der Bay war sichtbar. Um halb neun Uhr morgens trank San Francisco seinen Nebel.

Er ließ das Auto auf dem Parkplatz und ging zu Fuß zur Golden Gate. Er hielt sich am Geländer fest, das naß und kalt war, und versuchte das Wasser unter sich zu sehen, hörte aber nur die Nebelhörner im Hafen. Autolichter tauchten auf und verschwammen wieder. Die Brücke zitterte und vibrierte. In den Kabeln summte es. Möwen saßen auf dem Geländer und bekleckerten das rote Eisen mit weißem Kot. Jogger kamen ihm entgegen, er hörte sie schnaufen, bevor er sie sah. Sie wuchsen vor ihm aus der Brühe, lautlos kamen sie und gingen, vereinzelt und paarweise, alte Männer und junge Mädchen. Jogging auf der Golden Gate ist nicht gerade das gesündeste, weil dir ein Gemisch von Autoabgasen und Nebel ständig durch die Lungen fegt... but it's just great. Die Golden Gate ist keine Brücke für Spaziergänger, die ihre Hunde ausführen, sondern die Brücke der Läufer.

Langsam setzte er sich in Bewegung, folgte einem, der mit Kopfhörern lief, folgte der leisen Musik bis zum Zollhäuschen am Brückenaufgang, kehrte um und lief,

immer schneller werdend, wieder hinauf, stadteinwärts und stadtauswärts lief er. Unter seinen Füßen dröhnte das Eisen, die Brücke lebte, sie atmete, gab auf jeden Fußtritt Antwort. Ach, wie viele Brücken war er schon gelaufen! Die fünf Brücken New Yorks, in Hamburg die Köhlbrandbrücke, die zu steil ist für Läufer, die Brücke über den Nordostseekanal bei Brunsbüttel, noch bevor die Autos sie befahren durften, die Fehmarnsundbrücke an einem Ostermontag, als böiger Wind herrschte und der Verkehrsfunk durchgab, daß Wohnwagengespanne die Brücke zu meiden hätten. Ob der San-Francisco-Marathon über die Golden Gate führte? War die Brücke jener Heartbreakhill, der der Ambulanz Arbeit verschaffte, wo die Massagezelte standen und der Mann mit dem Hammer?
Immer wieder begegneten ihm dieselben Gesichter. Nach der dritten Runde kannte er alle, grüßte im Vorbeilaufen. Nicht Schweiß, sondern Nebel tropfte aus seinem Haar. Unter ihm wurde das Wasser sichtbar. Als er zum sechsten Mal die Golden Gate lief, spürte er die Wärme in seinem Rücken. Die Sonne hing wie ein Kinderlampion über der noch unsichtbaren Stadt, und als er das Ende der Brücke erreichte, sah er den orangen Ball in den Kabeln der Golden Gate.
Er trocknete sich ab, wechselte das Hemd, stellte sich auf den Parkplatz mit der schönen Aussicht und wartete auf San Francisco. Wie ein Vogelschwarm hob sich plötzlich die Nebelwand, gab die Bay frei, ein weißes Fährschiff wurde sichtbar, die Kais, ein Kriegsschiff ankerte im Hafen, eine Felsenfestung ragte aus dem Wasser, dann die Hügel, die Skyline, Stockwerk um

Stockwerk löste sich der Nebel von den Wolkenkratzern, bis endlich im Gegenlicht das sonnenbeschienene San Francisco vor ihm lag, die Goldene Stadt an der Golden Gate. Nun sah er auch die Brücke in ihrer ganzen Größe, rostrotes Eisen über grauem Wasser. Die kleinen, bunten Punkte zwischen den Stahltrossen waren seine Freunde. Sie liefen noch immer, sie werden den ganzen Tag laufen bis in die Dunkelheit hinein. Wenn die einen erschöpft sind, laufen die anderen, es gibt keine Zeit, in der die Golden Gate nicht belaufen wird.

Kaum war der Nebel gewichen, quollen die Straßen am Hafen über. Aus den Bussen und den hereinkommenden Wagen der Cabel Car strömte es zu den Kais, der Embarcadero war längst verstopft. Kein Parkplatz inmitten der Buden, Andenkenläden und Ice-cream-Stände. An den Straßen standen Gaukler, Feuerschlukker und Automatenmenschen. Wie haben sich die Schausteller Jahrhunderte bemüht, auf Jahrmärkten Automaten vorzuführen, die lebenden Menschen ähnlich sahen. In Downtown San Francisco ging es umgekehrt, echte Menschen spielten einen Automaten. Ein Schwarzer stand steif auf einem Podest, rollte mit weißen Kulleraugen. Ein kleines Mädchen fragte seine Mutter, wo es das Geld in den Automaten stecken müsse, damit der schwarze Mann ihr die Hand reiche. Die Mutter zeigte auf einen Teller zu Füßen der Statue. Als das Kind das Geldstück in den Teller warf, verbeugte sich der Automat und rollte dankbar die weißen Kulleraugen. Hans Tabel fotografierte ihn, sah ihm zu, bis eine Fliege ihn aus der Fassung brachte. Die setzte sich auf die schwarze Nase, der Automat verlor die Beherrschung und jagte das Ungeziefer mit einer Handbewegung fort. Leichtfüßig sprang er vom Podest, machte Kniebeugen und Grätschen. Eine Minute später hüpfte er wieder hinauf und erstarrte zum Denkmal.

Die Fähren zu den Inseln waren ausgebucht, nach Alcatraz gab es Tickets für übermorgen. Statt dessen offerierte ein Fotograf am Fähranleger sein privates Alcatraz. Er knipste wilde Männer, Großmütter und kleine Kinder in Sträflingskleidung hinter Gittern. Für drei Dollar erstand Hans Tabel eine Postkarte, die ihn als letzten Insassen von Alcatraz auswies. Damit wird er die Reiseabteilung der Arkona erschrecken.

Einer lief mit roten Haaren, verkleidet als Germanengott Wotan, durch die Menge. Er trug ein Ochsenfell über der Schulter, auf dem Schädel Kuhhörner. Kein schwarzgefiederter Rabe begleitete ihn, sondern ein rotgrüner Papagei, der in mehreren Sprachen unflätig schrie. Mit Vorliebe krächzte er: »Give me a Quarter.« Vom deutschen Sprachschatz kannte er nur das harmlose: »Hallo, Fräulein!«

Hans Tabel fotografierte die Bettler und Gaukler, die das bunte San Francisco noch bunter machten. Sam fand er nicht unter ihnen. Die hier lärmten, sangen, tanzten und spielten, waren alle jünger. Einer trug einen Strick um den Hals, an dessen Ende, hoch über den Köpfen der Menge, ein Pulk Luftballons schwebte. Warum immer an Balken oder Bäumen aufhängen und nicht von Luftballons davongetragen werden, mit einem Strick um den Hals, über die Bay zu den Inseln.

Menschen, immer mehr Menschen. In Schüben kamen

sie aus dem Cabel-Car-Bahnhof und ergossen sich ins Hafenbecken. Am Eingang zur Cannery fand er einen älteren Bettler, der nur seine Mütze hinhielt. Für San Francisco reicht das nicht, mein Lieber. Da mußt du den Kopf unter dem Arm tragen, ein Bein verschwinden lassen oder deine Tätowierungen zur Schau stellen, wie jener, der auf der Brust eine aufgehende Sonne, auf dem Rücken eine untergehende Sonne zu bieten hat, dazwischen das Universum. Ein Drei-Zentner-Mann, nur mit Hose bekleidet, ließ sich den Anblick seines Gewichts bezahlen. Ein anderer sang laut gegen den Straßenlärm an, auch die Heilsarmee sang Ecke Battery Street/Embarcadero. In der Front Street spielte einer mit weißen Mäusen. Ein Tier saß auf seinem kahlen Schädel, machte Männchen, trippelte links den Hang hinunter und rechts hinauf, fand keinen Abstieg von diesem Gletscher. Das rosa schimmernde Schwänzchen schleifte über die rote Kopfhaut. Während die Maus auf dem kahlen Schädel tanzte, sprach der Mann die Passanten an, fragte nach Herkunft und Geburt, sagte diesem auf den Kopf zu, daß seine Wiege in Idaho gestanden habe, vermutete den Geburtsort eines anderen in Oklahoma. Während das geschah, wibbelte und wabbelte es in den Jackentaschen, hin und wieder blickte ein weißer Mauskopf aus dem löcherigen Futter.

Hans Tabel fotografierte den Feuerschlucker in dem Augenblick, als er eine meterlange Flamme aus dem Rachen stieß, den Veteranen des Vietnamkrieges, als er zur Rechten das Sternenbanner, zur Linken die Fahne des Vietkong aufpflanzte.

Unweit der Cannery stand, nein, lag das Wrack eines

VW-Busses. Am Autoblech klebten die Hoheitszeichen der kriegführenden Nationen des 2. Weltkriegs, die Fenster waren von innen mit Fahnen behängt. Vor dem Wrack hatte ein Mann seinen Stand aufgebaut, auch er in Kriegsbemalung. Graues Haar fiel ihm auf die Schultern, ein wilder Schnauzbart verbarg seinen Mund. Er saß auf einem abgestoßenen Klavierhocker inmitten zahlreicher Musikinstrumente. Als Hans Tabel kam, spielte er gerade Mundharmonika, zupfte gleichzeitig eine Gitarre und schlug über einen Bindfaden, den er ums Bein gebunden hatte, die Pauke. Zu seinen Füßen warteten eine Trompete, ein ramponierter Dudelsack ohne Luft und eine Geige mit nur einer Saite auf ihren Einsatz. Sein Hemd kam aus dem Kriegsmuseum. Auf den Armen prangten eintätowiert das Hakenkreuz, die japanische Sonne, Hammer und Sichel, der Union Jack und die amerikanischen Sterne. Eine Besonderheit waren die Stahlhelme, die am Wagen hingen, jeder martialisch durchschossen und an der Einschußstelle mit roter Farbe beschmiert. Am Koppel des Mannes Handgranatenattrappen, auf dem Koppelschloß »Gott mit uns«. Wenn er nicht spielte, sang er, meistens Kriegslieder. Gerade hängte er seine Wäsche an die Siegfriedlinie. Ab und zu erhob er sich, knöpfte das Hemd auf, breitete die Arme aus und zeigte die Narben, die ihm der Krieg geschlagen hatte. In einem Kochgeschirr der deutschen Wehrmacht sammelte er Münzen, gelegentlich schüttelte er die Klapperbüchse, so daß es sich anhörte wie bei Straßensammlungen fürs Rote Kreuz oder das Winterhilfswerk.

Als Hans Tabel den Krieger fotografieren wollte, hob

der abwehrend die Hände. Das koste einen halben Dollar. Nicht, weil seine Person soviel wert sei, aber die Requisiten, die er von »all over the world« zusammengetragen habe, kosteten diesen Preis. Hans Tabel warf ihm zwei Quarter ins Wehrmachtskochgeschirr. Darauf sang er Lili Marlen auf englisch und begleitete sich mit der Gitarre. An der Hecktür des Wagens hatte sich ein Autohändler Stoesser aus Hanau verewigt. Volkswagen sei das Beste, was die Deutschen gebaut haben, behauptete der Mann und schlug auf die Pauke. Fünfzehn Jahre fahre er schon mit dem verdammten Kasten durch Amerika, und der Wagen lebe immer noch. Hans Tabel fragte ihn nach Deutschland. O ja, er sei herumgekommen in jener Gegend. In Italy sei er gewesen, in Japan, in England, in France und wohl auch in Old Germany. Ob er einen Sam O'Keefe kenne?
Er hörte auf zu singen, ließ sich den Namen noch einmal sagen. Nein, von so einem habe er nichts gehört.
Hans Tabel schlenderte weiter zu dem Prediger am Bahnhof Cannery. Irgendwann wird dieses San Francisco vom Erdboden verschwinden, werden die Hochhäuser in die Bay stürzen, wird die krumme Lombard Street so gerade werden, daß sie sich in nichts mehr von anderen Straßen unterscheidet. Bettler und Gaukler werden in tiefe Erdspalten fallen, aber Brände wie vor achtzig Jahren wird es keine geben, denn sie bauen nicht mehr aus Holz. Der Prediger wußte auch, warum das so kommen würde. Weil die Stadt des heiligen Franziskus gottlos geworden sei und in ihren Mauern Sodomie, Homosexualität und Unzucht herrschten. Es wird ihr gehen wie Sodom und Gomorrha.

Du kannst diese Stadt nicht laufen, sie ist ein Gebirge mit Schluchten und Tälern, jede Straße ragt in den Himmel oder führt ins Wasser. Nur der Embarcadero verläuft ebenerdig von der Golden Gate zur Oakland Bay Bridge. Vor der Endstation der Cabel Car wartete in zahllosen Windungen eine Menschenschlange. Geduldig schleckten sie Eis, einige lagerten im Gras. Kein Gedränge, kein Geschiebe, Amerika besaß viel Zeit. Es erfand den Spruch »time is money«, danach kehrte Gelassenheit ein. Niemand hatte Angst, seinen Platz in der Schlange zu verlieren, niemand drängelte sich vor. Eine beschauliche Heiterkeit lag über der Szene, ganz anders als jenes verbissene Warten vor dem Laden von Krämer Jessen, von dem Mutter immer so erschöpft heimkehrte.

Dieses Schlangestehen macht mich ganz krank, sagte sie. Was geht da für Zeit verloren!

Ein Geiger baute sein Notenpult in die Haarnadelkurve der Schlange und spielte mit zittrigen Händen Klassisches. Zugleich erklärte er in wohlgesetzten Worten, was er spielen werde, wann das Stück entstanden sei und was der Komponist sich dabei gedacht habe. Neben seinen Turnschuhen, weit unter der hohen klassischen Kunst, stand ein Teller für die Münzen.

Da Hans Tabel nicht laufen konnte, fuhr er San Francisco mit der Cabel Car. Abfahrten wie mit der Achterbahn. Heftig bimmelte die Glocke. In den Kurven quietschte und kreischte das Metall. Dieses Überbleibsel aus der Zeit, als die Erde bebte und die Stadt an der Bay niederbrannte, hatte überall Vorfahrt. In den Archiven der Arkona-Versicherung lagen noch Doku-

mente über den großen Brand. Die ganze Welt, sofern sie mit Versicherung zu tun hatte, zahlte damals für San Francisco. Was hatte die deutsche Arkona mit dem Erdbeben von San Francisco zu tun? Das ist die weltumspannende Gemeinsamkeit der Versicherungen. Sie teilen die großen Risiken so lange, bis jedem ein winziges Krümelchen verbleibt. Und wenn San Francisco, was zu erwarten ist, beim nächsten großen Beben des Sankt-Andreas-Grabens in die Bay stürzen wird, werden wieder alle Versicherungen der Welt ihren Anteil nach Amerika überweisen. Nur der kleine Betrug eines Mannes namens Heinz fällt nicht in die weltumspannende Gemeinsamkeit, den trägt die Arkona allein, weil Sonnenallergie und Magenverstimmung zu bedeutungslos sind, um in London, New York oder München rückversichert zu werden. Deshalb ist Heinemann auch so betrübt. Die ganze Wucht des kleinen Betruges trifft die Reiseabteilung der Arkona, die in diesem traurigen Jahr rote Zahlen schreiben wird.
Am Nachmittag brachte ihn die Cable Car zurück in den Hafen, wo der singende Krieger sein Gefährt mit Fahnen zugehängt hatte. Offenbar hielt er Mittagsruhe. Hans Tabel umkreiste den VW-Bus, besichtigte die Instrumente, warf einen Blick durch die halb geöffnete Heckklappe, sah einen rostenden Gaskocher hinter dem Fahrersitz, eine zweimal diagonal gespannte Leine, auf der Handtücher und Socken trockneten. Unter den Handtüchern kam der Krieger zum Vorschein. Er kaute Schwarzes, spuckte in den Rinnstein, ließ die dunkle Soße in den Bart tropfen.
»Was schleichst du hier rum? Du warst doch schon

einmal da! Ich kenne keinen Sam, mein Name ist Joe. Aber wenn du Uncle Sam meinst, auf den bin ich nicht gut zu sprechen. Ich muß im Hafen tingeln, weil Uncle Sam so wenig zahlt.«
Er sprang aus dem Wagen, zog ein Fläschchen aus der Gesäßtasche, drehte den Verschluß ab und nahm einen Schluck. Da war er, der trockene Gin, von dem Jerry gesprochen hatte. Ausgerechnet Gin. Er streckte den Arm aus und zeigte zur Golden Gate.
»Siehst du den Regenbogen? An seinem dunklen Ende bin ich zu Hause. Wenn du von dem Stoff trinkst, siehst du ihn auch.« Milchig hing die Sonne über der Stadt, weißer Dunst verschleierte die Brückenpfeiler. Jenseits Golden Gate gab es nicht einmal Wolken, geschweige denn Regenbögen.
Er pustete in die Trompete.
»Das ist die Art von Musik, die die Kühe in meines Vaters Stall machten. Meinem Vater gehörten zehn Kühe, elf Kinder und ein Stück Land in Wyoming zu der Zeit, als die Rothäute noch den Skalp nahmen.«
So begann Joe seine Nachmittagsvorstellung, und Hans Tabel lehnte an einem Laternenmast und sah ihm zu. In beiden Nasenlöchern wucherte Urwald. An den nackten Füßen trug er Mokassins, die so aussahen, als hätten sie die Schlacht am Little Bighorn mitgeschlagen.
Bestimmt hat er Läuse, dachte Hans Tabel.
Joe setzte den Stahlhelm auf, den mit dem blutigen Durchschuß. »In meinen jungen Jahren flog ich eine Festung«, sang er. »Wenn wir heimkehrten, hatte die Kiste mehr Löcher als ein Schweizer Käse. Solches geschah in den old days in old England.«

Ein Passant stellte ihn zur Rede. Mit heiligen Gegenständen wie durchschossenen Stahlhelmen, Fahnen und Orden dürfe er kein Tingeltangel treiben, daran klebe Blut.
»Aber kein amerikanisches Blut!« schrie Joe, riß das Hemd auf und zeigte die vernarbte Brust.
»Nach Alcatraz sollten sie dich bringen!« antwortete der andere. Die beiden inszenierten einen Menschenauflauf. Nach jedem Satz schlug Joe auf die Trommel. Während der andere schimpfte, trank er Gin, bot seinem Widersacher einen Schluck aus der Flasche an. Der spuckte verächtlich aus.
»Das ist auch gegen die Ehre! Ein Veteran des Krieges putzt sich heraus wie ein Indianer und trinkt auf offener Straße aus der weißen Flasche!«
Nach einer letzten Drohung, die Polizei zu holen, verschwand der andere in der Menge. Joe aber zog alle Register, spielte drei Instrumente gleichzeitig, und wenn das Geld im Kochgeschirr klimperte, schlug er zum Dank mit dem Trommelstock gegen den blutbeschmierten Stahlhelm.

Noch war es heller Tag, aber schon flackerten in Chinatown die Lichter. Von den Dächern spien Drachen Feuer, Löwen lagen rot und träge auf Steinquadern. MacDonald's auf chinesisch. Überall vollgestopfte Läden, in jedem zweiten verkauften sie T-Shirts, drei Stück für zehn Dollar mit den Bildern, die San Francisco berühmt gemacht hatten: Cable Car, Alcatraz und Golden Gate. Im »Golden Dragon« aß er chinesisch

und trank Bier »made in the People's Republic of China«.
»Do you like black girls or Chinese girls?« fragte einer an der Ecke California Street.
Als die Dunkelheit vom Meer über die Stadt zog, begann Chinatown zu leuchten und Funken zu sprühen. Reklame huschte um die Hauswände, über viel zu engen Straßen hingen, vorherrschend in Rot und Goldgelb, Transparente und Fähnchen. Menschen schoben sich an Menschen vorbei. Ein Handzettel empfahl die chinesische Küche im »Silver Moon«. Sie kauften und verkauften auf den Straßen, in den Läden, sogar in den Autos ... bis spät in die Nacht.
Während er sich in den bunten Straßen treiben ließ, beschlich ihn der Gedanke, eines Tages werde wie 1906, als die Arkona zahlte, ein Erdbeben diesem Glitzerkram ein Ende bereiten. Die Golden Gate wird einstürzen, in der größten chinesischen Stadt außerhalb Chinas werden die feuerspeienden Drachen von den Wänden fallen und die Regenbogen erlöschen. An solche Katastrophen mußte er oft denken, wenn ihm Menschenmassen begegneten. In Fußballstadien sah er die Tribünen einstürzen, bei Massenkundgebungen zogen schwarze Wolken auf und deckten Tausende zu. Auch während des Marathonlaufs überkamen ihn diese Ängste. Als er die zwanzigtausend vor der Verrazanobrücke in New York sah. Oder Berlin, als vom Start weg zehntausend Läufer in die Stadt stürmten und er am Ende der Strecke einen Riß in der Erde zu entdecken glaubte, in den die Läufer stürzten wie die Lemminge von den Klippen. Aber es war nur die Mauer, gegen die sie liefen.

Plötzlich fand er sich am Wasser wieder, denn in San Francisco führen alle Straßen zum Wasser. Still war es geworden und dunkel. Die Automaten waren wieder Menschen, Wotan hatte sich in seinen Germanenhimmel verzogen und die weißen Mäuse in ihren Käfig. Vom Wasser her wehte kühler Wind, von Scheinwerfern angestrahlt, leuchtete Alcatraz. Die Golden Gate, das mußte jenes Band von Glühwürmchen sein, das sich aus der Stadt herausbewegte.
Der rostende VW-Bus war längst nicht mehr fahrbereit. Ein Reifen platt, der Außenspiegel blind, das Auspuffrohr vom Rost zerfressen. Hinter dem Fahnentuch, das als Gardine vor dem Fenster hing, brannte eine Kerze oder eine Petroleumlampe. Hans Tabel hörte ihn husten. Der Wagen schwankte. Nun wälzte er sich auf die andere Seite.
Hinter Hans Tabel blieb einer stehen und fragte, ob er einen Quarter habe. Der Fremde sah so aus, daß er ihm zwei gab, aus Angst, er könnte sich alles nehmen.
Das Wasser der Bay klatschte gegen die Steinmauer.
»Do you like boys?« fragte eine Stimme.
Er wünschte, der alte Mann in dem rostenden Wagen wäre Sam. Er würde anklopfen und sich zu ihm setzen und über die alte Zeit sprechen und nicht mehr allein sein. Gab es keinen Zugang mehr zu der Welt, deren Tür mit Mutters Tod ins Schloß gefallen war? Alle Fäden gerissen. Mit Zehntausenden war er gestartet, aber niemand lief mehr vor ihm. Die Schnellen, die Asketen, die nur den Sieg wollen, waren längst am Ziel, weit hinter sich hörte er die Nachzügler im Nebel.

Schlecht geschlafen. Nachts hörte er das Jaulen der Polizeiwagen und meinte, Erdstöße zu verspüren. Jemand fragte ihn nach Girls, schwarzen oder braunen. Früh fuhr er in den Hafen, um in dem mexikanischen Restaurant zu frühstücken, das dem rostenden VW-Bus gegenüberlag. Wieder waberten Nebelschwaden über der Bay, Golden Gate war unsichtbar, das Felsengefängnis unsichtbar. Morgen fliegt Hans Tabel nach Deutschland, dann hat die Geschichte ein Ende, dann sind sie endgültig tot, die ihn auf dieser Reise begleitet haben.
Er saß so, daß er das Schrottauto im Blick hatte, bestellte schon die dritte Tasse Kaffee, aber Joe wollte nicht kommen. Gegen zehn Uhr wurde die Wagentür von innen aufgestoßen. Zerzaustes Haar erschien, das Armyhemd von gestern. Wackelig stakste der Alte um das Auto, zerrte einen Militärmantel unter der Sitzbank hervor und warf ihn über die Schulter. Nun sah er aus wie einer jener PoWs, die vor dreißig Jahren als letzte heimkehrten, die Landstreicher auf Deutschlands Straßen im Herbst '55. Damals beteuerte Mutter oft, sie hätte gern die zehn Jahre bis 1955 gewartet, wäre Vater nur am Leben geblieben. Zehn Jahre sind doch nichts in einem langen Leben. Das sagte sie mehrere Male am Tag und mehrere Tage in der Woche. Sie sagte es immer, wenn das Radio von einem neuen Heimkehrertransport berichtete. Die Peters, die auch wartete, saß Tag und Nacht vor dem Lautsprecher, um die Namen zu hören. Stundenlang sendete der Nordwestdeutsche Rundfunk Namen, weiter nichts als Namen, und Millionen lauschten diesen Namen. Es waren einige Peters dabei, aber nicht der ihre, der blieb

vermißt bis in alle Ewigkeit. Er erinnerte sich, wie ein leibhaftiger Kriegsgefangener vom Ural nach Travenwalde kam, Kruses Sohn Erwin. Der kam nicht als Landstreicher, im Volkswagen mit Schiebedach holten ihn seine Eltern und der Travenwalder Bürgermeister vom Lübecker Bahnhof ab. An der Tür des Elternhauses empfingen ihn Girlanden. Schleswig-Holsteins Fahne hing aus dem Stubenfenster. Die Kirchenglocken läuteten, als der graue Volkswagen ins Dorf fuhr, aber sie riefen nicht: De Pastor brukt Geld! De Pastor brukt Geld!, sondern: De Jung kümmt na Huus! De Jung kümmt na Huus! ... Sü moal, dat is so, mien lütt Hannes. De lewe Gott is överall, ok im Ural.

Bloß in den Ardennen war er nicht.

In der Schule gab Lehrer Thomsen Sonderunterricht über Sibirien, den Ural, die Wolga, den größten Strom Europas, mit allen seinen Nebenflüssen und über die Frage, warum ein so großes, mächtiges Land wie die Sowjetunion es für nötig hielt, die deutschen Gefangenen über zehn Jahre zu behalten. Das Radio spielte, wenn es nicht gerade Namen verlas, den Chor der Gefangenen oder den Zarewitsch, der am Wolgastrand Wache hielt fürs Vaterland, und Mutter, obwohl sie nicht betroffen war, weinte mehrere Male in der Woche.

Im zerschlissenen Militärmantel, gelegentlich schwankend, erreichte Joe das Wasser, urinierte in die seichte Brandung der Bay, starrte in den Nebel, als suche er nach dem verlorengegangenen Regenbogen. Möwen umkreischten ihn. Er stand länger, als es für die Notdurft nötig war. Schon sah es aus, als wolle er sich an der Bay waschen, da kehrte er um und schlurfte bedächtig zurück. Eine Plastiktüte mit Abfall zerrte er aus dem Auto, marschierte auf die Straße zu. Ohne nach rechts und links zu blicken, ging er wie unverletzbar, ging wie Jesus über das Meer. Alle Autos mußten halten. Auf der anderen Seite warf er die Tüte in einen Müllcontainer, trollte sich am mexikanischen Restaurant vorbei, in dem Hans Tabel saß, blickte hinauf zu ihm, blickte mit leeren, toten Augen. Hans Tabel zahlte schnell und ging. Nach einer Viertelstunde entdeckte er ihn in einer Nebenstraße, sein Haar war naß, rechts am Hals sah er eine Blutspur, Joe hatte sich rasiert und gewaschen. Er schlurfte vorbei, ohne aufzublicken. Ein kleiner Laden, in dem es alles zu kaufen gab, nahm ihn auf. Aber Joe wollte nicht alles, er wollte nur Gin. Schwer trug er an der Flasche. Hinter einer Telefonzelle blieb er stehen und trank. Das gab ihm Mut, eine Hamburgerbude zu betreten, Kaffee zu bestellen und ein Sandwich. Die Flasche harrte aus zwischen seinen Beinen. Er roch stark nach desinfizierender Seife oder einer Art Mottenpulver, das in Militärmänteln steckte, die besudelt waren von vielen Schlachten. Nachdem er das Sandwich verschlungen hatte, drehte er den Schraubverschluß von der Flasche. Als er sie am Mund hatte, sah er Hans Tabel, setzte die Flasche ab und reichte sie weiter.

»Ich brauche das Zeug nicht.«

»Du kommst auch noch darauf«, antwortete Joe. »Jeder braucht etwas, an dem er hängt; wenn es nicht die Flasche ist, sind es andere Dinge.«

»Kennst du Jerome?« fragte Hans Tabel.

»O ja, die alte Geisterstadt in Arizona! In jungen Jahren hab' ich sie besucht, als Jerome noch lebte und wild war.«

Er verwahrte die Flasche in der Tüte, ging, wie er gekommen war, nämlich wie Jesus über das Meer. Mitten auf der Straße blieb er stehen und drehte sich um. »Komm mit, ich werde dir von Jerome erzählen, als sie noch jung und hübsch war.«
Joe wischte mit einer Handbewegung Kleidungsstücke vom Beifahrersitz und bat ihn, Platz zu nehmen. Schwüle Hitze herrschte unter dem Blechdach, es roch nach Gin und feuchter Kleidung. Im hinteren Teil des Wagens lag eine graue Matratze. Ein Eimer stand in der Ecke, halb gefüllt mit Wasser. Auf dem Boden leere Tüten und Zeitungen. An der Rückwand, im Halbdunkeln kaum bekleidet, Marylin Monroe, daneben ein Foto des Generals Mac Arthur kurz vor dem Überschreiten des Jalu. Die Zeiger des Armaturenbretts standen auf Null, der Tachometer zeigte 137812 Meilen.
»Sechsmal um die Erde«, stellte Joe fest.
Er reichte dem Gast die Flasche. Hans Tabel goß sich, als sei das die selbstverständlichste Sache der Welt, den Schraubverschluß voll, trank das ungemein scharfe Zeug, während er Joe nach dem Little Daisy fragte, dessen Bar seiner Erinnerung nach so lang wie ein Eisenbahnzug gewesen sei.
»Ein Freund von mir hat im Little Daisy gelebt, aber er ist tot... Nein, er hieß nicht Sam.«
Sie tranken auf die Geisterstadt und den Freund und die eisenbahnlange Bar des Little-Daisy-Hotels.
Wie er zu dem Volkswagen gekommen sei, wollte Hans Tabel wissen.
»Ein Freund von mir war mit der Army in Deutschland,

der hat den Wagen mitgebracht, aber er trank noch mehr als ich. Als sie ihn nicht mehr fahren ließen, schenkte er mir das Auto. Die deutsche Car fährt wie der Teufel.«

Er suchte den Zündschlüssel, weil er zeigen wollte, daß die deutsche Car wie der Teufel fährt. Er wühlte unter der Matratze, in den Zeitungen und Tüten, kroch unter die Wagensitze, fand aber den Schlüssel nicht.

Lieber Gott, wenn in all dem Unrat Mutters Luftpostbriefe auftauchten, geschrieben und sorgfältig übersetzt von Lehrer Thomsen! Ihm stieg es heiß zu Kopf. Mutters Liebesbriefe in diesem Schmutz!

Nein, Joe fand die Zündschlüssel nicht.

»Komm morgen wieder, und ich fahre mit dir wie der Teufel!« Graublaue Umschläge waren es. Briefmarken mit dem Kölner Dom und dem Brandenburger Tor auf grünem oder rotem Grund. Mutters Handschrift, ja, die Umschläge hatte sie selbst beschrieben, mit schönen Druckbuchstaben. Abends, wenn sie zur Ruhe gekommen war, saß sie allein am Tisch, manchmal bei Kerzenlicht, und malte Buchstaben. Schließlich steckte sie Thomsens Übersetzung in das Kuvert, fuhr mit der Zunge über den Kleberand, entnahm ihrer Handtasche eine Briefmarke – wieder mußte die Zunge helfen –, und fertig war der Brief zur Abreise nach Amerika.

Und das alles sollte unter diesen Lumpen liegen. Vielleicht sogar die Fotos. Mutter, jung und schön, Marianne und Hänschen vor der Tapetenkulisse des immergrünen deutschen Waldes.

Es lag wohl an dem verdammten Gin, daß ihm der Kopf so heiß wurde. Der Zündschlüssel war nicht da, und die

Briefe fehlten und die Bilder auch, nur dieser schwüle Gestank von Gin und Abwasch hing in dem Raum. Es wurde Zeit, nach Hause zu fahren.

Noch einmal laufen, die einzige ebene Strecke San Franciscos, das Stück zwischen Golden Gate und Oakland Bay Bridge. Er lief, um den verdammten Gin aus dem Schädel zu pusten, um wieder klar denken zu können. Er sah Mutters Bild in den schmutzigen Händen, auch Dörings Kinderfoto in dem Unrat. Das sind meine Kinder, behauptete Joe. Als die Zeiten lausig waren, habe ich ihnen Schokolade geschickt. Das mochten sie gern, einen Vater haben, der Schokolade schickt. Das ist meine Frau. Sie sollte nach Amerika kommen, aber sie wollte nicht. Darum wurde ich ein Rumtreiber.
Er lief nun dem dunklen Ende des Regenbogens zu. Mit ihm liefen die anderen, die Feuerschlucker und Automatenmenschen, die Wartenden in den Schlangen am Cable-Car-Bahnhof. Sie liefen mit ihm das Spektrum des Regenbogens ab, begannen hell und sonnig und endeten am dunklen, ultravioletten Ende, wo der Mann mit dem Hammer stand und die Läufer in die Schlucht stürzten. Dort am Ende traf er alle wieder, die Gestrandeten und Geopferten, den wilden Krieger, den Briefträger und seine Mutter.
Er erzählte von seiner ersten Frau, die immer noch lebte. Hol sie der Teufel! Aber Joe wird sie überleben, er wird alles daran setzen, sie zu überleben. Sie hat es mit dem Herzen, und er hat es mit dem Gin. Aber er wird sie überleben, das war gewiß.

In fünf Stunden startete der Flieger, Hans Tabel lief immer noch. Er lief an der San Francisco Bay, die ein Zipfel des großen Ozeans ist. Die Bay gab sich still wie der Name des Meeres. Nur wenn ein Fährschiff das Wasser pflügte, kamen Wellen wie die Buckel von Walfischen dem Strand zugelaufen.
Durchgeschwitzt betrat er das mexikanische Restaurant und verschwand in den Waschräumen, um sich frisch zu machen. Kaltes Wasser ließ er über Arme und Hände laufen, kühlte sein Gesicht und dachte, im Flugzeug lange zu schlafen und keinen Gin mehr zu trinken. Als er den Waschraum verließ, sah er Joe am Fenster. Manierlich gekleidet, ohne den schäbigen Militärmantel saß er da. Der Mexikaner brachte ihm einen Teller Suppe.
»Du läufst so unsinnig schnell durch die Gegend, als wären die Skalpjäger hinter dir her«, sagte Joe und zeigte auf den leeren Stuhl an seinem Tisch.
Hans Tabel setzte sich zu ihm und legte das Soldatenfoto neben den Suppenteller.
»Kennst du den?«
Joe schaute flüchtig auf.
»Das muß einer meiner Freunde sein aus den old days in old England. Seinen Namen habe ich vergessen, aber ich denke, er war der Kerl, der das Empire State Building rammte. Die Maschine fiel fünfzig Stockwerke tief in die Straßenschlucht, es gab einen Lastwagen voll mit Toten, aber das Empire State Building blieb stehen.«
Er löffelte seine Suppe, stützte den Kopf mit der Hand und schien nachzudenken.
»Zugetragen hat sich das im Sommer '45, als der Krieg in

Europa zu Ende ging und über New York dichter Nebel lag. Nur das Empire State Building, damals das höchste Bauwerk der Welt, ragte aus dem Nebel. Er traf den Wolkenkratzer genau an der Stelle, an der er aus dem Nebel kam.«

Die Meldung »Militärmaschine kollidierte mit Wolkenkratzer« erreichte Travenwalde nicht. Im Sommer '45 gab es in Deutschland keine Zeitungen, auch keine Wolkenkratzer mehr, die den Flugzeugen im Wege standen.

»Kaum verließ er das Krankenhaus, feuerten sie ihn. Angeblich, weil der Krieg zu Ende war und sie Bomberpiloten nicht mehr brauchten, aber ich denke, es geschah, weil er das Empire State gerammt hatte. Als ein paar Jahre später wieder Krieg ausbrach, meldete er sich sofort, aber sie nahmen ihn nicht. Deshalb wurde er ein Vagabund.«

Joe kratzte den Teller aus und erhob sich, um wieder an die Arbeit zu gehen, wie er es nannte. An der Tür drehte er sich um.

»Ich bin ziemlich sicher, daß der Kerl, der das Empire State rammte, schon einige Jahre tot ist.«

Danach ging er in seiner gewohnten Art über die Straße, verschwand in dem Rostauto, das ihm Wohnung und Heimat war. Hans Tabel stand am Fenster und sah ihm nach.

»Von der Art haben wir ein paar Dutzend downtown«, meinte der Mexikaner. »Sie nennen ihn Army-Joe, wie er richtig heißt, weiß keiner. Drei Jahre wohnt er schon in dem alten Auto, im Sommer schmort er unter dem heißen Blech, im Winter, wenn es feucht und kalt wird, frieren ihm die Ohren ab.«

»Wovon lebt er?« fragte Hans Tabel.

»Von den Instrumenten und dem alten Plunder, den er ausstellt. Im Sommer geben ihm die Leute genug für eine Flasche Gin und eine warme Mahlzeit. Im Winter kommt es vor, daß ihm das Geld ausgeht und ich ihm Kredit geben muß für die Suppe.«

In vier Stunden startet die Maschine nach Frankfurt. Noch Zeit genug, dem Mexikaner hundert Dollar in die Hand zu drücken. Für eine warme Suppe an kalten Wintertagen, wenn die Touristen ausbleiben und die Trompeten einfrieren und die klammen Finger an den Instrumenten versagen.

Der Mexikaner sah ihn sprachlos an.

»Es ist eine alte Schuld«, erklärte Hans Tabel.

Keine Schokolade von Arizonas Bäumen, kein duftendes Kakaopulver, kein Maxwell-Kaffee oder Corned Beef in Dosen, auch keine Peanutbutter, nur ein Teller scharf gewürzter mexikanischer Fleischsuppe. CARE kam zurück nach Amerika.

»Er ist wohl dein Vater«, sagte der Mexikaner.

»Ja, so ungefähr«, antwortete Hans Tabel. »Er könnte mein Vater sein.«

Am Flughafen gab er sein Auto ab. Als er mit dem Gepäck in der Abfertigungshalle stand, fröstelte ihn.

Wie gut es tat, sich aus dem schwülen Dunst zu erheben! Über den Wolken leben nur gute Menschen, der Schrott liegt in den schmutzigen Straßen, wo auch die Toten liegen, seine Toten.

Noch einmal die Wüste Nevada aus zehntausend Metern Höhe. Kaum war die Sonne untergegangen, ging

sie schon wieder auf. Es war Mitternacht San-Francisco-Zeit, und die Maschine flog über Grönland. Auf dem alten Eis lag die junge Sonne, schmolz eine Delle in den ewigen Gletscher. Dann löste sich der Feuerball wie ein Rad, wurde emporgeschleudert und drehte und drehte und lief und lief wie die Marathonläufer. Laufen, immer nur laufen, zu neuen Sehnsüchten und neuen Aussichten. Paris zum Beispiel.
Vater war in Paris. Hier stand es:
Gott sei Dank, diese herrliche Stadt ist unzerstört. Wenn kein Krieg mehr ist, fahren wir beide nach Paris, Gerda.
Sommer 1942 am Nordabschnitt.
Die Mücken machen uns mehr zu schaffen als der Feind. Wenn nachts unser Essen in die Stellung kommt, stürzen sich ganze Schwärme auf die Kochgeschirre. Es hilft nichts, wir müssen sie mitessen, um überhaupt etwas zu bekommen. Die Mücken fressen die Suppe, und wir fressen die Mücken, ein kleiner Umweg nur.
Was macht unser Junge? Stillst Du ihn noch? Gib ihm alle Milch, die Du hast, damit er groß und stark wird.
Ein Marathonläufer ist er geworden, mehr nicht.
Februar 1943 im Mittelabschnitt.
Keine Angst wegen Stalingrad. Es wird alles gut ausgehen. Wir sind ja auch noch da. Der Schnee liegt zwei Meter hoch.
Februar 1944.
Frankreich ist ein Paradies und schon so mild. Im Winter blühen hier noch Rosen. Wenn der Krieg zu Ende ist, fahren wir mit den Kindern in die Bretagne.
Wie will ein kleiner Briefträger das bezahlen? Ach ja, wir gewinnen den Krieg, dann bezahlen die anderen.

Marianne soll ihrem Vater ein hübsches Bild malen, vielleicht ein Schloß. In Frankreich gibt es viele Schlösser... Kann Hänschen schon laufen?

Für Philatelisten müssen diese Briefe einen unerhörten Wert haben. Siebzehn Feldpostbriefe aus dem Zweiten Weltkrieg, dreizehn Luftpostbriefe aus Arizona, mit bunten Marken beklebt und fast ein halbes Jahrhundert alt. Unbezahlbar aber ist die Geschichte, die in den Briefen steht, eine ganz gewöhnliche Geschichte, wie sie das 20. Jahrhundert schrieb.

Wie grün dieses Deutschland doch ist. Wer aus dem amerikanischen Westen kommt, aus der Glut Arizonas, den schwindelt vor der grünen Fruchtbarkeit beim Landeanflug auf Frankfurt. Aber auch alt, dieses Deutschland. Nicht nur Kathedralen und Schlösser, auch die Menschen so alt. Keine schwangeren Frauen auf der Straße, keine Kinderwagen unterwegs, keine stillenden Mütter auf Parkbänken, keine lärmenden Kinder in Innenhöfen. Frauen gibt es genug, aber keine Mütter. Diese Ausgelassenheit der Jugend am Strand von Venice, dieser Überschwang in Disneyland und an den Stränden des Ozeans. Ums alte Deutschland aber ranken Efeu und Rosen. Sie wuchern an bröseligen Mauern, klettern an Schlössern und Kirchen, und wenn die Ranken die Spitze des Kölner Doms erreicht haben, fällt Deutschland in tiefen hundertjährigen Schlaf. Nein, nein, es hat nichts mit Lebenskurven und Rentenansprüchen zu tun, das ist eine Frage von Heiterkeit und Freude. Deutschland liegt am dunklen Ende des Regenbogens, wo die hellen Farben übergehen in ultraviolette Düsternis. Auch seine Jungen sind schon alt geworden.

Von Frankfurt aus versuchte er Marianne zu erreichen, doch sie war nicht in der Wohnung. Dann wählte er die Nummer der Arkona-Versicherung.
»Gut, daß Sie da sind!« rief Heinemann, »ich werde Sie vom Flughafen abholen.«
Alle Achtung, der Herr der Reiseabteilung holt seinen Angestellten vom Flughafen ab.
Die Maschine flog von Südosten an, was selten vorkam in Hamburg. Sie schwebte über dem Stadtparksee ein, warf ihren Schatten auf die Spielwiese und die Riesensandkiste mit dem Planschbecken. Unten liefen seine Freunde die große Runde: Jahnring aufwärts, die Kehre am Wasserturm, Südring hinab zur Saarlandstraße, von dort auf die Bürohäuser der City Nord zu. Morgen wird er mit ihnen laufen, vorbei an verblühten Rhododendronbüschen und begleitet vom sommerlichen Duft des Rosengartens. Berlin wird er laufen im September oder New York im Oktober, und nie mehr wird er einbrechen.

Um 15 Uhr begann die Pressekonferenz im 4. Stock, im sogenannten Ovalzimmer, in dem sonst nur der Aufsichtsrat tagte und das durchdrungen war vom starken Duft schwerer Havannazigarren. Zu solchen Pressekonferenzen kommen sie, aber wenn die Arkona ihre Geschäftszahlen vorlegt, wenn sie über Überschuß, Kapitalanlagen und Dividende unterrichten will, lassen sich nur die blicken, die am Kalten Buffet interessiert sind. Diesmal kam sogar ein Reporter des Rundfunks und ein Team des Regionalfernsehens, denn es ging um

Kriminalität. Sicher wäre der Andrang noch größer gewesen, hätte die Arkona Blut vorweisen können, eine abgehackte Hand oder eine zersplitterte Kinnlade, aber es ging nur um fiktive Werte, um ganze 80 000 Dollar Verlust in der Reiseversicherung durch manipulierte Rechnungen. Auch wenn man den extrem hohen Dollarkurs in Rechnung stellte, waren das nur Peanuts, ganze drei Promille des Jahresgewinns der Arkona-Versicherung. Und dafür eine Pressekonferenz!
Hans Tabel saß mit Heinemann am Kopfende, die Finke lief mit der Kaffeekanne um den Tisch, Blitzlicht erhellte das Ovalzimmer.
»Morgen sind wir in der Zeitung«, flüsterte Heinemann. »Zerschlagung eines Betrügerrings«, lautete das Thema. Auf einem Sondertisch lagen allerlei kriminelle Gegenstände, diverse Rechnungen amerikanischer Krankenhäuser mit so schlimmen Diagnosen wie Fischvergiftung, Magenverstimmung und Sonnenallergie. In der Mitte, mehrfach vergrößert, das Foto, das er aus Amerika geschickt hatte: Heinz mit dem blauen Lieferwagen vor »Carl's Jr«.
Also, wie war das mit dieser kriminellen Vereinigung? Heinemann schlug eine Personalakte der Arkona-Versicherung auf. Oben links stand der Name Heinz Kubella, oben rechts klebte ein Paßfoto.
»Bis vor drei Jahren war er Inspektor im Außendienst der Arkona-Versicherung. Wegen finanzieller Unregelmäßigkeiten entließ ihn unsere Gesellschaft. Unter Zurücklassung beträchtlicher Schulden verschwand Heinz Kubella von der Bildfläche. Heute wissen wir, daß er nach Amerika ging, um vom Versicherungsbetrug zu

leben. In Deutschland ließ er einen Bruder zurück, der ihm die Kunden zuführte. Er nahm Kontakt auf zu jungen Leuten, die nach Amerika reisen wollten, aber kein Geld besaßen. In Kneipen sprach er sie an oder beim Sport, viele kannte er aus seiner Zeit bei der Bundeswehr. Ihnen bot er an, umsonst nach Amerika zu reisen. Sie brauchten nur eine Reiseversicherung abzuschließen, ohne Vertreter, ohne direkten Kontakt mit der Versicherung, zweckmäßigerweise mit Postzahlkarte, wie sie in Flughäfen und Reisebüros ausliegen. Man füllt die Zahlkarte aus, überweist die Prämie, und schon ist man versichert, der Einzahlungsabschnitt gilt als Versicherungsschein. Kamen die Versicherten in Amerika an, meldeten sie sich bei Heinz, der ihnen Krankenhausrechnungen beschaffte. Nach der Rückkehr reichten sie die Rechnungen der Versicherung ein und erhielten postwendend ihr Geld.«

Ob der Bruder schon verhaftet sei, wollte einer der Journalisten wissen.

Heinemann schüttelte ärgerlich den Kopf. »Der Herr hat sich vor einer Woche nach Amerika abgesetzt.«

Heinemann wandte sich nun seinem Nachbarn zu.

»Dies ist der Mann, der den Schwindel auffliegen ließ. Erzählen Sie mal, wie es war in Los Angeles, Herr Tabel.«

Die Finke schenkte ihm Kaffee ein, der vom Radio schob das Mikrofon über den Tisch. Wieder erhellte Blitzlicht das Ovalzimmer.

»Hatten Sie keine Angst vor diesem Heinz?« rief einer dazwischen.

Hans Tabel lächelte. Ach ja, er hatte schon Angst, in

den Grand Canyon zu fallen oder von den Tafelbergen des Monument Valley zu stürzen, aber darüber spricht man nicht auf Pressekonferenzen.
Wie hat Ihnen Amerika gefallen? Warum sind Sie nach Amerika gefahren? Wollen Sie Amerika noch einmal besuchen? »Eine großartige Landschaft mit unkomplizierten Menschen.« Mehr konnte er nicht sagen. Daß er mit seiner Mutter nach Arizona gefahren war, würde doch niemand verstehen. Daß er Tote besucht hatte, nur Tote, wie sollten sie das in ihren Zeitungen schreiben? Und CARE, was war das für eine uralte Geschichte.
Ja, er wird noch einmal nach Amerika reisen, im Oktober zum New-York-Marathon.
Ach, Sie sind Marathonläufer?
Ja, aber nur als Hobby.
»Auch dieses ist ein Beispiel dafür, daß alle Versicherungsbetrüger letztlich an ihrer eigenen Maßlosigkeit scheitern«, brachte Heinemann das Gespräch wieder auf die richtige Bahn. »Heinz Kubella hätte das Geschäft bis zu seinem Lebensabend betreiben können. Aber die Kunden, die ihm sein Bruder aus Deutschland vermittelte, genügten ihm nicht. Also begab er sich zum Flughafen Los Angeles und verteilte, wenn die Maschinen aus Frankfurt landeten, seine Handzettel. Das wurde ihm zum Verhängnis. Irgendwann mußte er an einen geraten, der es für seine Pflicht hielt, den Betrug auffliegen zu lassen.«
Das war Hans Tabel. Er saß müde im Aufsichtsratssessel und dachte daran, daß in Los Angeles noch nicht einmal die Sonne aufgegangen war und in San Francisco die bunten Lichter von Chinatown im Nebel ertranken.

Wie freundlich die Finke ihn fragte, ob sie noch Kaffee nachschenken dürfe. Flüchtig fiel ihm ein, daß Heinemann die Pressekonferenz zum Anlaß nehmen könnte, seine Beförderung zu verkünden oder einen vierstelligen Scheck aus dem Denke-mit-Fonds zu überreichen. Aber Heinemann sprach über die Psyche eines Versicherungsbetrügers, der an seiner eigenen Maßlosigkeit gescheitert ist.

»Was hindert die beiden, das Spiel fortzusetzen und gefälschte Rechnungen aus Miami, Mexico City oder Hongkong zu schicken?« hörte er einen Reporter fragen und sah, wie Heinemann sich einen Ruck gab. Auf diese Frage hatte er gewartet, genaugenommen hatte er sie sogar bestellt.

»Das geht nicht mehr!« verkündete Heinemann triumphierend. »Wir haben sichergestellt, daß künftig auch kleine Schadensfälle gründlich überprüft werden. Jeder Sachbearbeiter ist angewiesen, ein Telefongespräch mit dem Krankenhaus zu führen, dessen Rechnung ihm vorliegt. Das Krankenhaus muß ihm bestätigen, daß der Patient in der fraglichen Zeit dort gewesen ist. In einem Rundschreiben sind auch die übrigen Versicherungsgesellschaften informiert worden. Es handeln nun alle so. Amerika umsonst gibt es nicht mehr, Amerika muß bis zum letzten Pfennig bezahlt werden.«

»Haben Sie keine Angst, schlafende Hunde zu wecken? Wenn in der Zeitung steht, wie leicht es ist, eine Versicherung über den Tisch zu ziehen, werden es noch viele versuchen.«

»Gerade das wollen wir mit unserem Schritt in die Öffentlichkeit verhindern!« rief Heinemann. »Jeder soll erfahren, daß es diesen Weg nicht mehr gibt, und wir wären den Damen und Herren der Presse dankbar, wenn sie das auch so deutlich schrieben.«

Das war's. Das wollte Heinemann mit einer Pressekonferenz um läppische 80 000 Dollar erreichen. Morgen soll in der Zeitung stehen, daß die deutschen Versicherungsgesellschaften jetzt auch die kleinen Rechnungen prüfen und niemand mehr umsonst nach Amerika reisen kann.

Und da war noch etwas: »Morgen gehen fünfzehn Zahlungsaufforderungen an die Versicherten, die mit Heinz zusammengearbeitet haben. Jeder muß den Betrag, den er auf die gefälschten Rechnungen erhalten hat, mit Kosten und Zinsen zurückzahlen. Wer nicht zahlt, bekommt eine Strafanzeige.«

Als die Leute von der Presse gegangen waren, bestellte Heinemann einen Wagen der Fahrbereitschaft.

»Sie müssen ja verdammt müde sein, lieber Tabel.«

Ihm wurde die Ehre zuteil, von einem Vorstandsfahrer nach Hause gebracht zu werden.

»Haben Sie eigentlich Unkosten gehabt?« fragte Heinemann, als Tabel schon in der Tür stand.

»Nur einen Film für acht Mark zwanzig.«

So endete seine Reise. Ein schwarzer Mercedes der Arkona-Versicherung brachte ihn zu seiner Wohnung nach Eppendorf. Gerade erst zu Ende, kam ihm die Reise vor wie die Nebel über der Golden Gate. Er hatte mitgeholfen, einen kleinen Betrüger zu entlarven. Das war alles. Was sonst noch geschehen war in den vier Wochen, ereignete sich nur in seinem Kopf.

Unter den alten Bäumen stand sein Auto, eigentlich blau, aber nun schmutzig. Auf den Scheibenwischern lagen welke Lindenblüten, Tauben hatten das Dach mit Kot bekleckert. Er brachte nur das Gepäck in die Wohnung, danach wischte er den klebrigen Sirup von den Scheiben und machte die Außenspiegel klar. Der Motor sprang nicht gleich an. Als er endlich lief, fuhr er zu seiner Schwester.

Marianne wartete schon mit Kaffee und einer Schale voller Plätzchen.

»Deutscher Kaffee für den Amerikafahrer«, sagte sie. Sie saßen sich gegenüber wie Fremde. Marianne fragte nach dem Flug und dem Wetter in Amerika, bewunderte seine gebräunte Haut.

»Arizonabräune«, sagte er und: »Das kommt vom vielen Laufen.«

»Bei uns hat es fast nur geregnet.«

»Weißt du eigentlich, daß wir beide fast Amerikaner geworden wären?« fing er nach einer Pause an.

»Ach, du meinst die Geschichte mit den CARE-Paketen.« Marianne lachte. »Ich wäre gern mit Mutter nach Amerika ausgewandert, aber du wolltest unbedingt bei deinen Karnickeln bleiben. In die Trave wolltest du springen, wenn Mutter die Karnickel verkauft hätte und nach Amerika gefahren wäre.«

Natürlich erinnerte er sich seiner Karnickel. Aber so sehr hatte er an den Tieren doch gar nicht gehangen. Er ließ es auch zu, daß man sie schlachtete. Jeden Sonnabend kam einer von Kruses Landarbeitern, griff ein Karnickel an den Ohren und ging damit hinter die Scheune. Nach einer halben Stunde kam er wieder, in

der einen Hand das ausgenommene Tier, in der anderen den Balg. Der Sonntagsbraten ist gesichert, sagte er.
»Hast du den Amerikaner gefunden, der uns die Pakete schickte?«
Er schüttelte den Kopf. Marianne holte eine Zeitung, die sie für ihn aufbewahrt hatte.
»Ich denke, das interessiert dich. Es ist ein Bericht über die vierzigjährige Geschichte von CARE.«
Er überflog die Zeitung.
»Haben wir Deutschen uns eigentlich für CARE bedankt?« fragte er.
»Na ja, ab und zu werden amerikanische Soldaten zum Weihnachtsfest in deutsche Familien eingeladen«, fiel Marianne ein. »Die Amerikaner geben uns auch wenig Gelegenheit, CARE wiedergutzumachen; sie sind immer noch reich.«
»Hast du 'ne Ahnung!« unterbrach er sie. »In Downtown San Francisco und Los Angeles sitzen genug arme Teufel und warten auf CARE.«
Er nahm die Briefe aus der Tasche und gab sie Marianne.
»Du mußt sie lesen, dann weißt du mehr über unsere Eltern.«
»Ich kenne sie, Mutter zeigte sie mir, als wir noch in Travenwalde lebten.«
»Welch ein Krieg brach im Sommer 1950 aus?«
»Korea«, antwortete die Lehrerin für Deutsch und Geschichte, ohne nachzudenken. Ja, sie wußte es genau. An einem Sonntag im Juni kam der alte Kruse rüber und erzählte, was er im Radio gehört hatte. Er meinte, Korea läge auf dem Balkan, und das sei schon immer eine unruhige Gegend gewesen. Vom alten Bismarck wußte

er, daß der Balkan nicht die Knochen eines einzigen pommerschen Grenadiers wert sei.
Morgen gehen wir gleich einkaufen, erklärte Mutter, als sie die Kinder ins Bett brachte. Sie hatte Angst, die Geschäfte könnten sich wieder leeren und die Schlangen davor wachsen. Am Montag nach dem Ausbruch des Koreakrieges gab sie alles Geld aus, das sie besaß, um Vorräte für den neuen Krieg einzukaufen. Gott sei Dank haben wir ja noch deine Kaninchen, Hänschen!
Den blauen Schildern nach, den Wegweisern nach Lübeck und Puttgarden. Rechts und links überreife Getreidefelder, schon ein bißchen Altweibersommer. Es war ein spätes Jahr, das Jahr, in dem Mutter starb und Hans Tabel nach Amerika reiste. Die Augustäpfel werden erst im September reifen und die Weihnachtsäpfel noch im Januar an den Bäumen hängen. Er fuhr in aller Frühe, als die Sonne milchig über den Knicks stand und die skandinavischen Autos, die ihm entgegenkamen, noch mit Licht fuhren. Vor dem Dorf hielt er und wechselte die Kleidung. Er wußte nicht, wohin er laufen sollte, lief einfach ins Dorf hinein, an der Mühle vorbei, die ein Restaurant geworden war. Noch niemals war er in Travenwalde gelaufen. Mutter mochte es nicht, wenn ihr Sohn so unnütz daherrannte. Travenwalde war ein schöner Flecken, um zu laufen. Den Uferweg entlang in den Buchenwald hinein. Was lag da für herrliches Sammelholz unter den Bäumen, Mutter hätte ihre Freude daran gehabt. Über die Wiesen, dann den Sandweg hinauf nach Travenheide, einem abgelegenen Ortsteil, von dem Opa Kruse wußte, daß dort nur drei Bauern und vier Spitzbuben lebten. Niemand kannte ihn, den

wunderlichen Menschen, der unter den Weiden zum Traveufer lief und die Hühner verjagte. Über das Kopfsteinpflaster zur Hasenbrücke. Die Trave war hier ein schmaler Bach, der im Winter gern zufror, nun aber Hochwasser führte. Als er über die rottenden Bohlen lief, dröhnte es. Auf Kruses Hof fuhren sie Hafer ein. Opa Kruse gab es nicht mehr. Sein Enkel Erwin, der damals im VW-Käfer mit Schiebedach aus Sibirien heimkehrte, war nun Opa Kruse. Und die Glocken der Travenwalder Kirche läuteten eine ganz andere Melodie.
Wir sind zuviel allein, dachte er. Mutter war allein, Sam O'Keefe allein, Joe, der Krieger, und nun auch er, Hans Tabel. Wir laufen und laufen und laufen, immer allein.
Bei seinen großen Läufen wollte sie nicht dabeisein. Nein, das war nicht ihre Welt, die vielen Menschen an der Strecke, das rhythmische Klatschen und Hey-Hey-Hey-Rufen. Wenn die Zuschauer nicht diesen Lärm veranstalteten, wäre Marathonlauf eine stille Angelegenheit. Auf weichen Sohlen huschen die Läufer lautlos vorüber. Du siehst nur den Wald muskulöser Beine. Wenn du nahe bist, hörst du den Atem der Läufer. So weit die Füße tragen. Den Film hat Mutter gern gesehen. Das Buch stand in ihrem Regal.
Der Wald öffnete sich zu den Travewiesen hin. Schwarzbuntes Vieh brüllte ihm nach, rot leuchteten die Vogelbeeren am Sandweg nach Travenheide.
Pfingsten versprach sie ihm, beim nächsten Hanse-Marathon dabeizusein. Sie wollte Marianne in Eilbek besuchen und mit ihr zur Rennstrecke gehen, wo ihr Sohn vorbeikommen mußte. Aber nun war sie gestorben und hatte ihn niemals laufen sehen.

Von Travenwalde zurück ins Dorf. In Krämer Jessens Schaufenster lag Karbonade im Sonderangebot. Die Liedertafel gibt nächste Woche ein Konzert in Eggers Gasthof. »Die Himmel rühmen« werden sie singen, das paßt immer.

An dem Haus vorbei, das sie Altenhaus nannten oder auch Frauenhaus. Mutters Wohnung war längst vergeben an eine andere einsame Frau, die auf den Tod wartete. Auf der Bank unter dem Fliederbusch saßen zwei und blickten ihm nach. Sonderbar, warum läuft der so? Vorn laufen die Asketen, die dünnen, schmächtigen, drahtigen Kerlchen. Aber hinten kommen die interessanten Leute, die Jesusgreifer mit langen Bärten, die knorrigen Alten, die Frauen mit dem lila Haar. Jawohl, auch Frauen laufen Marathon. Hinten haben sie Zeit zu plaudern. Einer nimmt seinen Dackel mit. Einer trägt eine Fahne: Wir grüßen Detlev und Manfred aus Ostfriesland! Sie tragen Teufelshörner oder Indianerfedern, haben sich rot, weiß oder schwarz angetuscht. Ja, auch Schornsteinfeger laufen Marathon.

Unter den Kastanien des Dorfplatzes. Kein Baum wirft so schwarze Schatten wie die Kastanie. Vom Dorfplatz führte der Schotterweg bergwärts, jener Weg, der alle Räder knirschen ließ. Ob du ihn mit dem Pferdefuhrwerk oder dem Auto fährst, dieser Weg knirscht immer. Auch jetzt, als er in seinen Laufschuhen hinaufkeuchte, knirschten die kleinen, grauen Steinchen.

Man darf auf Friedhöfen nicht laufen. Friedhöfe sind immer nur Ziel, niemals Weg. Nur ankommen ist wichtig, die Zeit spielt keine Rolle, nur nicht unterwegs einbrechen.

Die Kränze waren längst fortgeräumt, verwesten auf dem Komposthaufen hinter dem Fliederwall. Begonien und Tagetis blühten auf Mutters Grab. Marianne hatte einen Stein setzen lassen, Granit mit schwarzer Schrift:

Gerda Tabel geb. Rassat
21.6. 1913 – 6.7. 1985

Vaters Name gehörte mit auf diesen Stein. Jeder Buchstabe kostet Geld, aber Johannes Tabel muß mit auf den Granit. Wann hatte Vater Geburtstag? Es war so unendlich lange her, er wußte nicht mehr den genauen Tag. Das lag daran, daß Vater immer fehlte, wenn sein Geburtstag gefeiert wurde. Aber das Geburtsjahr wußte er, und den Todestag kannte er ganz genau, der stand in dem Brief, den der Kompanieführer im Januar '45 geschrieben hatte. Auf dem Stein werden die Jahreszahlen 1985 und 1944 untereinander stehen. Welch eine Spanne Zeit! Einundvierzig Jahre hat die Frau ihren Mann überlebt, werden die Leute sagen, wenn sie an dem Granitblock vorübergehen. Wäre der Krieg nicht gewesen, sie hätten bald goldene Hochzeit feiern können. Und ein Spruch gehörte auch auf den Stein:

Selig sind, die da Heimweh haben,
denn sie sollen nach Hause kommen.

Der ist nicht aus der Heiligen Schrift, sondern von Jürnjakob Swehn, dem Amerikafahrer.

Arno Surminski

Kudenow oder
An fremden Wassern weinen

Roman. Sonderausgabe.
372 Seiten, gebunden.

Jokehnen oder Wie lange
fährt man von
Ostpreußen nach Deutschland?

426 Seiten, gebunden.

Fremdes Land oder
Als die Freiheit noch zu haben war

Roman
506 Seiten, gebunden.

Wie Königsberg im Winter

Geschichten gegen den Strom
222 Seiten, gebunden.

Polninken oder Eine deutsche Liebe

Roman
368 Seiten, gebunden.

Gewitter im Januar

Erzählungen
224 Seiten, gebunden.

Hoffmann und Campe